W9-ASK-358

一本向全国三亿草根讲授发财奥秘的心理励志小说

每个人心中都有一棵发财树

兵强不胜 著

凡人发财记：两年，从负翁到富翁

Ch FIC BINGQIAN
Bingqiangbusheng.
Mei ge ren xin zhong dou you
yi ke fa cai shu

广东省出版集团
广东经济出版社

图书在版编目（CIP）数据

每个人心中都有一棵发财树 ／ 兵强不胜著.—广州：
广东经济出版社，2010.6
ISBN 978-7-5454-0497-5

Ⅰ．①每… Ⅱ．①兵… Ⅲ．①长篇小说－中国－当代
Ⅳ．①I247.5

中国版本图书馆CIP数据核字（2010）第097052号

出版 发行	广东经济出版社（广州市环市东路水荫路11号11~12楼）
经销	广东新华发行集团图书发行有限公司
印刷	北京同文印刷有限责任公司（北京市密云县十里堡镇庄禾屯）
开本	787毫米×1092毫米　　1/16
印张	17
字数	289 000
版次	2010年7月第1版
印次	2010年7月第1次
书号	ISBN 978-7-5454-0497-5
定价	29.80元

如发现印装质量问题，影响阅读，请与承印厂联系调换。
广东经济出版社常年法律顾问：何剑桥律师
·版权所有　翻版必究·

R05018 47337

目 录

第一章 自杀未遂：死过一次的人..................................1

我跨过护栏，正准备一跃而下，手机响了。

就当自己已经死过一次，以后的日子即便是刀山火海，活一分钟就算是赚了一分钟。

第二章 债主盈门：死猪不怕开水烫..........................11

家里很热闹，有供应商，有合作商，还有说不清道不明的合作伙伴。

我能理解，我要是有钱要打水漂，我也会去堵门。但我不能理解的是，昨天还称兄道弟，还因为我老婆怀孕说话都不敢大声的他们，今天就敢跑到我家里旁若无人地抽烟？

第三章 度秒如年：有时候活比死难..........................23

成语说"度日如年"，对我来说，这种日子简直就是度分钟如年度秒如年。

他们甚至搬来了一张行军床，把我家门前的过道当成了卧室。他们就差在你脸上写上这么一句话：这个人是骗子，这个人是老赖。

第四章 从头再来：从业务电话开始..........................39

一个李有喜，一个我，"两人有限公司"就这么开业了。我再次上路。

我拨出了第一个电话，从从容容地说："你好。"然后等对方回应，而不像以前一样生怕他不给机会，自己先乱说一通。我的语气实在不像一个陌生人，对方有些奇怪……

I

第五章 面对好运：大公司的小关系..........53

围着E公司办公大楼逛到第三圈时，我找到了突破口：地下停车场出口处值班的保安。

为了做好这件事，我也算是卑鄙无耻了，但我还有更好的选择吗？

自己，只有自己才是书写个人历史的唯一主角。

第六章 实话实说：我们厂设备不齐..........71

老刘吃了一惊："实话实说？你跟他说我们厂连设备都不齐？"

我当然知道这样做风险很大，但是撒谎对我来说风险更大。我算了一下：犯个小错减十分，主动坦白加十分，给对方留下一个深刻印象加十分——最后总结：我赚十分。

第七章 强势女人：站在山下看山上..........83

张姐那么强势的女人，家庭生活要么很幸福，要么很不幸福，一般来说很少有中间点。

世上最痛苦的事莫过于此：给你一个希望又马上把它夺走。

得想出一个在张姐面前证明自己能力的办法。

第八章 张姐丢狗：赌没人比我胆大..........97

也许，本质上我是一个赌徒：我可能会输十次，但我总会迎来一次胜利。

张姐还是把那一万块钱往前一递，我笑着说："如果你能在这里当着大家的面打倒我，这个钱我就收下。"

第九章 七月流火：分文难倒英雄汉..........117

脑海里闪过很多个念头，抢劫的想法都冒了出来。好人坏人真是一念之间。

只要我还有一条路走，我无论如何都不会告诉他们我已山穷水尽。

勇于战斗的人只要不死，迟早有一天会成为英雄。

第十章 顶撞张姐：每个人都会犯错......135

我说："我迟到是我的错，但把小事放大，那就是你的错。"她的眼神变得可以杀人了。我又说："张姐，每个人都会犯错的，包括你在内。"

小林闪到一边，我们交换了一下眼神，看上去他被我们的对话给震呆了。

第十一章 感谢生活：我庆幸我经历的......147

生活真的很有意思：如果你积极，不管做些什么，只要愿意，都可以从中得到收获；如果你消极，哪怕得到一座金山，还会埋怨老天爷为什么不让自己当皇帝。

感谢生活，感谢时间，感谢一切。我庆幸我经历的，并开始享受一切。

第十二章 考察工厂：只能称又小又烂......161

做单就像攻城，你只有不断地骚扰对方才有可能找到对方的弱点所在，虽然你有可能在骚扰中损兵折将，但只要这单还在做，你就不会缺乏攻城的兵员。

想清楚了，我还是决定——攻。

第十三章 激辩张姐：实力不够是优势......179

肯定是听多了我的这话说法，张姐显得有些不耐烦："实力不够就是实力不够，哪怕你说得再好这都是一种弱势。"意识到自己的态度有些不好，她的声音调低了一度，"如果你是我，你也会倾向于和那些比较大一点的公司合作吧？除了成本上你们有点优势，其他的呢？"

第十四章 擒王之宴（上）：钱是最好试金石......193

我当即决定把火车票退了，不回Z城了，我要留下来把请肖总吃饭这事安排好。

沿着沿江大道我一路走过去，酒楼饭店触目皆是，一家接一家。这里面哪家酒楼哪家饭店是我最好的选择？

第十五章 擒王之宴（下）：我家的祖传瓦罐 207

炒菜用的、煲汤用的水，我都换成了矿泉水。就连洗过的餐具，都用矿泉水涮一遍，闻一闻没有洗洁精味道后才肯罢休。心里只有一个念头，只要能让菜味道好上哪怕一点点，我所能想到的我都去做。

第十六章 决战之酒（上）：一场非对称作战 221

我从他的穿着了解他的审美，从他的肤色和头发的光泽判断他的健康，从他伸出的手看他的经历，从他的肢体语言揣摩他的性格，最重要的是他的眼睛——我要从他的眼睛偷看他手上有哪些牌。

第十七章 决战之酒（下）：男人之间的认可 239

我的眼神迷离起来："肖总，今天我的话是不是有点多？"肖总说："不多不多，听君一席话，胜读十年书啊！"
肖总微微地喝了一小口酒，放下酒杯对我说："我知道你是什么人了，你放心。"

第十八章 东山再起：不停步就能强大 251

我闭着眼睛看着这美丽世界，发现了这美丽世界的另外一面，我隐隐约约明白了一个我本应更早明白的道理：一切不但有天数，也有规律，不管是幸福快乐还是获得金山，只要我们顺应规律就一定会得到。
这算是我最真实的体会了："不贪不怕，走遍天下；不缓不急，所向无敌。"

第一章

自杀未遂：死过一次的人

我跨过护栏，正准备一跃而下，手机响了。

就当自己已经死过一次，以后的日子即便是刀山火海，活一分钟就算是赚了一分钟。

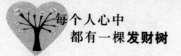
~ 1 ~

脚下，车水马龙，人如蝼蚁。

我张开双臂闭上眼睛，正准备一跃而下。

冥冥中或有天意，手机响了，是老婆打来的，我犹豫了一下，接了，却找不到话说，于是沉默不语。

老婆的声音一如平常："你在哪里？"

耳边有风吹过，心情如白云般绵软无力，我说："在路上闲逛。"

她问："你回不回来吃饭？"

就当自己已经死过一次，以后的日子即便是刀山火海，活一分钟就算是赚了一分钟。我回答："回来。"

客厅里飘着一股菜香，厨房里传来锅铲相撞的声音，我走到厨房从背后抱住老婆，想起刚才差一点就和她阴阳相隔，我不由得后怕。

老婆没发现我的异样："饿了吧，饭马上就好。"

头一次发现抱着老婆的感觉是这样的温暖和满足："不饿。"

我很少这么轻声细语、温情脉脉，察觉到我的不同，老婆回过头来看我："怎么，你心情不好？"

我努力打起精神："没有。"

她把菜盛起递到我手上："是不是公司那边又出什么问题了？"

我接过菜："不是，别瞎猜。"

老婆看出我的不对，也知道我最近因为公司的事情比较烦扰："有什么嘛，大不了我们从头再来。"

客厅的墙上挂着我们的结婚照，照片上我神采奕奕踌躇满志，她小鸟依人笑容满面。眼中一热，我很想抱着老婆大哭一场，很想无所顾忌地把话和她说清楚：老婆，不是从头再来而是从负数开始。

目光滑过她挺着的大肚子，这些话又咽了回去。

我在心里骂了一句自己：你是你父母的儿子，你是你老婆的丈夫，你即将成为你孩子的父亲，你哪有资格决定你的生死？

端着菜我落荒而逃："公司的事你不用担心，天塌下来我顶着。"

～ 2 ～

吃饭时手机响了，我的心一阵抽搐，就像被人突然用力击打了一下，恐怖片里最吓人最惊悸的午夜凶铃也不过如此吧。

是老王打来的，我放下碗筷走到阳台，小心地把阳台的玻璃门拉上："喂。"

老王的声音从来都是那么洪亮，好像他随时都有使不完的劲："陈总，在哪里啊？"

我中气不足："这时候还能在哪，在家啊！"

他问："有空出来一下么？"

我的心突然一沉，却不得不强颜欢笑："有什么好事？"

老王先干笑了两声，然后说："今天找你不是好事，是坏事噢。"

心又是一沉，飘啊飘啊的总不见底。

为了撑住场面，我强笑着："你有什么坏事啊，是不是你和你二奶三奶四奶五奶的那些事被你老婆发现了？"

老王又是干笑两声。"那些事算什么事嘛，"他叹了一口气，似乎他过得比我还辛苦，"最近有几个客户拖款拖得太厉害，累啊！"

我的胸口也开始发闷了："那还能怎么的，大家不都一样么？"

沉默了一会儿，他还是开口了："兄弟，能不能抽点钱出来支援我一下？"

九个月前我借了他30万元，按约定还有三个月才到期，我知道他这是听到风声提前找我要钱来了。

话说开了，就没必要拐弯抹角，我说："我这边的状况也不是很好，估计帮不上你。"

他连连叹气："兄弟，这个忙你一定要帮我，不然我就死定了。"

望着脚下几十米远的草地，又有了一跃而下的冲动，下意识地回过头来看了一眼低头吃饭的老婆，我又打消了这个念头。

我直起腰，口气也变得强硬了："兄弟，不是我不帮你，而是我真帮不上你的忙。"

老王听起来有些急了："你一定要帮我想想办法，30万元又不多。"

约定的日期没到就来找我要钱，你不仁我也不义了："不好意思，实在是对不住，我最近手头也比较紧，别说30万元，就是三万元都要打个问号，真的，不骗你。"没听到老王的回音，我给他出了个主意："你还是去别的地方想想办法？"

老王几乎要哭出来了："兄弟啊，能想的办法我都想过了，要不我也不会来找你，你一定帮帮我啊！"

突然觉得有些好笑，我的脸皮也在同一时间变厚了很多："真是帮不上忙，对不住了，兄弟。"

他并不打算放弃："电话里说不清楚，我现在就去你家，我们见面聊？"

和听到老王电话时的心悸相比，我的心脏此时已强大了许多："我待会儿还有事，要出去一趟，我们另找时间？"

老王很无奈："那好吧。"

挂了电话，我手扶栏杆望着眼前绵延至天边的万家灯火，终于露出了这些天来的第一丝笑容。

尽管这丝笑容有七分苦二分讽，只有一分是因自己有所进步而感到的轻松。

我把手机关了，把家中固定电话的话筒也摘了下来。

老婆明显忍不住了，她板着脸："到底发生什么事了？"

我走到她身边蹲下，抚摸着她的肚皮："宝宝，你今天睡得好不好？吃得多不多？有没有听妈妈话？有没有踢妈妈的肚子？"

宝宝像是听懂了我的话，真的踢了我一脚，我大笑，真正开心的笑。

老婆知道我牵着不走赶着后退的脾气，她收起了板着的脸："有什么事你最好早点告诉我，省得我胡思乱想。"

我继续和宝宝沟通："今天妈妈有没有放音乐给你听？有没有带你下去散步？"

这次宝宝没有回应，老婆代为回答："当然有啊！"

我站了起来坐回餐桌旁："其实也不是什么大事，就是公司在资金上有些周转不灵，就这么简单。"

老婆不太相信："真的？"

我表现得泰然自若："我什么时候骗过你？"

我失眠了，辗转反侧。

为了不影响老婆，我蹑手蹑脚地爬了起来，穿过客厅来到阳台。

站在阳台上，我看着眼前的万家灯火发呆。我也曾和眼前万家灯火中的多数人一样虽然活得普通活得有压力甚至活得没尊严，但那时候我不用像今天这样面对穷和富的落差、风光和白眼的对比，甚至生与死的煎熬。

是什么让我走到今天？是住豪宅开名车现在想起让我发笑的虚荣，还是人与生俱来的不走上这么一遭就不知警醒的欲望？

夜风吹在身上很冷，这不算什么，和我冰冷的心比起来这夜风温暖得就像是中午的太阳。

又有了一跃而下的冲动，但仅仅是冲动，我为人子为人夫并将为人父，这对我来说是一种奢侈。

我是个普通人，想着接下来也许长达五年十年甚至更长时间注定只有付出只有努力少有享乐少有快乐的日子，我确实恐惧，这就是我想放弃的原因。

我转过身来头抵墙壁，怕吵醒老婆，我只能轻轻撞墙，眼里有泪流下。

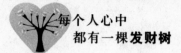
～4～

一大早我就起来了，一夜没睡。

吃过早餐以上班的名义离开了家，莫名其妙地绕着家走了一大圈后发现世界之大竟无我可去的地方。

我拐进了路边的一家发廊。

剪头发只是借口，找个地方坐坐才是目的。我想放松一下自己，最重要的是在这里我不用演戏，可以肆意地脸沉似水、恍恍惚惚。

洗头的时候我闭着眼睛，发型师一边帮我按摩着肩膀，一边找话和我说："老板，今天怎么这么早？"

发型师很熟，她一直这么称呼我，但今天"老板"二字格外刺耳："不要叫我老板了，我比你还穷。"

她以为我在说客气话："哪里了，你怎么会比我还穷呢？"

我叹了一口气："各有各的难处，你说是么？"

她笑了："那也是。"

她最起码笑得出来，且笑得真实笑得由衷，而我即使笑一笑，那也是勉强的身不由己的或干脆是苦笑假笑干笑。

走出发廊，状态还是和进去时一样消沉。

站在路边，从口袋里掏出手机，按开机，接到一串运营商发过来的短信。果然有无数人在找我，最多的连续拨打了我十几次电话。

强忍住胸口翻滚不已的恶心——不是夸张，是真正的生理上的恶心——我一个个地回拨过去，九个人里有六个是找我要钱的，有两个是慰问的名义但能听出他们话语里压抑不住的高兴。

人走茶凉落井下石我听过看过，但发生在自己身上时才知道这八个字究竟有多悲壮多凄凉。

我想吐了，是真的想吐。

蹲在路边干呕了一下，再把手指伸进喉咙深处想把里面的所有东西都抠出来，我想这样或许会舒服些，可我没成功。

我不知道什么是天堂，也不知道曾快乐的自己有没有去过，但我想所谓的地狱也不过如此了。如果我可以选，我宁愿受满清十大酷刑，或被人拖行于水泥地板，任我伤痕累累血流满地，也不愿被一把软刀子一点一点地杀死。

还好，还有一个真正为我着急的。他叫李有喜，是我那刚刚倒闭了的公司里一个很不起眼的员工。

或许他觉得这电话打得有些冒昧，说话还有些紧张："陈总，我考虑了很久才给你打这个电话。"我静静地听着没说话，他又说："我不知道该说什么，我一直很尊敬你，你教会了我很多东西。"

虽然这些话他说得不那么流利，虽然他组织的语言谈不上华丽，但依然是我这些天里听过的最动听的声音。

我说："谢谢。"

他的语气很真挚："陈总，别想太多，会好起来的。"

我笑了，又笑了，虽然是微笑浅笑，但对我来说这微笑并不亚于寒冬腊月里难得的宝贵的一缕阳光。

我说："嗯，会的。"

他的语气难得地坚定："我相信你会东山再起的。"

在和他共事的日子里我很少听到他这么坚定地说过一句话，有些啼笑皆非和淡淡的感动。

看着车来车往人来人去，我淡然说："嗯，我也相信。"

~ 5 ~

良言一句三冬暖，恶语伤人六月寒。

李有喜，我记住你了，假如有一天我真能东山再起，我一定找机会与你合作，这是你应得的，也是我需要的。我们会在这种合作中赚得盆满钵满，我相信。

以前觉得他挺普通的，吹尽狂沙始到金，我现在知道了，可我失去了给他回报和奖励的平台和能力。

我之前干什么去了？我认为好的那些人做了些什么？我认为平平无奇的李有喜又为什么会给我打这个电话？这一切我为什么连一丝迹象都看不出来？我是被过于顺利的人生蒙蔽了双眼，还是本质上弱智低能？

不知道去哪里，我拨了个电话给李有喜："我现在想找个人一起吃饭，你有没有空？"

他高兴地说："当然有了。"

40分钟后我们坐到了一起。

李有喜有些意外，也难怪他意外，他怎么会想到我真会为了请他吃一顿饭而穿越小半个城市？他还有些拘谨，也难怪他拘谨，之前我不敢说自己高高在上，但也从没和他如此近地单独一起吃过饭。

他的手脚都有点不知往哪里放："陈总，你不忙么？"

我苦笑了一下："还有什么可以忙的呢？"

酒是个好东西，几杯酒下肚他就打开了话匣子："没想到老毕、何姐他们是这样的人，看不出来真看不出来。"

我摇头，心中的痛楚无以言喻："不说这些不开心的了，我们喝酒。"

老毕，我公司股东之一，在知道我公司撑不住后落井下石的第一人，他趁我不在时把我公司几乎所有的固定资产搬了个空空荡荡。

何萍，也就是李有喜嘴里的何姐，也是公司股东之一，在知道我公司撑不住后落井下石的第二人。和老毕的表现手法不一样的是，她利用兼任财务之便把公司账上的款项和她能拿到的各种稍值钱一点的物品一卷而空。

李有喜的仁义、老毕和何萍的卑鄙都是我始料不及的。狂风袭来，我突然发现了另一个世界，一个我以前从来没看到过的世界。老天，你要是想用这种方法来告诉我我很天真很弱智很无能，我承认，你赢了。

李有喜表现得有些愧疚和不知所措："陈总，帮不上你什么忙。"

不想说话，我怕再多说上几句会控制不住地哭出来："不要说那些废话，我心中有数，我们喝酒。"

他一口喝了，喝完又来抢我手中的杯："陈总，你别喝多了。"

我很努力地强撑着，不想自己在他——我曾经的员工面前失态，我努力地维持我那曾经的骄傲和曾经的威严。

我制止他："别碰我的杯子，我想喝酒谁也拦不住。"

李有喜头一次抢着和我付账，而我早不习惯在大庭广众下和人抢着付账，没过多推辞就让他把账给结了，我心里一阵温暖一阵悲凉。

送走李有喜后，我趁着酒意拨通了老毕的电话："那些设备和电脑，你还不还我？"

老毕有些结巴，但说出来的话并不含糊："何萍走的时候拿走了20多万元，她一分钱没损失还赚了点，我也是股东之一。"

下面的话他没说出来，我明白他的意思，何萍没亏钱他也不能亏钱。

胸口像压了块大石似的，还是老话说得好，"卑鄙是卑鄙者的通行证"，只是为什么我之前不知道？

我说："别说那些没用的，你只说还还是不还？"

他说："我考虑一下。"

我总算变得聪明一点了，我知道他不过是托词："那你就是不想给了？"

他重复了一遍："我要考虑一下。"

我和他近十年的朋友，我总算知道了什么叫出离愤怒："我们做不了朋友，也最好不要做敌人。"

他说："随便。"

我变得连我自己都不认识，我大叫："我保证，只要我还有一口气在，你拿走的东西我一定会加倍拿回来。"

他说："随你。"

那一刻，我对人性实在失望。

何萍卷走钱我还能理解，那些钱几乎是她的全部积蓄，一个比我还大上两岁的连男朋友都没有的公司倒闭后连固定工作都没有的女人，我能理解她对未来生活的恐惧。但老毕这样干我怎么也理解不了，他是男人不说，他还有一家属于自己的赢利中的公司。

如果说何萍露出本来面目是出于对没钱在手的恐惧的话，那么老毕露出本来面目就是因为贪婪了，标准的只要利己不管损不损人的贪婪。

这就是人性的本来面目，或者说部分人的本来面目？这终究是个动物世界，自私贪婪恐惧欲望始终都在？

我知道这些存在，却从没想过这些事情会发生在自己身上，我不相信那些经过了解的、交往时间以十年计的朋友也会干出这类事来。是我的眼光有问题，还是我对世界的本来面目视而不见？

我知道，不管是哪一个答案，这都是对我能力的讽刺。

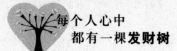
～7～

再接通了何萍的电话："我已经报警了，限你24小时内把钱还回来。"

我不是吓唬她的，我确实报警了，不过这种情况警察也为难。

我宁愿自己来处理这件事，只是我现在哪有这个时间、精力、财力去和她玩捉迷藏？

她或许也知道这一点："随你的便，我是被吓大的。"

头痛欲裂，真是头痛欲裂，经历了和老毕的通话后我平静了很多："不管你跑到哪里，我都会找到你。"

她说："以后不要给我打电话了，我不想再听到你的声音。"

我、她、老毕都是一个圈子里的朋友，这就是我这么信任他们的原因，现在我为这信任后悔得恨不得把他们杀了。

愤怒到了极致，我只知道大叫："我发誓，只要你在中国，不，哪怕你跑到国外，我都会找到你。"

电话立刻变成忙音。

这或许就是我跑到离家千里的城市打工然后创业的悲哀吧，在这里人与人之间似乎永远都隔着一层踩不到底的肚皮，哪怕经历了十年的了解和交往。

这当然也是我这种人创业的悲哀，不知道自己的弱点在哪里，失败终有一天会到来。这或者还是所有想创业的人的悲哀，人无完人，我们身上总有缺点和漏洞，但往往也只有在这个时候，在将身家性命当赌注后，我们才能发现身上最大的缺点和漏洞，或许说才能发现那么不起眼的小毛病也是致命的。

也许，我们只有真的被伤到了痛狠了才不会对自己的缺点视而不见，真真正正地着手去改正它。

一怒之下，我把手中的手机直直地摔了出去，手机在空中划过一道弧线重重地掉在地上。我立刻后悔了，不是可惜那几千块钱的手机，而是知道我如果还不懂得如何控制自己的情绪，我将不能翻身。

捡起已经摔得解体的手机，我把机体、电池及电池后盖重新拼到了一起，按开机，屏幕有了反应，但是白花花一片。

第二章

债主盈门：死猪不怕开水烫

家里很热闹，有供应商，有合作商，还有说不清道不明的各种合作伙伴。

我能理解，我要是有钱要打水漂，我也会去堵门。但我不能理解的是，昨天还称兄道弟，还因为我老婆怀孕说话都不敢大声的他们，今天就敢跑到我家里旁若无人地抽烟？

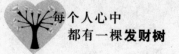
~ 8 ~

回到家推门一看，家里很热闹，不敢说如菜市场般熙攘但也差不到哪里去。

有供应商合作商，有债主，有闻迅赶来帮忙的，有闻讯赶来看热闹的，还有说不清道不明的各种合作伙伴。

我慢腾腾地换鞋，比以往更慢更沉着。

明明心里发苦却不得不泰然自若，装也要装出来，我知道我要是表现得心虚和慌张，事情就会更难办。

里面抽烟的人停止了抽烟，看风景的人停止了看风景，谈笑的人停止了谈笑，所有的目光都集中到我身上，就像我是明星。可惜迎接我的不是鲜花和掌声，而是无言的沉默和形形色色或凌厉或哀怨或沉默的目光。

杀人不过头点地，何况是欠债，我板着脸："谁让你们抽烟的，不知道我老婆怀孕了么？"

有人举着烟的手僵在了半空，有人反而把烟塞进嘴里狠狠地吸了一口。

这些人里有的曾天天屁颠屁颠地跟在我的后面，只是为了能请我吃一顿饭。有的曾和我说过掏心窝子的话，只恨不能和我同年同月同日生。

我理解，我相当理解，我要是有钱要打水漂我也会紧张和恐惧，我也会心急如焚地去堵对方的门。但我不能理解的是，昨天还称兄道弟，还因为我老婆怀孕说话都不敢大声的他们，今天就敢跑到我家里旁若无人地抽烟？

没经历过的人，是不会理解"墙倒众人推"这五个字里包含的真正含义的。没经历过的人，也绝对感受不到"锦上添花易，雪中送炭难"这两句话背后隐含了多少痛彻心扉和经历痛彻心扉后的大彻大悟。

"锦上添花易"是力与力的吸引，"雪中送炭难"是力与力的排斥，仅此而已。

我继续往前走，老王挡在我的面前面有难色地看着我，他人纷纷跟上，手里拿着各式各样的票据。

这些欠款里有的是我私人借的，比如说老王的钱，有的钱是公司欠下的，如供应商的未结货款。而我是老板或者说法人代表，这些钱他们也只能找我要，不管我公司是不是破产了。

有限责任公司？我哈哈大笑，几乎要笑出眼泪来。

曾经高高在上风光无限的总经理、法人代表，此时此刻就是最倒霉的一个。我终于明白为什么有些老板低调得明明公司是自己的，却还要写上别人的名字了。

我这明白，来得会不会晚了点？

也许晚，如果我不能再次爬起的话。

但我要是再次爬起，这些经验教训不但会变成我的垫脚石，它还会成为拉开我和竞争对手们、后来者们距离的拦路虎。

~ 9 ~

很担心老婆，还很担心我没出世的孩子，我推开老王往里走："你们放心，欠你们的钱我一分都不会少。"

这话很耳熟，以前有人对我说过，还不只一个。

就像当初我不信说话人一样，在场的人又怎么会信我？亲身经历之下，却也真正理解了那些人当时的心情。

顿住脚步，我的视线在每一个人的脸上都停留了一下："你们可以信，也可以不信。"

欠钱的究竟是大爷还是孙子，不过一念之间。

我已经死过一次，不敢说命悬一线之际我大彻大悟了，但一定程度上我改

变了，对钱对人对事都有或多或少的改变。我不会从此消失，即使我以后永陷只有付出只有努力少有享乐少有快乐的日子，我也不会消失。

活一分钟赚一分钟，不管怎么活我都赚。

老王扭捏了一下，看了看身边的人，似乎想取得一致意见，直至身边有人示意他说话他才勉为其难地开口："要多久？"

我再次仔仔细细地看了他们每个人一眼，我要记住他们的表情，从现在开始我要重新学习怎么看人识人。我还要记住他们每个人的名字，根据他们的表现决定是和他们继续做朋友还是做酒肉朋友，还是变回陌生人。

我嘴边甚至浮出了一丝微笑："你们想听真话还是假话？"

马上有人回答："真话，真话。"

我说："算了，我真话假话都说了吧，假话就是下个月，然后下个月到了又是下个月，真话就是——"我整理了一下情绪，尽量让自己显得有把握点，"两年，希望各位能给我两年时间，我保证一分不少地还给你们。"

所有人的表情都发生了变化，有不信的有痛苦不堪的也有愤愤不平的。

老王差点跳了起来："不行。"

可怜之人必有可恨之处，如果说我的可恨是因为我自私或我天真，那这些我全认。但如果说我的可恨是因为我不够无耻不够下流不够凶狠还把人想得太美好，那么老天爷，我知道我该怎么做了。

我漠然地看着老王，目光冰冷得应该可以杀人了："行也得行，不行也得行。"

我把目光从老王身上收回，表情缓和了一点："不要逼我走绝路，那样的话你们一分钱都拿不到。"

老王拍了拍我的肩膀："我们逼你了么？"他转向众人，摊开双手，又说"没有吧？"

我推开老王："该说的我已经说完了，希望大家能理解，你们随意，我就不陪你们了。"

老婆坐在床上看书,随身听里正放着音乐,我们的胎教计划还在有条不紊地进行,外面的喧闹和这里无关。

我轻轻地带上门,然后坐到老婆身边,把耳朵贴在老婆肚子上,满脸笑容地和孩子说话:"宝宝,爸爸回来了。"

我未来的孩子对我不屑一顾,理都不理我。

老婆放下书,表情和平时一样:"说吧。"

我直起腰,说:"宏达厂倒了,老板也跑了。"

老婆知道一点我的事情,知道宏达厂是我最大的客户,并知道我正是因为宏达厂的订单才拉起人马去创业。

老婆比我坚强,因为听到这个消息后的老婆比我当初听到这个消息的时候平静,她说:"他欠我们多少钱?"

我犹豫了一下,毕竟老婆现在怀着孩子,但最后我还是选择了照实说:"大概130多万元。"

她神情依旧:"能拿回来多少?"

等别人来告诉老婆怎么回事还不如我先说。"宏达总共欠人一个多亿元,我们算少的,查封宏达的法院就有六个,也没查到多少钱,就那些设备100万元估计都没人要,这笔钱,"我停了一会儿,目光漂移到了天外,"估计是很难要回来了。"

似乎是有所预料,老婆并不显得震惊:"那我们账上还有多少钱?"

我舔了舔嘴唇:"没多少了。"

她看了我一眼,她太了解我,知道我说没多少的意思就是空了城,她觉得奇怪,但她还是像什么事都没发生似的:"没多少是多少?"

接下来发生的一连串的反应,公司人心惶惶,从供应商处拿货全要现金,而销售出去的产品却要压款,员工工资无论如何不敢欠,我也不想欠,再接下来的就是股东内讧,先是老毕趁我不在时把设备和办公电脑一拉而空,然后是何萍卷款而逃……

这些,我能说?

尽量忍住心头翻江倒海的恶心,我回答她说:"这些不高兴的事就不和你说了,别搞得我们的宝宝不高兴。"我轻轻地摸了摸老婆的肚子,"我可不想我未来的宝贝是忧郁型的,你现在的任务就是好好地吃好好地睡,让我们的宝

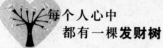
宝快乐成长，其他的事交给我处理。"

老婆有些不满，她欲言又止："你就是这样。"

一个人扛得太累，所有的怨气怒气都无处可发泄，我站起身来夺门而出，关门之前扔下一句话："这些事你不要管，你管好你自己就可以了。"

～ 11 ～

刚走出楼下大门就看到老王的车子还在，车门大开，他和另外两个人坐在车里吞云吐雾聊得热火朝天。

心直往下沉，虽然没有刚才人多，但他们绝对是这帮人的精锐和主力。

看到我下楼，他们以一种果然不出所料的表情迎了上来："兄弟，去干吗呢？"

我正眼都没瞧他，随口答道："下来散散步。"

他一副可怜兮兮的样子："老弟，不是当老哥的不信你，而是你总要拿出点诚意来吧？你知道我们的钱也不是天上掉下来的，挣的也都是辛苦钱。"

这就是所谓的墙倒众人推吧，老王的钱还有三个月才到期，但是他现在就上门了。我也理解，在他眼里要是等到三个月以后，我还在不在Z城（深圳）都是个未知数。

我瞄了他一眼："你说怎么办？"

他看了下旁边站着如同左右护法的两个人，想取得某种支持："你总不能一分不给吧？我就不信你现在一分钱都没了。"

一分钱没有倒不至于，但我还有老婆要养，房子还有贷款要还，孩子也马上就要生了，我不能不为他们考虑。我给自己找了个理由：既然你的自私是你的天经地义，那么我的自私也是我的人之常情。

转眼之间我终于也像个无赖了，我摆出一副死猪不怕开水烫的架式。"要钱我没有，要东西嘛，"我想了想，家里那些东西他们未必看得上眼，"如果你们觉得我家里还有什么东西值点钱的，你们尽管拿就是，当然，价钱得合适，如果不合适的话，不好意思，你们也不能拿。"

老王当然不会对我家里的旧东西感兴趣。"事情到了这个份上，你要是觉得我不仗义我也没办法，换了是你，也不会眼睁睁看着自己的钱打水漂的，"

他也算干脆，"你的车子房子，我们作个价吧？"

想起宏达厂那130多万元，我的嗓子里像是卡了黄连似的又苦又涩又堵，你们能堵我，可我又上哪儿说理去呢？

但我知道，站老王的角度这是两码事，如果我不想像宏达厂老板一样当缩头乌龟的话。

我公司没了朋友也少了，车子我留着确实用处不大，还减少一笔开支，这事我愿意干。

我说："价钱合适的话车子你可以拿去，房子的话，不好意思，这个我做不了主，房产证上写的是我老婆的名字。"

～ 12 ～

老婆说："车子卖了也好，省得我担心你开车出事。"

我知道老婆这是在用她惯用的伎俩来安慰我，我轻轻地抱住她在心里发誓：我会努力我会加油，我们一定会回到以前，不，比以前还好。

手机又响了，确实是我的手机，铃声我再熟悉不过。

被我狠狠地摔了一次后它居然还能响，我真是有些佩服这手机的质量了，不愧我当初甩了几千元买它。以前我很讨厌手机响，现在我是很害怕手机响，我的心似乎都会跟着手机抽搐，随着它震动。

手机屏上白茫茫一片，我看不见来电显示只能说："喂。"

对方不太习惯，奇怪我用这种语气开始："喂？"

这个声音我太熟悉，是老刘，也是我公司的股东之一，他还是我最好的朋友、曾经的上司、真正的兄弟。

要来的终究要来，我故作镇定："怎么，今天有空给我打电话？"

我恢复了正常，他也恢复了正常："没什么事，就是问问你现在干吗。"

不知道说什么，我只好胡乱应付了一句："没干吗，在发呆。"

他在电话那头笑："发什么呆？"

听到他笑我心里轻松了一些："就是发呆。"

他恢复了平日的语气："你有没有空，抽个时间过来坐坐，老邓也说要找你聊聊。"

这个时候见人都是一种压力，何况是老刘和老邓。

但别的地方我可以不去，A公司我一定要去。我说："我明天过去。"

开原来公司包括我在内有五个人出了钱，老毕、何萍，加上老刘和老邓。

他们四个人都是我曾经的朋友，不同的是老毕和何萍是我一个圈子里的朋友，老刘和老邓是我另一个圈子里的朋友，他们知道彼此但很少联系。

还有不同的是，老毕和何萍为了确保自己的投资安全，一个安排了自己的弟弟来我公司上班，一个自己干脆做起了财务。

而老刘和老邓他们选择的是扔给我一笔钱由我自由发挥，我们只是在口头上作了约定，任何手续都没办，但他们一点不怀疑不担心不害怕。公司成立后老刘和老邓更是连账都没看过，赚不赚钱赚了多少钱，我说什么就是什么。

我错了，我真的知道错了，而且错得离谱错得黑白颠倒。

我居然对怀疑我的人渣以诚相待、清白相对，对我真正的朋友却拖泥带水连最起码的手续都不去办。

不用怀疑，这就是发生在我身上，真实得让今天的我想起都觉得可笑可悲又可爱的狗血往事。

我32岁，老刘和老邓具体是哪年的我记不太清楚了，老邓大概比我大十几岁，老刘比我大八九岁。

他们一直在生意场上打滚，特别是老邓，人生经验比我丰富多了，所谓的人心隔肚皮的道理他会不懂？还是那句话，卑鄙是卑鄙者的通行证，高尚是高尚者的墓志铭，人与人之间的不同可能就在这里吧。

18

~ 13 ~

老邓还是嘻嘻哈哈的，在我的印象里他就从来没有不开心过。

坐在旁边的老刘尽管也是一副不当回事的样子，但我还是从他的眉头看出他实际上还是蛮发愁，他亏的钱里有一部分是借的。

尽管开口很难，但我不能不说话。"都怪我，本来还能剩点的，可现在，"看着他们俩，我艰难地补充，"我才知道自己这么没用。"

老邓摆了摆手，示意我不要往心里去："我愿赌服输。"

老刘看着我，眼光真诚得让我恨不得找个地洞钻进去："我也没事，你不要往心里去，也不要胡思乱想。"

他们的态度既让我意外，经历了老毕和何萍的事情后我有些草木皆兵；又在我的意料之中，我还是坚信他们俩干不出龌龊事来。我是真的很想给自己一巴掌了，老邓和老刘一个给了我20万元，一个给了我15万元，现在好了，这些钱几乎一分不剩。

老邓还好，他有自己的A公司和工厂，他给的20万元确实是真金白银，但这对他来说也可以说是一次不成功的投资。但老刘不一样，虽然他亏的钱比老邓亏的钱还少五万元，但那些钱全是他帮老邓做事赚来的辛苦钱。

有些话说起来没意思，但我还是要说："公司成立之初我就说过，要是公司倒闭了你们损失的钱我一个人全认了，到现在我还是这样说，我相信，总有一天我会把这些钱都赚回来，我什么也不要，我只要时间。"

类似的话在公司成立的时候和公司要倒闭的时候我对老毕和何萍也说过，到现在我都记得何萍当时脸上怀疑的神情，我这才明白，在她眼里我不是傻冒就是个疯子吧？

在他们和我翻脸的时候，我还这么和他们说："拿走你们应该拿的，你们损失的钱我也认，只要给我两年时间。"

我见他们一脸的不信，我又说："你们不信我可以写欠条。"

我天真吧？我可爱吧？

以后我知道该怎么做了，对于那些把我想得很坏的人，我要比他们想得还坏。对于那些认为我是个好人的人，我要比他们认为的还好。谁敬我一尺，我敬谁一丈；谁要是捅我一刀，我就灭他全家。

老邓又是摆摆手："以后不要说这个话了，没意思。"

我无言以对，他们打我骂我我都认，但好言相劝我真是找不到话说。

沉默了一会儿，我说："我这不是意气用事，经历了这件事后，我就是再笨也应该学乖一点了。但我还是相信一个我一直相信的道理，人比钱重要，钱好挣，人难交，有人有朋友，赚钱是早晚的事。"

老邓点点头，看得出来他对我的状态还算满意："你是个好同志，就是胆子大了点，有时又心软了点。"

我就像一打烂了热水瓶的孩子："这些天我一直在检讨。"

老邓拍了拍我的肩膀："不是我吹牛，我老邓看人还从来没走眼过，你会重新做起来的。"

轻轻的一句话，比刀子还厉害，如果不是之前就习惯了坚强或者说伪坚

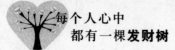
强，再加上经历了这些事后不断地强迫自己坚强，我或许会泪流满面。

我轻轻地回了句："谢谢。"

对一个刚刚失败了的人来说，一句好话一点认同比金子还宝贵。

那一刻，我一分是痛一分是高兴还有一分化成了助我恢复的信心，在生意场上滚了这么多年的老邓还相信我，我就有理由相信自己。

～ 14 ～

老刘送我到工厂门口："顶不顶得住？"

老刘有一儿一女，一个读初三，一个读高三，都在毕业班，老婆下岗后一直找不到工作，那15万元几乎是他的全部家产，他的压力不比我小多少。但现在，他居然在问我顶不顶得住。

人一辈子能有这么一个兄弟，我知足了。

老邓也不错，但我从没把他当兄弟，不是不愿，而是不能或不敢。我们俩不管是从经历上，还是年龄上都相距甚远。他当老板的时候我还是个小孩，并且他都是有孙子的人了，我还没当父亲。

我冲老刘笑："你当我三岁小孩啊！"

老刘看了我一眼，想知道我是不是真的如我说的那么轻松："我怕你明明扛得很辛苦又不说，记住，有问题就说出来，不要一个人憋着。"

眼中一热，我不敢直视老刘的眼睛："这句话我还想对你说呢，亏了这么多钱，你有没有问题？"

他说："我能有什么问题？"

老刘之前和我透露过，只要我这边走上了正轨，他就出来单干。

我说："你不是说想自己出来做么，现在……"

他直言不讳："那是，没有你弄出来的这档子事我今年是会离开了。"看我情绪低落，又补充："你也别往心里去，命里有时终究有，命里无时不强求，我无所谓的。"

老邓的厂我来过N多次，但这次心境实在不同，看着眼前的一切似乎都有了一种陌生感，所有的花草树木都灰暗了很多。

我眼望远方艰难地说："实在是对不起，打乱了你的计划。"

老刘说："也就是再多待一两年而已，没什么。"他看着我，"你有难处一定要说，我在这里还算稳定，你要是缺钱，多了没有，一万两万元我还是可以再帮你想办法。"

眼泪又在眼皮下翻涌，我努力抑制着，并不得不顾左右而言他："我的手机被我摔坏了，看不到来电显示，所以接电话的时候我不知道是你。"

以前我接他电话从来没用"喂"开始过，我不想他以为我在备受打击之下变得神经失常了。

独自往回走，一路上我对自己说：你现在知道你错了，知道你错得有多厉害了？

我不敢埋怨天不敢埋怨地，只能怪自己：如果不是你一山望着一山高，以一种嗤之以鼻的态度去漠视自然规律、商业法则、人性善恶，以为这一切都在你的掌握之中，你会走到今天？

没有什么是偶然的，宏达厂的倒台不是没有端倪，如果你不是抱着侥幸心理，认为那么大的一个厂怎么也不会少你这么点，你也不会迎来灭顶之灾。如果不是你以为自己是幸运儿，接下了宏达的订单后沾沾自喜不思进取，你会像现在这样风一吹就倒？

还有老毕、何萍的事情，你敢保证公司发展起来后，他们不会见利忘义，随时在你背后捅上一刀，让你万劫不复？

经历过才明白自己有多差劲，失败过才知道自己犯下了多少错误。我这才知道以我对真实世界的了解、我所经营的公司不过是空中楼阁；我这才知道哪怕是30多岁、在外闯荡了近十年的自己，在创业这条路上依然是个小学生。

第三章

度秒如年：有时候活比死难

成语说"度日如年"，对我来说，这种日子简直就是度分钟如年度秒如年。

他们甚至搬来了一张行军床，把我家门前的过道当成了卧室。他们就差在你脸上写上这么一句话：这个人是骗子，这个人是老赖。

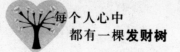
~ 15 ~

　　成语说"度日如年"，对于我来说这种日子简直就是度分钟如年度秒如年。

　　拖着一身的疲惫回到家，我脱掉鞋子放下皮包手机，如同放下一身的负担。

　　老婆在看电视，看那些她似乎永远也看不厌的肥皂剧。我安安静静地坐到老婆身边，陪她看我以前很少看的肥皂剧。

　　老婆把电视的声音调低："公司已经垮了，老毕搬走了设备何萍卷走了钱，是不是？"

　　我一点都不意外，她想知道什么事总有办法问出来，我回答："是。"

　　老婆把头扭到另一边，半天没说话，我从后面轻轻地抱着她。

　　她又转过身来："老实告诉我，你手上还有多少钱？"

　　我胸口又发闷了，这些日子我的胸口一天要发闷多少次，我不知道。

　　我说："四万元多一点。"

　　老婆呆了，她肯定没想到我手上只剩下这么点钱："我们的房子还在按揭，我们的宝宝马上就要出世。"

　　有多少人能明白这种感受，你已经很累很累了，很怕很怕了，但你不敢说出来，因为这是你自找的，你应该吞下你种下的苦果。还有一个原因，也许有人比我更脆弱，需要我去安慰。

我强打起精神，好让自己看起来还有那么一点可笑又可怜的底气："天塌下来我会扛着。"

　　老婆低下头，又马上抬起："你怎么扛？"

　　想着老婆以为我们最多是从零开始，而不是从负数起步，我故作轻松："大不了我去打工，你知道的，只要我愿意，工作就不会有问题。"

　　老婆凑了过来，轻轻地抱着我："我们现在还欠别人多少钱？"

　　开这家公司我借了钱她是知道的，但不知道我借了多少，我很少和她说生意上的事。

　　我没有告诉她中途有股东退股，我又借钱补了进去，我还没告诉她因为我轻信人，借了一笔款给别人但没收回，在这种情况下想收回那笔欠款更是希望渺茫。如此这般，再加上那些供应商合作商乱七八糟的三角债，我至少欠人100多万元。

　　这些，我敢说？

　　想起天台上的一幕，我话不对题地回答："你放心，我会扛过去的，我不放弃就没人能打倒我。"

　　连空气都是种压力，四面八方地朝你涌来。

　　歌词里唱：无形的压力压得我好累，开始觉得呼吸都有点难为。身临其境就会明白这绝不夸张。

　　坚持？谈不上，只能说是麻木得如同行尸走肉般地活下去。

　　晚上我又没睡着，我一天睡五个小时还是六个小时？我不知道。

　　有时我虽然躺在床上却睁着眼睛到天亮，有时我明明坐在电脑前上网或坐在电视机前看电视，却因为困得不行迷糊过去。

　　眼睛睁着，看着白花花的天花板，我不得不思考明天在哪里，接下来该怎么办。32岁的年龄从打工开始，能赚多少钱一个月，有两万元么？光欠的那100多万元的利息，一个月也差不多两万元了。

　　我的胸口又发闷了，嘴里像是卡了点什么，我坐起来只觉得要对天吐出一口血来才会舒服一些。

又是静悄悄地下床，穿过客厅来到阳台。眼前的一切笼罩在淡淡的雾气里，灰蒙蒙的让人难受，正如我的心情。万家依然灯火，我却视而不见，我能看见的只有黑暗，无边无际的黑暗。

再没有一跃而下的想法，而是对着眼前的天地喃喃自语：我忍，我再忍，我要一直忍下去，忍到云开雾散、雨过天晴。

没有一点睡意，我找到纸笔，启动电脑，进入人才市场网站。

甲公司，民营企业，制造业，有些名气，产品也很有竞争力，给出的薪酬待遇也很有竞争力。但它不适合我，它需要的显然是一个萝卜一个坑似的螺丝钉似的机器，而不是一个因为生活压力愿意不断付出努力的疯子。

乙公司，国有企业，规模很大，也很有实力，我曾听说这家公司的福利待遇很不错，混到了一定的层次后收入也不低。但它不适合我，因为我没有这么多的时间在这类公司慢慢地等慢慢地熬。

丙公司，中型企业，看得出来，它最近发展很快，也求才若渴。但还是不适合我，虽然它是小型公司没错，行业也是我感兴趣的没错，发展潜力大也没错。因为从它公司的网站来看，还有网站上挂着的总经理致辞判断，这是一家存在天花板的公司，我能从官面的总经理致辞中判断，这家公司的老板是一个做起事来谨小慎微的人，这不适合现在的我。

我需要的是一条能在两年左右就能赚到我欠的那些债的路，这就是我给自己定的目标。

是的，我很急。但我还是愿意花一个月甚至更多的时间选择好行业选择好企业，我觉得这也比我进入企业后再退出来聪明得多。即使心急如焚，我也不会忘了欲速则不达，我没多少时间没多少筹码，越是刀架在脖子上我越需要冷静。

站起来倒水喝，恍然间明白：和刚来这个城市的时候比，我已进步了很多，我知道了各个行业乃至具体到一些公司的潜规则，并且能一眼就从一些表面的资料中整理出自己需要的信息。

恍然间我还明白：经历了失败后的我，最大程度地激发调动了自己的这种本领，如果说之前的了解分析是有所目的、不情不愿、能躲就躲的话，现在，备感生活压力的自己已经把这种本领转变成一种本能。

几年前我乱动，因为我要学习、了解和进步，现在我不动，是因为我要守住心神，等待时机后发制人一击必中。

关上电脑，转眼间天又快亮了。我站在阳台上远望天边隐隐约约的晨光，想起了一段很老土很老土的话：天将降大任于斯人也，必先苦其心志，劳其筋骨，饿其体肤，空乏其身，行拂乱其所为，所以动心忍性，增益其所不能。

一股戾气直冲脑门，那就是——我要东山再起，我能东山再起。

~ 17 ~

和老邓用不着客气，我给他打了个电话："我在找工作。"

老邓那边的背景音很嘈杂，他似乎在和客户谈事，他说："我等会儿回你电话。"

和他不需要说太多，我只要告诉他我在找工作，他能帮忙一定会帮。

我说："好。"

这一等我等了十多天，我有的是耐心，活一分钟赚一分钟，我已经赚了很多。我还要赚更多，我要活到我的孩子出世，活到他长大，活到笑着死。

我并没对老邓介绍一份工作给我干抱太大的指望，我只觉得这多少也是个希望吧。再就是他如果把我介绍到他相近的或者上下游行业，最起码我还有他和老刘的关系可以利用，这不比我进入一个新的行业从头开始要轻松得多？

就在我认为老邓一定是忘了这件事的时候，他却打电话过来了："我现在M城。"

M城离我所在的Z城不算远，但坐大巴过去的话也要几个小时，我很奇怪："你怎么跑M城去了？"

他说："我来这边了解市场，来了十多天了，我准备在这里开个分公司，你过来这边帮我管理，怎么样？"

我虽然没有挑肥拣瘦的资格，但审慎应对还是要的："那边的市场大不大？"

他说："我看了一下，还行。"又说："你在这边租个门面，再把厂里仓库里的货都拉过来，厂里就不设仓库了，没那个必要。我给你30万元，再给你配一辆车，待遇方面我不能给你搞特殊，但分公司的股份我给你百分之三十，怎么样？"

老邓做的是有机玻璃，我知道他厂里的存货一般在200万到300万元之间，老邓说的给我配车，我也知道他的意思并不是说配小车，而是配货车。一部车加上至少200万元的货，再加上30万元流动资金，这样算来老邓扔给我的钱和物随便数数都有200多万元。

以前老邓对我信任我能理解，但现在不能不说我有些意外。这或许也是老邓的生意越做越大的原因之一吧，他有眼光并且有魄力。

我来不及思考，三个字脱口而出："太多了。"

老邓在电话里大笑："我相信你能帮我赚更多。"

～ 18 ～

为这事我专程去了一趟老邓厂里，我知道有些话尽管在电话里也能说清，但当面说更有诚意。

我端起茶杯，轻轻地吹开了浮在水面上的茶叶，然后轻轻地小抿了一口。

就在茶水经过咽喉进入肠胃的瞬间，我突然发现自己变了，我不再是以前甚至几天前的我了，我变得沉稳，知道不能随心所欲地表现自己，包括在自己的朋友面前，我还知道说话之前先看环境了。

以前只知道老邓讲义气，现在看一眼老邓，我明白过来，他讲义气后面沉淀的是一种人生的智慧。以前只知道老刘够哥们，现在看一眼老刘，我明白过来，他够哥们的原因更多的只是简简单单的善良。

原来，任何时候和任何人的交往都是一种信息的交换、一次严峻的考试，或一场决定版图的战争。

放下茶杯，我不紧不慢。"我考虑了很久，最后还是决定，"我看着老邓，想他知道我有多抱歉，"不去M城。"

老邓有些难以置信地看着我，但口气平静："我尊重你的选择。"

老邓，对不住了，我不是嫌你给我给得太少，不是嫌你给我太多而有压力，也不是对自己没信心，更不是不愿意帮你赚更多的钱，而是失败后尤其是发生了老毕和何萍的事情后我知道了一个道理：想继续做朋友就尽量少一些金钱上的来往。

200万元你能信得过我，2000万元呢，两亿元呢？

我的朋友已经不多了，你信我，我也不想考验自己和考验我们的友谊。

还有，失败后我更看清了自己也更看清了眼前的路，我不倒，就没人能把我打倒。最难熬最危险的时刻挺过来以后，我开始相信自己生来不是做配角的，我要么栽倒在战场，要么指挥着千军万马纵横驰骋，除此之外我别无选择。

我迟早是会单干的，如果那一天迟早会到来，为免我们到时不开心我不如今天就不要进去。是的，你或许会笑着送我离开，但我心中惭愧。

选择异常艰难，但这就是我的路，逆水行舟不进则退，哪怕是最艰难的时刻，我也要迎难而上，而不是为了生存给自己留下隐患。

我要能行，我就一定能找到适合我的路；我要是不行，你就是给我铺上一条阳光大道，我也会栽到茅坑里去。

让我不倒的就剩这口气了，我必须坚持不能往后退。这一口气要是散了，我没了信心没了斗志，很难说我不会再上天台，然后张开双臂，闭上眼睛，迎风一跃。

我说："我不需要你给我工资，也不需要钱、车和股份，我只要你帮我印一盒营销经理的名片和我需要货的时候赊货给我就可以了。"

老邓是聪明人，我不说不去M城的原因他就不问，他只是说："你想清楚了？"

我点点头，眼神坚定："想清楚了。"

知道我的选择后，老刘问我："你以前一直是做管理的，现在突然跑去做销售，你知不知道销售并不容易做？"

我说："我知道。"我又加了一句："我还知道做销售就是做人，我做人很失败么？"

老刘微微笑："还算过得去吧。"

我也笑了："那不就结了？"

回来的路上，我夹杂在人群中走出地铁站，太阳突然出现，暖暖的阳光照在我身上。莫名其妙地，人群中的我眼角有泪流下。

最难的时候才发现，这是一个美丽世界。

走出电梯，我看到家门口席地坐着两个人，旁边是一地烟头。

我在他们面前站定："你们干吗的？"

他们站了起来，一个嬉皮笑脸一个不屑地朝我冷哼了一声。嬉皮笑脸的那个从挎着的背包里拿出一张纸，双手举着送到我的眼前。

我一眼就看见了一行字：王渤海先生兹委托国邦商务调查公司收付借款。

马上反应过来，他们是专门收债的。

心马上一沉，从小到大我连架都没和人打过，更别说应付这类人。我不怕死，但怕他们影响、威胁乃至伤害到我的家人。

我静静地看着他们，想从他们的眼里看出点名堂。

他们会海扁我一顿，还是和我摆事实讲道理？是在我家门上泼大粪，还是直接掏出一瓶汽油说要把我家烧了？

他们眼里没这些内容，有的只是有恃无恐的信心。

嬉皮笑脸的那个依然嬉皮笑脸："你准备什么时候把钱还了呢？"

也许是在Z城干这个的来得要文雅一点，也许是老王有要求他们注意尺度，他们并没有想象中那么可怕。

我反倒无赖起来了："我没钱。"

一脸不屑的那个硬梆梆地扔出一句："你会还的。"

我推开他们，开门关门，心里暗自庆幸，传说中的收债公司不过如此。转念一想，传说中的收债公司真会不过如此？为什么他们看上去有恃无恐？

直接走到阳台，我掏出手机拨通了老王的电话："你是不是觉得我从此翻不了身？"

老王显得悠然自得："我只想拿回我的钱。"

平静地挂了电话，说什么都没有了兴趣失去了意义。

没有暴跳如雷，没有和以往一样骂上几句或说上几句狠话，我在提醒自己：想把输掉的赢回来，我就一定要把身上的缺点一点一点地改正过来，而且还要快。

走进房间，音乐依然悠扬。

老婆坐在床上看书，我能看出她在强装平静，她放下书："我们回去吧，离开这里好不好？"

知道她的意思，离开这里，像宏达厂的老板一样不管不顾。

坐到床边握着她的手，我说："如果我们就这么回去，我会一直活在今天的阴影里，我不但会被别人看不起，我还会被自己看不起，我会失去坚持下去的理由，我不会再相信自己有能力、有天赋、有运气。"

老婆低头不语，我缓缓而道："我觉得，这才是真正的灾难。"

能理解老婆作为一个纤弱女子面对这些的恐慌和害怕，我轻抚她的手："你放心，一切都会好起来的，相信我。我留下来就是为了告诉我的敌人告诉我的朋友，还有告诉你和告诉我们未来的宝宝，"我摸了摸她的肚皮，语气铿锵，"我有多强大。"

为了让老婆能恢复信心，我把老邓准备和我合作的事对老婆详细地说了一遍。

然后我说："老邓是什么人，在这个时候他还对我有信心那一定是有原因的，所以你也要相信，一切都会好起来的。"

老婆的眼睛都亮了："老邓真的还这么相信你？他难道不怕你把他的货卖了走人么？"

我说："我什么时候骗过你？不信你打个电话问他也可以啊，老刘也知道这事，老刘总不会骗你吧？"

话说到这个份上，对我的话老婆已经是信了个十成十，她很高兴："老邓对你还真不错，这可是雪中送炭啊！"

我说："那是。这家伙胆子大，看人也准，他知道我这种人打死也不会干出这种事来的。"

老婆说："那你不是要去M城了？"马上又说，"去就去，我也想去M城看看呢，听说M城这些年发展得不错。"

我又把我拒绝了老邓的邀请，并且为什么这么做的原因都对她说了。

我说："作出这个决定确实很难，但相信我，我是对的。"

老婆呆了很久，最后幽幽地叹了一口气："随你吧，反正在这些事上你从来都不会考虑我的想法的。"

我一直严格区分工作和生活，不让老婆插手我工作上的事，但这次我也觉得自己有些过火，因为此时此刻工作已经不可避免地影响并深度介入到我们的生活了。

我抱了抱她："我以后尽量改，好不好？"

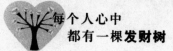
吃完饭，陪老婆下楼散步，牵着老婆的手我觉得幸福无比。

是不是有些搞笑？我顺利的时候总是觉得空虚，每天不是玩游戏就是打麻将，整天不说上几次无聊这日子就没法往下过。现在呢，我身处炼狱却觉得这是个美丽世界，并且觉得最平凡的一幕都是种幸福。

难理解吗？不难。对于饿肚子的人来说一个馒头就是天堂，而对于整天大鱼大肉的人来说，让他再吃一天大鱼大肉就是地狱。

老婆笑着说："其实这样我蛮高兴的。"

如同炼狱般的日子有什么值得高兴的，难道老婆也和我有同样的体会了？

我笑着骂她："你不会是得神经病了吧？"

她幽幽地说了一句："以前你哪有这么多时间陪我，陪我看电视，老老实实地陪我说这么久的话？"

我如被冰冻。

我以前脾气不好，有时会对她大吼大叫。原来我不但在如何做生意上需要反省，在生活上我也要检讨。失败原来有这么多好处，它不但能让我认识缺点改正错误，还能促使我重新思考家庭对我的意义。

老婆陪几个熟悉的邻居聊天，我站在一旁发呆。

眼前尽是活泼调皮互相打闹的小孩、老当益壮正在健身的老头老太，看着或兴高采烈或面容平静的他们我有一种恍如隔世的感觉。

我在他们中间，却离他们很远。

他们简单，我不能简单。我或将怀疑每一个人，以令自己不再吃亏上当；我或将皮笑肉不笑，以让别人觉得我老奸巨滑不好糊弄。他们平淡，我无法平淡。即使有一天我走出困境，那种单纯笑容也不会回到我的脸上。

怀疑一切和相信一切都各有好处，怀疑一切的人很少上当很少吃亏，他们能守住自己的家业；相信一切的人经常上当吃亏，有时上当吃亏得几乎要对人性死心，但他们如果还能坚持，他们会比那些怀疑一切的人拥有更多的机会和朋友，他们能打下一片江山。

归根到底还是一个资源管理、成本核算和投入产出的问题，两种人，我做哪种？

邻居指着"嬉皮笑脸"和"一脸不屑"问老婆："那两个人是干什么的，怎么整天跟着你们？"

老婆一脸鄙视："谁知道他们是干什么的，吃饱了撑得没事干。"

我和老婆去哪里"嬉皮笑脸"和"一脸不屑"就跟着我们去哪里，我们逛街他们也逛街，我们坐公交他们也坐公交，我们坐出租他们会毫不客气地跟着我们坐出租，我们去厕所他们也如影随形。只是我去厕所他们有时会跟进去，老婆去上厕所他们只守在外面。

我买来饮料递给他们："你们挺有意思的。"

他们接过饮料，没人的时候"嬉皮笑脸"甚至会不好意思地笑笑，然后和我解释："这是我们的工作。"

但再要和他们往下聊，除了劝我还钱外他们不会再多说一句，而且只要我们身边有人他们就一定会恢复那张死鱼般的脸，他们用这种方式告诉所有人：我们不好惹，我们是收债的，这个家伙欠债不还。他们就差在我脸上写上这么一句话：这个人是骗子，这个人是老赖。

他们甚至搬来了一张行军床，把我家门前的过道当成了卧室，肆无忌惮、旁若无人地在那三尺空间里吃喝拉撒，直到物业找到我们，直到邻居看到我们就绕行。他们不打我不骂我只是到哪都跟着我，并每时每刻用一种奇怪的动作和眼神提醒我的身份和处境。

不经历过的人不会理解，始终有两个人像影子一样跟着你有多痛苦。你无法和人交流，难道说他们是你的保镖？也不能做很多事情，你想隐私被另一个人了如指掌么？除了电话和网络，你的情绪将不能得到慰藉也找不到发泄的出口。

欠下一屁股债本来就是一件超级郁闷的事，他们还要把你的平静生活乃至从头再来的唯一希望夺走。老婆怀孕负担已经够重了，他们还要往老婆的身上加压，而且不管不顾所谓的优生优育和人情道德。

说难，视他们如无物也可以；说不难，他们的存在就是拦在身前的一道坎，他们不消失你的生活就一直黯淡无光。随着时间的推移，你只要看到他们的脸都是一种压力，简单的事情做到极致竟也是无法承受之重。

有一句话说得好，我们什么都可以失去，但就是不能没有希望。

~ 21 ~

听听他们的宣言吧："老赖，当全世界的人都不相信你的时候，你会发现，你除了通过用肮脏的手段获得的财富外，你只拥有孤独，只拥有黑暗，阳光对你来说都是奢侈，天堂的大门已对你关闭，除了地狱，你已无处逃遁。

"或许你庆幸，你的诈骗手段是多么的高超，以为除了上帝知道，谁也不知道。

"你错了，中国有句古话，欲要人不知除非己莫为。告诉你，老赖，我们就是擒拿你的猎手。我们将把你可耻的行径贴上互联网，予以公告。挖地三尺，也要把你揪出来，让全地球的人都知道，你是狡猾的老赖！

"这时你就会发现：信用卡那是诚实人的专利，银行贷款那是诚实人的福利。面对别人怀疑的眼光，你还能做什么？你还能逃到哪里去？

"除了地狱，老赖，你无处逃遁。

"或许你说那是年轻时无知所为，或许你说那是无心过错所为，或许你说你现在确实一无所有，或许你说逃避是你唯一的选择。告诉你，老赖，这些都不是你推卸责任的理由。你已毁灭了人间最宝贵的东西——信用，你不能让那些受害者无端为你承受痛苦。

"你要为你的过错承担责任，如果你想上天堂的话，如果你想拥有朋友的话，如果你想从头再来的话，老赖，除了还债，你别无选择。还债，虽然让你痛苦，但你将拥有天堂，拥有明天。"

从此以后，再不羡慕任何成功人士的风光。

想起这仅仅是开始，压力之大无以复加，我觉得自己快扛不住了，但重量还在不断增加，一次次地挑战我的生理极限，几次我都被逼得想大叫一声：我操你奶奶的，爱咋咋的，老子不玩了。

去精神病院也好，从高楼跳下变成一堆烂泥也好，都比过这种日子好受得多。说声"坚持"轻松，说声"打不死的人就是英雄"容易，但要坚持下去，经历过的人才会明白那是怎样的一种呕心沥血。

有多少人真能体会到那种生不如死、度日如年，每天都像有一把锉刀在你的心头不断切削的感觉？

创业，想发财，你有钢铁般的神经和意志？

幸好，我的朋友越来越少了，无数人对我唯恐避之不及。幸好，我的亲人多数人都在老家，天高皇帝远，收债的人他还能跑到我老家去逼债？

还有，我能忍。

胸闷到了极致，但就是宰相肚里可撑船，说皮厚也行。慢慢地，我不再把这当成压倒我的稻草，相反我把他们当成锤炼我的榔头。我可以放下自傲低下脑袋，可以放下自尊对羞辱视而不见，因为我知道低不下头的人就不可能重新站起。

神经一天天地坚强，每一天我都以为再加一根稻草就能把自己压垮，但第二天我总能迎来新的太阳。当初站在天台，以为自己征服不了的大山，我居然连爬带蹭地翻了过去；当初站在天台，以为自己扛不起的担子，我居然连躲带拖地扛了起来。

我还一天天地庆幸，庆幸我败了，因为我真真切切地知道了我迟早会败，因为我天真、弱智，对商业规律和人性视而不见，没有在真的战场上锤炼自己的意志，没有在激烈对抗中正视自己身上的缺点，更没有被生活所迫去改正这些缺点。

幸好我败了，在我32岁的时候败了，败得刚刚好。不早，早了我扛不住；不晚，晚了我起不来。

我不是在滑落，我是在重新创业，从改变自己、总结经验开始。

~ 22 ~

老婆挺不住了："我们还是把房子卖了吧，以后要能好起来我们再买。"

回头看磨难是财富，旁观的你也可能知道磨难是财富，但身在其中之时，这千般滋味也只有经历过的人才知道。我想这世界最博大精深的语言，最牛的作家都未必能完全描绘出这种感觉。

有时，活真比死难。

我有过要和这些追债人比一比谁更能扛的想法，但我真要想从头开始就不能不解决这事，这当然在他们意料中。

时间于我太宝贵，我终于知道他们为什么当初有恃无恐了。

我回答老婆："相信我，总有一天我会把我们的房子买回来，不，我们不要这套房子，这套房子已经旧了，我要给你买一套更大的更好的更漂亮的。"

老婆轻轻地摇了摇头："我也想开了，我不想大富大贵，我只希望能过上平平安安不再担惊受怕的日子就可以了。"

吃饭的时候都可能有人不打招呼地跑过来，大大咧咧地坐下然后拿碗吃饭，用他们的话来说，不还钱就得养他们；或者在你看电视的时候突然把电视关了，听他们诉苦甚至发脾气，赶他们也不走，以至于我不敢离开老婆半步。

对一个怀孕中的女人来说，其中酸楚几人知？

我后悔吗？我不会矫情地说从没后悔过，我只想说如果能再来一次，我宁愿一生平淡。可惜我不能回头。走到今天我只能挺直了腰昂起头往前冲，两军相逢勇者胜，只要我一天不死，我就拼杀一天，如果我一直活着，我终能杀出一条血路。

我抱着老婆，一字一顿说："我保证，类似的事情再不会发生。"

老婆轻拍了拍我的后背："没有关系，能和你一起我已经知足。"

在我的债主里面，我欠老王的钱既不是最多的也不是时间最久的，但他是最快拿到钱并且是全款的那个人。

赢的总是强者和勤劳的人，丛林法则始终都在，只是他真会赢到最后？

我忍不住又对他重复了那句话："你认定我翻不了身了？"

他笑盈盈地数钱："最多你以后当不认识我，重要的是我没有损失，你说是么？"

他说得对，最起码他保证了不输，我就算翻身他不过多我一个朋友，又能多赢多少？况且像我这种情况，翻身的可能性有多大，时间要多久？他赢，因为他的眼中只剩下钱；我输，因为我的眼中不仅仅是钱。

精神文明和物质文明，排序如何比重多少，谁能笑傲江湖谁能笑到最后，谁输谁赢谁知道。

或许是因为我平时做人还过得去，除了老王逼得狠一点，其他人并不过分。

还有人从头到尾只打了一个电话给我，听我说完情况后说："还不起就别还了，我还能拿你怎样？"

搬家的那天，来帮忙的只有李有喜。

老邓是领导是老板，他不会关心这个，也没有时间关心这个，即使想来也走不开。其他人我根本就没叫，我也知道叫了他们也多半不会来，这和我以前有一点小事他们都很乐意来帮助甚至主动来帮忙是天壤之别。

站在杂乱无章又冷冷清清的客厅中间，我有过难以言喻的寂寞。片刻后我就开心了一点，因为我知道并确信，没经历过寂寞的人生不能叫完整的人生，没经历过磨难的男人不能叫完整的男人。

老婆累了，摆好房间里的床就去睡觉了。

我一边忙碌，一边对李有喜说："你以前不是跟我说想去做销售吗，你现在还有没有兴趣？"李有喜正埋头整理物品，听我这么说抬起头看我，我接着说："我准备去找一个业务来做，你愿不愿意和我一起干？"

无法想象在"一人有限公司"上班有多无聊，所以我需要一个助手。尽管李有喜没做过业务，但他是我目前最好的选择。

李有喜犹豫了一下："是什么行业？"

老邓所在的有机玻璃行业说偏嘛也不偏，属于建材，一些工艺品厂也要用到；说不偏嘛，一般老百姓是很少买的。

但这事也不能勉强，想了一会儿，我用我的方式游说他："会做业务的人，卖针头线也能成为亿万富翁，不会做业务的人，给他一座金山也能坐吃山空。我认为做什么行业不重要，重要的是做业务的技能。"

他点点头表示认同我的看法："我是有点想做业务，就是怕自己做不好。"

我趁热打铁："想做到最好，努力、天赋、运气缺一不可，做好的话就容易多了，够努力就可以。如果你愿意努力，我向你保证你能做好，起码比大多数人做得好。"

我很少说"保证"两个字，一旦我说了必定是全力以赴，这一点李有喜知道。

他有些意外："那我试试。"

我喜欢把丑话先说前头："没有底薪没有话费报销，一句话到底没有任何福利待遇，我能给你的就是足够大的空间。我多少钱从厂里拿货你就多少钱从我这里拿货，我们各干各的，卖多卖少赚多赚少看各自本事，说白一点，你也

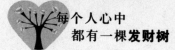
是个独立的经销商。"

这个条件说苛刻很苛刻，比周扒皮都狠，周扒皮还管饭呢。

说宽松也宽松，我给出的底价是老邓给我的友情价，这个价格甚至低于老邓给经销商的价格，并且在办公场地和日常费用上，我也没让李有喜出一分钱。我这样干有什么好处？当然有，首先我有了伙伴不会孤独，这才会有前行的勇气和信心；其次要是李有喜做出量来了，我虽然在他身上赚不到一分钱，但老邓那边肯定会记我的功劳。

李有喜脸上没什么表情，既没认为我是周扒皮而郁闷，也没认为这是一个机会而欣喜："我有钱，多了不敢说，撑个一两年没问题。"

一块石头算是落了地，我继续把丑话说前头的工程："有可能忙活了半天还是一场空。"

李有喜脸上还是没什么表情："没事，我年轻，能学到东西就是最大的财富。"

郁闷这么多天后总算看到了一缕阳光，欣喜难以自制，又或是骨子里的骄傲还在，我竟用坚定得近乎夸张的口气对李有喜说："总有一天你会知道，这是你这辈子作出的最正确的决定。"

第四章 从头再来：从业务电话开始

一个李有喜，一个我，"两人有限公司"就这么开业了。我再次上路。

我拨出了第一个电话，从从容容地说："你好。"然后等对方回应，而不像以前一样生怕他不给机会，自己先乱说一通。我的语气实在不像一个陌生人，对方有些奇怪……

～24～

一套两室一厅的房子，一部传真机一部打印机加两台电脑，一个李有喜一个我，再加两部电话，我那以老邓分公司名义成立的"两人有限公司"就这么开业了。没有鞭炮没有花篮，连恭贺的电话都没有，我再次上路。

插上网线打开电脑，在地址栏输入行业网站地址，一敲回车键接入成功；接上电话，试拨客服号码，线路畅通；传真机打印机也试一下，也都正常。一切都准备好了，我拍了拍手，李有喜找了把椅子坐了下来。

我们相互一望，气氛突然沉寂，接下来我们该干什么？

现在就拿起电话行动起来，还是随便给自己点理由先放一天假休整一下？原来激情只是暂时的，而一天天重复且乏味的工作却是永久的。原来立刻行动只是想象的，而躺下来休息才是我们每天都需要克服和战胜的。

如果没有生存压力，我想这一步都迈不出去，因为我找不到理由坚持，我也不知道坚持是为了什么有什么意义。相对眼下就可以舒适地睡觉来说，要坚持那种不断的、艰辛的、未必有收获的付出看上去简直是个笑话。

可惜我没得选择，我不得不鼓励并引导李有喜，让自己最起码能有个伴。

拖过一把椅子坐下，我对李有喜说出了公司正式运作后的第一句话："你是不是很想发财？"

李有喜有些莫名其妙地看着我："当然。"

我说："你为什么想发财？"

李有喜更是莫名其妙："想发财还用为什么？我想开X5我想住别墅，我想有一家自己的公司想去上班就去上班不想去上班就待在家里睡觉，我还想让我的家人过得更好，身边的朋友缺钱的时候我能帮一下他们，等等等等。"

我说："你确定？我怎么觉得你只是说说而已，不是真的想发财呢？"

他笑了："想发财我都快想疯了，怎么会不想呢？"

我也笑了，连珠炮似的说："你昨天玩了多久的游戏？我几次看你QQ都发现你在玩游戏。还有，你昨天晚上几点睡的觉，是不是将近两点？还有，你今天几点起的床？"

李有喜抓了抓头，有些不好意思。

我加重了语气："这世界有无数人想发财，但大都睡到最后一分钟才起床。"

李有喜为自己辩解："我又没影响工作。"

我又笑了，他为自己辩解的也正是我曾为自己辩解的，但事实可能不是这样。

我说："这世界有多少人想发财，不说百分之百也可以说百分之八十吧，也就是说不管你在哪个行业做什么职业，你的竞争对手都很多。想赢过这些人，你认为你现在付出的那些努力够吗？"

李有喜说："不够。"

我说："所以我说你不是真的想发财，而只是说说而已。"

李有喜有所触动，低头不语。

我说："和这些人竞争都还好了，毕竟你们还在同一起跑线上。你知道这世界有很多人比你有优势，他们有的人有特权，有的人老爸比你老爸有钱，有的人生来就比你聪明，有的人脑袋一根筋敢拿着刀和你拼命，你认为每天花四个小时以上的时间玩游戏，并且睡到最后一分钟才起床，可能赢过他们吗？"

李有喜缓缓地摇了摇头："不可能。"

我眼望窗外，眼中多少有了些悲壮之意："现在摆在你面前的有两条路，一条是比所有人都努力，吃尽苦头受尽磨难，即使这样你也未必能成功，你只会比不努力的人多一个机会。一条是回过头去，不要去想你的X5你的别墅，老老实实地过平平凡凡的日子，但你可以每天睡到自然醒。两条路你选哪条？"

～ 25 ～

李有喜不答话，第一条路不好走，选第二条路又不甘心。

我说："人的天性中有懒惰，所以我们总想用尽可能少的努力得到尽可能多的回报，但你知道的，你要和很多人包括那些比你更有优势的人竞争，你觉得你需要付出的努力和辛劳是什么量级，是不是超出你的想象的、挑战你生理极限的？"

李有喜轻轻地晃动着椅子："是。"

我说："对于普普通通的缺乏各种资源的你来说，要想在这个世界出人头地，要达成这个目标需要很多的汗水、泪水乃至血水，多到超过了你发财后得到的收获和快感，所以你嘴上喊着想发财，但还是选择了每天睡到最后一分钟才起床。"

李有喜抬头望天，就是不说话。

我知道不把他说痛说服接下来的工作就不好开展，我继续说道："这些其实你都知道，不但你知道，很多人都知道，只是我们习惯了自己骗自己，都对真真正正的成功大道视而不见，而把希望寄托于捷径上。这世上有捷径么？如果你功力不够，我想即使你找到了捷径，这对你来说仍是一条最远的路，你迟早会付出代价的。也就是说，我们绝大多数人都在寻找一条根本就不存在的路，我想，这或许就是我们经常迷惘的原因所在吧。"

我说："如果你不想普通，真的想在生意场上、在生活中，做到唯一的、最好的，想赢过所有人，包括那些比你更有钱、有人脉、有各种资源的先行者，就必须用最残酷的方式逼迫自己，这可能就是我们这些普通人的悲哀了。我们没有别的筹码，唯一的机会就是因为穷疯了穷怕了和他们以命相搏。"

李有喜若有所悟："陈总，你给我指条明路吧。"

我说："路，从来都是由你也只能由你选，我所能做的就是把我的一些观点说出来，我们一起来思考。"

我说："这世界有三种人，一种是又想马儿跑又想马儿不吃草，这种人平时不怎么努力，还整天抱怨别人不给他机会，他们会嫉妒成功的人；一种是知道马儿要跑马儿就要吃草，但面对艰辛望而却步的人，这种人能做到随遇而安，他们只会羡慕成功的人，但不会嫉妒，因为他们知道成功背后是要付出难以想象的汗水泪水乃至血水的；最后一种是既知道马儿要跑马儿就要吃草，又能很好地去执行的人，这种人凤毛麟角，如果中途没有被雷劈死或被汽车撞死的话，迟早能成为一个成功的人。"

李有喜一副深思状。

我说："至于你想做哪一种人，你自己去选。"

李有喜呆了半晌，犹豫了一下："我想做第三种人，你教我怎么做吧。"

他的态度并不坚定，我悄悄地叹了一口气："想做第三种人要有个前提，你得问清楚自己为什么要做第三种人。很明显，你想要X5啊别墅啊，这些理由是不够的，你知道，为了一点虚荣付出天量努力绝对不是件划算的买卖。"

李有喜有点被我说乱了，他的眼睛慢慢黯淡："那我该怎么办呢？"

这个问题我要是没想通的话，那天我或许就从天台上跳下去了。

想起那天的惊险，我依然有些唏嘘，我真真切切地叹了口气："知道水为什么往低处流么？"

这个问题太简单，李有喜都懒得回答或者不屑回答。

我接着说："当有一天你背负的压力大于你需要付出的努力并形成了一种落差的时候，水就会往低处流了，落差越大水流越快。"

不是形成落差就一定会成功，但起码给了我追求成功的真正理由。

~ 26 ~

李有喜有所触动："你的意思是我身上的压力还不够？"

我点了点头："个人认为，是这样。"

李有喜跃跃欲试："我不怕压力，你教我吧，怎么样才能加大我身上的压力？"

我摇摇头："这种压力不是别人给的，只有你自己能给。因为如果你不愿意扛的话，天塌下来你也会躲到一边；如果你愿意扛的话，别人打你一巴掌你也会觉得是奇耻大辱，然后知耻后勇埋头奋进。"

李有喜又蔫了，他没想到这个问题这么复杂，而事实上这个问题又怎么可能简单，如果简单的话，那这世界的成功人士岂不比比皆是？

我说："不过我可以给你些建议。"

李有喜摆出洗耳恭听的架式。

我说："压力分很多种，有我刚才所说的耻辱，还有就是责任，你应该见

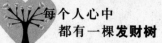
过老实人在家人生病被逼无奈之下埋头奋进然后发财的故事吧？"

李有喜点点头。

我说："再就是野心了，这个男人基本都有，但多数人都停留在空想，野心根本没转化为压力。还有一种，就是赌命了。"

李有喜很奇怪，问我："赌命？"

实际上，我的这个思路是刚刚想到的，我为自己想通了一个问题而欣喜："我有个朋友，他一直想学游泳，但他怕死还怕喝水，每次下水都要抱个游泳圈，到现在十多年了都只会个狗扒。我还有个堂妹，她是省田径队的，有一天一个教练告诉她划艇更有前途，但她不会游泳，于是教练要做的第一件事就是教她游泳。"

说到重点了，我有意顿了一顿："知道那个教练用了多久教会她游泳吗？"

他问："多久？"

我说："一天，就一天。那个教练划着个小艇把她带到河中间，然后在她的腰上绑了根绳，什么也没说就把她往水里扔，看到她喝水喝得快死了才把她拎上来，把肚子里的水弄出来后马上又把她扔下去。就这样，只一天，一天她就学会了游泳。"

李有喜一副震惊得说不出话来的样子。

我把目光集中到他的脸上说："我保证这是我身边活生生的例子，一个十多年没学会游泳，一个一天就学会游泳，其中道理你自己去想，英雄并不遥远。"我直视着他："你愿意的话，其实，你也能。"

李有喜眼望窗外，我看不出他在想什么，有些担心他选择平凡，但我还是觉得有必要把话和他说清楚，即使他选择离开，我变成光杆司令。

我把话挑开了说："富贵从来险中求，百炼才能出精钢，这是谁都逃不脱的自然规律，想出人头地想发财，你要有思想准备。"

李有喜回过头来："那你说的那些有特权、有一个好老爸的人呢？他们成功轻轻松松，根本就用不着这么辛苦，又怎么说？"

我说："当然，发财的方式有很多种，我说的只是其中的一种，一种只靠自己清清白白地白手起家的方法，个人认为这样发财才是最强悍最坚固最永久最安全的。其他的比如说有特权的那些，有一个好老爸的那些，包括大着胆子去走私军火贩卖毒品，还有中奖发财的那些，我们就不讨论了。这些不在我们今天的讨论范围。"

想了想，我觉得还是应该回答李有喜的问题，起码要尽量让他对一些不公平现象不那么耿耿于怀。

我说："有一万元的人想要十万元，有十万元的人想要一亿元，有一亿元的人想当皇帝，当了皇帝的人却对你能当街骂人当街拉尿羡慕不已。成功，有点像我们打篮球，总要跳一跳有点难度这游戏玩着才有意思，所以成功这玩意，对谁来说都不简单。"

我用力盯着他："我确信这一点。"

李有喜想了一会儿，眼睛终于变亮了："陈总，我知道该怎么做了。"

我扔给他一支笔、一个笔记本，还有一本黄页，说："好，我们就从打电话开始。"

~ 27 ~

回到自己的房间，站到窗前，张开双臂，闭上眼睛。

刚开始我是在鼓励李有喜，到后来我却有了意外收获，无数个不眠之夜百思不得其解的问题居然在鼓励李有喜的过程中想通了。

懂得了发财的规律，我还怕什么？

呼吸着夹杂了汽车尾气的空气，享受着从窗户外斜射进来的阳光，听着楼下隐隐约约的喧闹声，我有如重生。

我已经站起来了，再没有什么能把我打垮。

转过身来，我拨出了第一个电话，不紧张不着急，我从从容容地说道："你好。"

我静静地等他的回应，不是像以前一样生怕他不给自己机会而叽里呱啦地乱说一通，或者担心他借口不方便或比较忙而抢着把话说完。

那边传来回应："你好。"

我的语气实在是不像一个陌生人，听得出对方有些奇怪，他应该在脑袋里搜寻自己是不是有个这样声音的朋友吧？

我还是从从容容地说话："方便说话吧？"

那边的声音很客气："方便，请问你哪位？"

我几乎没和任何人说过，我以前也做过一段很短时间的销售，也打过很多陌生拜访的电话，但我从来没有成功过。

没错，没有成交一单就是我不愿和别人提起的原因。

以前我打陌生拜访电话从来没有一个客户在开始就说"请问你哪位"的，现在我知道了，并不是客户没有素质，而是我以前表现得太差。

我还是不紧不慢："某生，很抱歉打扰了，是这么回事，我是A公司Z城分公司的陈某，打电话给你的目的想必你已经猜到了，嗯，我就是想知道贵公司是不是需要用有机玻璃，我想知道在这上面有没有和贵公司合作的机会。"

并没像我以前打过的无数陌生拜访电话中的任何一个，马上急匆匆地说不需要或者随便找个理由或者直接挂了我电话，他也很有礼貌地回答："我们公司很少用有机玻璃，不好意思。"

很少用的意思就是拒绝了，但这拒绝我接受，不但接受我还心花怒放，因为我从来没有试过被人这么礼貌地拒绝。

如果说我以前打电话对方一听就知道我是个毛头小伙子，那么我现在给对方的感觉一定是一个成熟稳重的销售员，所以对方才不敢轻视我，并以礼相待，虽然我以前说的话和现在说的话其实没太多不同。

没有紧张没有焦急，也没有失望："噢，没有关系，谢谢你接听我的电话，很抱歉占用了你宝贵的时间，不打扰了，祝你拥有一个愉快的星期一，再见。"

对方说："谢谢，也祝你拥有一个愉快的星期一，再见。"

放下电话，我的心情就和老邓对我说"你会重新做起来的"时一样激动和欣喜。对于一个刚刚失败了的人来说，一句好话一点认同比金子宝贵。而对于一个刚刚站起来了的人来说，发现自己真实的进步也一样。

以前我打哪个电话沟通时这么顺利，客户这么有耐心？现在我知道并确认了，原来对方有没有耐心、愿不愿意听我说下去的原因在我而不在他。

我有一种啼笑皆非的感觉，为什么我现在才意识到这一点？

再想想，我又理解了，横看成岭侧成峰，远近高低各不同，我没有身处此时此地就不会有这等感悟。

永处庙堂之高的人在知道有人没饭吃的时候，居然会奇怪饿肚子的人为什么不吃肉；始终在江湖之远的人尽管尝尽天下疾苦，却容易一头栽在小胡同里，就是因为不明白什么叫两利相权取其重，什么叫轻重缓急，什么叫大局观。

也许只有都经历过的人，才会用一种比较正常、客观的心态去面对这个世界吧。也许只有真真正正地做到了移形换位多角度观察世界的人，才能知道什么是真实世界客观世界吧。

从这个角度说，我的公司倒闭是好事。

～ 28 ～

人要是状态好，时间都好像过得快很多，一上午很快就过去了，我伸了伸懒腰，闭目休息了一会儿，然后踱到李有喜办公室想看他的工作进展。李有喜办公间的房门没关，我老远就看见他坐在位置上发愣，我敲了敲门他才反应过来。

能猜出他遇上了什么，我一边走一边笑着说："怎么，受打击了？"

李有喜看上去被打击惨了，他一脸沮丧："业务真不是人做的事。"

我知道，如果说之前的谈话是解决了他宏观面上的问题，那么接下来我要帮他解决的问题细化了，比如说怎么打好一个陌生拜访电话。

我在他旁边坐下，把放在他面前的黄页拿了过来，随便翻了几页找到了一家有可能使用我们产品的目标客户，拿起电话拨了过去。

前台一般都是女孩子，这家也不例外："有什么可以帮到您？"

我笑着说："有，不过你肯定不愿意帮我。"

对方也笑了："你说说看。"

就像她是我朋友，事实上我在说话的时候确实把她当朋友："你忙不忙，如果忙的话我就简短点，不忙的话我就废话多点。"

她又笑了："还是简短点吧。"

我说："我是A公司Z城分公司的，我们公司是做有机玻璃的，贵公司平时肯定有用到，当然，贵公司现在肯定有稳定的供应商了，我还知道你一天说不定要接很多个像我这样的电话，但我还是希望你能给我机会把相关负责人的电话告诉我。"

那边估计正在想怎么拒绝我呢，我没等她想好又说："我们公司的产品在一些数据和价格上还是有一定优势的，这一点你放心。也就是说你给我机会实际上也是在帮你们公司节约成本，没有一定的把握我不会这么说的，我知道要是我们的产品没有竞争力的话，你即使给我电话也没什么用，那不但是浪费你们的时间，也是浪费我们自己的时间。"

那边迟疑了一会儿，然后我听到她报出了个号码，并说："这是彭经理的电话，你和他联系好了。"

我说："谢谢，你贵姓？"

对方有些意外："干吗？"

我笑得很大声："这还用说，去拜访彭经理的时候，当面向你致谢啊，顺便请你吃个饭。"

对方笑了一笑，说道："不用了，这不是什么大事。"

挂上电话，还是比较有成就感，我转过脸对李有喜说："运气还不错。"我和他开玩笑："肯定是因为你这部电话好，我们俩换一下怎么样？"

李有喜也笑："好啊，我还觉得你那部电话比较好呢。"

～ 29 ～

气氛轻松了很多，我又回到正题："我告诉你一件到现在都没多少人知道的事。"我神秘兮兮地说："其实我以前也做过业务，不过呢，做得不好，不瞒你说，做了三个月一单没开，然后被炒了鱿鱼。我一直把这事当成一件很丢人的事，没对任何人说过。"

李有喜盯着我："真的？"

我说："假不了。"李有喜"嘿嘿"傻笑，我又说："所以呢，做业务受点打击是正常的，不受打击才是不正常的，要是业务好做，谁都能发财了。"

李有喜点点头："那也是。"

我说："很多前台拒绝你的理由是不是她没得到授权，会挨骂？"李有喜点头，我说："这只是借口罢了，即使她没得到授权把采购部的电话告诉了你，她也不会因此挨骂的。大家都是抬头不见低头见的同事，换了你，你会骂她？"

李有喜说："我也知道她们是在找借口。"

聊到这里我又得到了新的启示，很多道理早就在脑袋里藏着，只是以前过得太顺利，没花心思去思考去整理，更别提整理后的升华。

我理了理思路："我觉得打电话可以分成三个阶段，一是你现在所在的阶段，一拿起电话来就紧张，害怕对方给你脸色看，把全部注意力集中到自己身上。二是积累了一定的经验，能用平和的心态和流利的语言说完自己想说的话，但不知道分析对方在想什么的阶段。最后一种是拿起电话，哪怕对方只'嗯'了一声，就能从这声'嗯'中大概估计对方有多大的年龄、现在的心情怎么样、什么样的性格，随之作出调整，用一种最适合的方式去和对方沟通的阶段。这和客户面对面打交道的道理是一样的，新手忙着应付自己的感受，老手能做到用一种比较正常、平等的心态去待人接物，高手知道揣摩对手，根据对方随机应变。"我不客气地说："你现在是新手，成为老手要花点时间，但想变成一个高手的话，你要用心去悟。"

李有喜点点头："我知道。"

我说："打电话也有它特殊的地方，因为见不到人嘛，所以我们很容易进入一个误区，把电话线那边的人当成是一个模子里倒出来的，甚至把他们当成手里的电话，而忘了这世界上每一个人都是有七情六欲的，每一个人都是你的同类，他们有弱点也有优点，他们有喜欢也有讨厌的人。"

李有喜点点头，又是一句："我知道了。"

我说："所以，一拿起电话，你就要把对方活生生地画出来，并快速找出对方最敏感的地方，作出相应调整。"我指着电话："你当我的面打一个电话。"

李有喜显得有些紧张，我想了想，这事确实不能操之过急。

我笑了笑："我理解，我也有过你现在的心情——紧张，比如说怕对方乱挂你电话，或者大骂你一通，或者怕自己说错了话，对不对？"

李有喜点了点头。

我说："没有关系的，对方在忙？告诉他很抱歉打扰到他了，自己会换一个时间打来。怕自己说错了话？谁没有说错话的时候呢。对方心情不好？你就祝他拥有一个好心情，然后说明来意，让他听你介绍一下我们的产品和产品的价格，说不定真的会有一个好心情。如果真的运气不好遇上了万里挑一的变态，微笑着挂上电话好了，谁没有一不小心踢到石头的时候呢？

"还有，你绝对不要把推销看成一件低贱的工作。你要知道，你卖东西给客户不仅仅赚了对方的钱，还帮助他们降低了成本，提高了效率，或享受到了更好的服务，这是一桩买卖，互利双赢的买卖，没有谁高谁低之分。这样你就能比较轻松地做到不卑不亢，你不卑不亢，对方也不会看不起你。我敢说这世界上谁都在做推销，父母向孩子推销自己的爱和人生经验，恋爱中的人向对方推销自己的美丽和优点，官员向上级和民众推销自己的执政理念，即使是深山老林里不用和人打交道的猎手，若想找到足够的食物活下去，他们还不是要向他们的猎物推销子弹？"

～ 30 ～

第一天我就找到了一个很有诚意的意向客户，第二天我上门去拜访他。

聊了几句我就知道自己的经验太欠缺，直接坦白道："不瞒你说，我刚干这行才一天，你就是我拜访的第一个客户。"

在这里，我就叫他黄总好了。

黄总肯定早就看出来了，他笑道："有什么不懂的，你可以问我。"

我问了黄总很多问题他都不厌其烦地回答，并主动教了我很多要注意的事项甚至行业内的一些潜规则。和老邓、老刘站在生产者的角度教我的东西相比，黄总站在使用者的角度教我的东西有很大程度的不同。

感激之情溢于言表，我说："真的太感谢你了，黄总。"

黄总却一副让我不要往心里去的表情："我年轻时也是这么过来的。"

第三天他就打电话过来说要货，他说："反正有机玻璃我也要用，你给的价格也还合适，就当帮你一把了。"

我高兴得想跳起来，或者大力地挥挥手，或找个人海扁一顿都可以，可惜我做不到，因为我是在上厕所时接到的电话。

我提着裤子冲出来的同时就听到了客厅——也就是前台兼接待室兼会议室里的传真机正在嗞嗞响地接收黄总发过来的订单。我守在传真机前，那感觉一点不比小时候拿100分，不比初恋，不比人类第一次登上月球来得差。

这张单我赚得并不多，几百块钱而已，但这几百块钱对我的意义绝对可以用黄金来衡量，它证明了这个行业是有前途的，我也是能做业务的。

李有喜羡慕地看着我："陈总，你确实很厉害。"

偷偷地抹了一把汗，第一单还好是我拿下来的，高兴的同时我没忘了鼓励他："你也行的，我相信。"

他用力地点点头："我也相信。"

拿着订单，我这才对李有喜坦白："其实我心里也发虚，我也怕自己走错了路，怕这个行业不适合自己，还怕自己不适合做业务。努力很重要，但如果方向错了，努力的楼梯没搭上正确的墙头，没有最大化地利用好老天爷给我们的天赋和长处，我们就肯定要付出更多的努力和时间才能得到同样的回报。如果这样我的麻烦就大了，我现在的情况你也清楚，时间对我太重要，我其实比你怕。"

一个背了千斤重担的人，总算挺到了可以放下部分重量的那一天，这个人是什么心情我就是什么心情，这个人是什么表情我就是什么表情。

我说："现在我可以不怕了，我相信我既然能开第一单，就一定能开第二单第三单。"

李有喜说："陈总，一切都会好起来的，绝对的。"

回家后和老婆说起，她用不可思议的眼神看着我，仿佛不认识我："想不到你也有这个本事啊！"

我洋洋得意得意洋洋："不知道吧？"

两岸猿声啼不住，轻舟已过万重山。

回头看以前的自己，真实地发现自己长大了很多强壮了很多。也许，不管我们如何嚣张跋扈、犹豫彷徨、害怕恐慌、原地踏步，我们都从没停止成长？

我去老邓厂里提货，老邓拍了拍我的肩膀："不错，好好干。"

老刘的话还是那么少，连句鼓励的话都没有，只是比我还要紧张地验货，嘴里唠叨着："这是你的第一单，千万不能出问题。"

~ 31 ~

这时我才去修我的手机，拿着一部连来电显示都没有的手机，怎么开展业务？

维修人员拆开后连连摇头。"这手机我们没法修，屏幕摔坏了，主板摔歪了，外壳摔变形了，"他看了我一眼，觉得不可思议，"从一楼掉下来的手机都没摔成这样，你这肯定是人为的。"

手机还在保修期，但地球人都知道人为除外，我早有思想准备，这也是我这么晚才拿来修的原因之一。

我不想为了一部手机而无理取闹："这机子是我自己摔的，我没说让你们

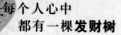
保修，给钱修要多少钱？"

那家伙如释重负。"先生，换个屏800块，主板我们这没有，要去总部调，具体多少钱还不知道，以前没有过您这种情况，我估计也要1000多元吧，加上维修费什么的，"他把手机推到我面前，"先生，我觉得您重买一部更划算。"

保修点就设在销售网点内，旁边就是琳琅满目的各种各样的手机。

他说："我给您拿一部新的？还是我给您推荐一部我们刚上市的新款手机？"

这时候让我掏几千块钱买个手机这是要我命，我把手机推了回去："那你能不能帮我把手机上的资料找回来？"

见我对购买新手机的热情不高，那家伙的表情僵硬了不少，他把手机再次推了回来："很抱歉，帮不到您，手机里的资料在这种情况下我们是不负责找回的。"

放以前我说不定跟那家伙吵上一架，或扔出几千块钱买台新手机走人，可惜现在的我已经不是以前的我了，抓过手机我转身就走。

资料找不回是有点可惜，不过也好，反正很多人根本用不着联系了。

以前手机响个不停，每月的手机话费都是以千元计。而现在，除了老邓、老刘、李有喜和老婆会给我打打电话，再除了要债电话、各种各样的推销电话，我的手机几乎都不响，手机话费更是一落千丈变成每月两三百块钱。

感慨，我十分地感慨；理解，我相当地理解。我当然没忘了提醒自己，以后交朋结友一定要擦亮自己的眼睛。

酒肉朋友不能不交，酒肉朋友是生活的基石，但一定不要忘了把他们放入一个名单，名单的名字我起好了，叫假账。

我还有另外一份名单，里面放着那些永远不会在我的背后捅刀子、在我需要的时候能帮就帮我，不能帮我也能打个问候电话给我的朋友。如果说酒肉朋友是我生活的基石的话，这些朋友就是生活的品质。

名字我也想好了，叫金屋，意义有二，一是藏娇，二是藏富。

或者我还应该有第三份名单，这份名单属于一些新朋友，我需要观察了解，我给这份名单起了个名字，叫暂存架。

面对好运：大公司的小关系

围着E公司办公大楼逛到第三圈时，我找到了突破口：地下停车场出口处值班的保安。

为了做好这件事，我也算是卑鄙无耻了，但我还有更好的选择吗？

自己，只有自己才是书写个人历史的唯一主角。

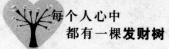

~ 32 ~

是我公司成立后的第十几天还是第二十几天，我不记得了。

窗外如这个城市大部分的日子一样明媚，室内特别是客厅，因为房子采光不是太好，有点幽暗和沉闷。

我坐在客厅发呆，在房间里呆得太久了做出的下意识的放风行为。

第一单的激情过后，我们接连十几天都没再开单，我和李有喜的情绪都开始烦躁。容易理解，被周而复始、枯燥无味的工作淹没，两个大男人除了工作和讨论工作外几乎找不到其他的话题，不烦躁才怪。

谁都想要激情热情，我们也不断地强迫自己保持状态，但在长时间看不到回报的打击面前，我们也抵挡不了情绪被侵蚀。

尽管我发了疯地想赚钱，尽管我每天都在鼓励李有喜，他也愿意听我忽悠，一天天地坚持着来这个"两人有限公司"当一个没底薪的销售经理。好玩的是，他的另一个唯一的同事兼领导兼老板的我，和他的头衔一样。

有时我会想，如果没有那个电话，我会走向何方？以自己的固执或许能走出一片天地，但一步变步步变，我能肯定？

我不知道电话的内容，能记得的只有李有喜施施然从房间里走出来时的表情。

他的脸微微发红，他显然在努力控制着自己的某种情绪。"E公司，是E公司，"他吞了一口口水，"刚才E公司的人给我打电话，要我们明天送样品过去。"

麻雀虽小，但什么事我们都干。贸易通和QQ随时在线，专业论坛、QQ群到处做广告，电话陌拜，等等。可以这么说，国内国外只要有潜在的客户的地方就有我们的身影，我们就差对全世界大喊：我们是卖有机玻璃的。

E公司是在网上看到我们发的信息，然后打电话过来问有关情况的，并让李有喜第二天送样品过去。

E公司，我听过它的大名，传说中的大款型企业，只是他们怎么会用到我们的产品？

这年头形形色色的骗子太多，我还有些不敢相信："是真的还是假的？"

李有喜这才平静了一点："应该是真的。"

我说："对方让你把样品送到哪里，来电显示是多少？"

我把李有喜给我的地址和电话号码输入互联网进行搜索，心一阵狂跳，结果显示这事确实是真的。

冥冥中真有天意？

~ 33 ~

我稳了稳心神："把具体情况说一下。"

李有喜把通话过程简单地说了一遍。

原来，E公司是想让我们用有机玻璃加工成一个展示架，这种展示架是放到各大商场里用的，数量很大。

竟然是超级大单？天上掉馅饼？中大奖？已经很久没有过，我的心抽搐了，难道老天爷不忍心看我如此苦累，要救我于水火之中？

冷静下来一想，这又关我什么事？这是李有喜接到的单，我对他嫉妒得简直眼睛都要发红了。

还好我能控制住自己的情绪："那你还待在这里干什么，还不赶紧回去收拾一下。"

李有喜并没回答我的话，过了很久他才慢慢说道："我有点不太想去。"

我先是有些吃惊，然后反应过来他在想什么，心头一阵狂跳："干吗不去？"

他表现得很理智很淡定："我知道这张单我接不下来。"

我承认，我很想把这张单接过来跟，但我不可能也不会横刀夺爱，我劝他："你不试怎么知道？"

他也觉得可惜："我没有信心。"

我对李有喜也有一定的了解，我觉得他说的可能是事实，一个年轻的没经历过多少事情没做过几天业务的他，要把这张单接下来的可能性确实不大。

我直视着他，目光炯炯："你不去的话，我去？"

李有喜把视线转向了窗外，我能理解他的感受，这不亚于他很喜欢一个女孩，但他知道女孩子不会喜欢他，然后把这个女孩让给我去追。

他淡然说道："好。"

尽管不忍心，我还是再问了他一遍："你真的考虑清楚了？"

这次他犹豫了一下，但还是没改口："考虑清楚了。"

我没再废话："这张单我要是能接下来，我会给你一笔钱。"

在跟单成本和利润都无法确定的前提下，我不能明确告诉他我会给他多少钱，也很难明确提出一个如一人一半之类的具体方案。说出去的话就是泼出去的水，我宁愿他现在心里有想法，也不想在事成后因我兑现不了承诺而大家不愉快。

在这点上李有喜知道我是什么样的人，他理解并不以为意："好。"

我没有意识到这个普普通通的下午对我的意义，也没意识到李有喜的这一让对我有多么重要。

我也问过自己，我如果是他，拥有和他一样的能力和信心，我会让？我见过太多的赌徒，宁肯输得一干二净也不愿别人给他换换手气。

自知，本来就是从来都是当然也是一种智慧，事实证明他这一让不但帮了我，也帮了他自己。

~ 34 ~

凌晨五点，我醒了。

看了表，坐在床上发了一阵呆。人真是种神奇的动物，很少在这个时候醒来的我，不等闹钟响就醒了。

早上5点半，没有公交没有地铁，坐在出租车里看着窗外静寂的城市，呼吸着早上清新的空气，我有一种出征的感觉。我觉得这张单就是老天爷给我安排的，我能拿下来。我又马上嘲讽自己，买彩票的人都认为下一个大奖是自己的。

早上8点一刻，我就赶到了E公司的总部，离约定时间提前了45分钟。

趁还有时间，我在路过小摊时买了盒酸奶和俩馒头，然后就这么一边喝着酸奶咬着馒头，一边围着E公司的总部大楼转。

整栋大楼四四方方端端正正，外墙主色调是灰色，这世界除了蓝色绿色外最多的天然色。大楼在细节设计上似乎有表现中国天圆地方思想的味道，一眼看去，给人的感觉是虽然平平无奇不引人注意但稳重可靠。

或者，一家企业的运作方式经营理念实际上就是老板或者说操盘手个人风格和性格的体现，这种体现甚至会一直延伸到这家企业的方方面面，包括公司的内部装修，更别提整栋总部大楼的风格。

这世界收集资料的方式多种多样，包括一栋大楼的建筑风格。一个高明的猎人能读懂森林的语言，一个出色的侦探不会放过任何蛛丝马迹，一个顶尖的业务员当然也应该从对手的办公场地中看到很多的信息。

来之前我查过E公司的资料，这栋大楼是他们自建的。

没有多少老板会放弃对整栋大楼的建筑和设计指手划脚的，如果他放弃，只能意味着他主动或被动地退休了。我相信我如果看懂了这栋大楼，就等于部分看懂了E公司的老板或E公司实权派人物的思想，部分看懂了E公司的企业文化、企业性格。

综合收集到的那些资料，E公司狂风暴雨密集阵式的营销手段，少得可怜的对E公司老板的只言片语式的揭秘，再结合这栋大楼，对于E公司的风格我似乎找到了一点感觉：锋芒在外，内敛于内，低调沉稳，闷声发大财。

这思路未必完全代表了E公司的企业文化和性格，但至少能让我在还没开始和他们接洽前就做到有的放矢。

好玩的是，当我再把目光拉远，把这栋大楼放到整个片区的背景里来看时，我又发现了新的东西。E公司总部大楼的设计初衷或是想表达出一种成熟低调的风格，但和旁边其他的或豪华或现代的大楼比起来，这栋楼的稳重、低调反而显得突兀了。

不知道这栋大楼的设计师和E公司的老板有没有意识到，他们的低调放在一个高调的环境里，其实是一种更高调？仰望着E公司的办公大楼，我中止了考虑E公司的事情，有一个念头在心头浮起：这里会是我翻身的福地？

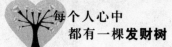

~ 35 ~

林生，一个看上去很冷静且酷酷的小伙子。

在这里，我就叫他小林吧，因为看上去他要比我小一点，这一点在之后的交往中也得到了证实。

握手，互换名片后，他以开门见山的态度说："样品呢，拿来我看看。"

没有人端茶倒水，也没有请坐，我知道这次的谈话应该不会持续太久。

我从背包里拿出准备好的有机玻璃样品递到他手里，这个过程我没说话。也许多数人都会在这个时候叽里呱啦地说个不停，说些大同小异的客套话或自以为出色的专业术语、技术指标，他们生怕错过了每一个表现的机会，却忘了小林这类人早对这一套听厌了。

既然这样，我不如主动放弃机会，把时间用在静默上，一来让对方觉得我有所不同，二我也可以集中精力观察小林。

小林把我拿出来的小块有机玻璃样品翻来覆去地看了几遍，态度有些拽："你们的材料和友达公司的有什么不同吗？"

我似是而非地回答："区别不大，都是挤压板，用的原料也几乎一样。"

小林侧目看了我一眼，对我的表现有些奇怪，我心道你能表现得这么拽，我就不能假装昨天晚上没睡好觉？

对我的似是而非的无礼，他没往心里去："这些样品留下来可以吗？"

知道他要拿着样品对比研究，我说："当然没问题。"

他一点都不和我客气："陈生，我们这次就谈到这里，我们需要了解一下才能再给你答复。"

这么快？

有些失望，但我不能表现出来，我选择了保守："好，希望能有机会和贵公司合作，这将会是我的荣幸。"

我们有时需要推陈出新，有时却不能不中规中矩，在情况不明的时候尤其如此。

身为大名鼎鼎的E公司的采购，这话他听了不知多少次了，他脸上酷酷的表情依旧，淡淡说："客气了。"

然后他礼貌地送我到门口，我们握手道别。

为了这一次会面我来回300多公里，光车费就300多块钱，如果就这么个结果，那实在是让我心寒。

就这么回去？我心有不甘，很不甘。

绕着他们的办公大楼我绕了一圈又圈，然后找了一个僻静的地方坐下。

先不管三七二十一，掏出手机给小林发了个短信："林生，很高兴认识你，希望我们能有机会成为朋友。——A公司陈某。"

他回了两个稍有些词不达意且超简单的字过来："好的。"

哪怕你只是纯礼貌地回我两个字，但只要你回信息就好，哪怕是一点点缝隙我也要挤出一片天堂来。

我也回了两个超简单的字过去："谢谢。"

~ 36 ~

仰望着E公司的办公大楼，我在脑里回忆着刚才会面的细节。

先是前台妹妹的端庄大方和活泼，然后是酷酷的看上去并不怎么喜欢说话的小林，他们的一举一动、穿着打扮我都在脑海里回放并分析了一遍。

还有E公司既不奢华又不简单的装修，安静得都能听到敲击键盘声的办公场所，桌上用的某牌子的电脑，坐的某牌子的电脑椅，甚至一路上我看到的他们摆设的绿化植物，我都在脑海里回想了一遍。

让我最有印象的是一点：我见到的多数人脸上的表情，不同于很多成立了多年的公司里的员工脸上的懒散或麻木，而是有所区别地夹杂了少少激情和少少忙碌的平常，要做到这一点，对于一个成立了15年的民营企业来说不容易。

我把我看到的想到的，加入那些在网上找到的E公司的资料集合在一起搅拌。

有的公司，最重视的是价格；有的公司，最重视的是面子；有的公司，最重视的是质量；有的公司，最重视的是回扣。

对我来说，E公司的偏好，他们的企业意志企业文化企业价值观都是我感兴趣并且应该搞懂的地方，这将决定我接这张单的态度和方向。

看到E公司的第一眼，看到小林还有前台小姐包括E公司老板照片的时候，我有一个感觉：这是我喜欢和欣赏的，也就是说说不定在有些方面我的性格想法和他们的喜好文化相吻合。

从这一点上说，搞定这张单有一定希望。当然，这对于我来说，本身可能就是一种心理战，或者说心理暗示、心理安慰。

兵马未动，信息先行。

我得想办法收集点情报，哪怕能认识一个E公司无关紧要的人都可以。

从E公司的周边下手？郁闷的是，他们的办公大楼下面既没有便利店，也没有小餐馆，我想打听消息和寻找切入点都无从着手。

连美丽邂逅、守株待兔这些最无聊但有时也会很有效的招我都想过，我见过销售高手把这些招用得出神入化。

但以E公司的名气和实力，我的竞争对手肯定很多，也就是说我能想到的别人也能想到。一件事第一次做的人是天才，第二次做的是人才，第三次做的是蠢才。所以，我必须另辟蹊径。

想办法认识一个E公司的人不难，甚至拿到他们老板的手机号也不是很难，最难的是在这个过程中无迹可寻并且不让对方反感。我直觉E公司这样的企业，当它发现你用很低级的营销手段去公关的时候，你很有可能立刻出局。

那么，我该怎么办？

～ 37 ～

围着E公司办公大楼再逛，我终于找到了一个突破口——地下停车场出口处值班的保安。

选他的原因有以下几点：一、相对正门的保安来说，他不那么引人注意，也就是说他被我这种业务人员骚扰的次数较少，应该来说他会更有耐心；二、他更无聊，和他聊天估计比较容易上手，再加上这里很少有领导监督、路过什么的，他和我聊天也不会有太大压力；三、相比那些能在领导面前表现的岗位上值班的保安，在这种比较偏的地方值班的保安有可能不是很懂钻营，也就是说比较实诚，这对我来说是好事，起码他不会动不动就用手上的信息和我谈条件开天价。

我走了过去，对他说："兄弟，问你个事。"

他四方脸，个子不矮但依然显得敦实，年纪应该不大，他警惕地看着我："什么事？"

看他的反应，第一感觉就是搞定这家伙的希望不大，心里已经知结果了，但我还是有些不死心。

我不抽烟，但包里总会放上一包，我从包里掏出香烟，投石问路："来一支？"

他摆摆手，表现出一种不容易亲近的警觉："不抽。"

如果他接了烟，我就会顺水推舟把那包烟给他，看样子这招不顶用了，我没勉强，顺手把烟放回了包里。

只是抱着一种死马当活马医的想法，我仰仰脖子示意了一下他身后的大楼："我是做有机玻璃的，今天过来你们公司谈合作，能不能打听点情况？"

他倚着治安岗亭的门，懒懒地说："我们都是些小保安，哪知道什么情况。"

我没指望很快很顺利地得到有价值的信息，这不现实，我只是想在谈话中找到和他攀亲结故的机会。

我说："兄弟你是哪里人？"

他不耐烦了，挥了挥手表示不想再聊下去："不好意思，我们上班的时候不让聊天。"

做业务失败是常态，我没当回事，闪身走人，当然临走的时候还是说了一句："不好意思，打扰你了。"

~ 38 ~

我又围着E公司的办公大楼绕，绕了一圈没找到机会，正准备打道回府。

机会来了，我看见刚才的保安在和一个人争执。

路口停着一辆本田车，仔细观察一下现场，原来因为铝合金道闸出现故障没升起来，压在车顶在上面划出了一道长长的刮痕，他们为这事争执。

本田司机气势汹汹地说："把我的车给刮花了，不赔钱我让你吃不了兜着走。"

保安对着对讲机喊："队长队长，你过来一下。"

那车主怎么这么不给保安面子，他难道不是E公司的人？停车场对外开放，还是那车是来办事的外来车辆？

这无关紧要，重要的是我能在其中抓住什么机会。

一会儿队长过来了，一看情形就知道这是怎么了，他先训斥了保安一句："你怎么不注意点。"

保安挺委屈，他反过来埋怨队长："早就和你说过这栏杆失灵了，叫你找人来修。"

队长一脸不高兴，没和保安争辩，把脸转向本田车主："你说怎么办？"

车主挺干脆："还能怎么办，赔钱啊！"

队长也爽快："赔多少？"

车主伸了两个指头出来："2000块。"

包括我在内都吓了一跳，抢钱？

队长看上去挺压得住阵脚，他很看不起本田车司机趁机敲诈的行为："你这车重新补一下漆也就几百块。"

车主叫嚣："你去帮我补啊，我给你车钥匙，你补好了我一分钱不要你的，你不知道整个车顶都要重新喷漆么？"

当然，对我来说他们怎么吵不是重点，重点是保安赔了对方多少钱。

等车主和队长走后我上场了，我意味深长地说："600块太多了。"

同是天涯憋屈人，保安兄弟对我的态度好了很多，他发着牢骚："遇上无赖了，没办法。"

我点头，同情状："他这车肯定买保险了，这600块他纯赚。"

被我这么一说，保安更委屈了："我操他妈，他占不了我多少便宜的，他车牌号我记住了，我要下次见到他一定把他的车搞花了。"

我笑了，这世界没一盏省油的灯，我作了个决定："想不想把这600块赚回来？"

他打量了我一眼，看我不像开玩笑："怎么赚？"

我又冲E公司仰了仰脖子："只要你能把你知道的关于E公司的事情，或者能介绍一个这里面的人给我认识，这600块我帮你出了。"

他有些不相信："真的？"

我点点头，很认真地回答："真的。"

他又打量了我一眼："你真是做有机玻璃的？"

我从包里掏出一张名片递给他："这是我的名片。"

他接了过去，在名片上扫了几眼，疑心去了大半："可是我现在不能和你说话啊！"

我大喜："没关系，我等你好了。"

39

在一家不起眼的小餐馆里，我们开始了对话。

他仍然存有戒心："你想知道什么？"

为了让他轻松点，我并没有就此切入话题，而是问道："怎么称呼你比较好？"

他调整了一下坐姿，对我绕弯弯的谈话方式有些准备不够，但还是答道："这个，我姓张。"

我问："我叫你小张可以么？"

他的情绪没有刚开始那么紧张了，我让他觉得这是一场生活中很平常的谈话，而不是一场交易。

他点了点头："可以。"又问："您呢，您贵姓？"

我说："我姓陈，我的朋友们都叫我老陈，你愿意的话你也这么叫我好了。"

小张反应还蛮快，他马上夸张地说道："这哪里行，陈老板。"

我问："你哪里人？"

他说："湖北。"

我说："我们算半个老乡。"

聊了一会儿，气氛好了一些，他说："陈老板，有什么我能帮上忙的，你尽管说。"

我想了一想，虽然有很多的问题想问，但并不是这个时候。我有一个观点，先把自己能做的事情做完，再去请教别人和让别人帮忙，这样的话不但锻炼了自己，并且让愿意帮自己的人不会因自己没有准备，或问的问题太多太简单而厌倦。

现在，我什么都没做，要问问题的话可能几个小时都问不完，我应该把小张回答问题的热情积攒下来。

好钢要用在刀刃上就是这个道理了，所以我说："现在我还没想好，我想好了会来问你的。"

然后我数出600块钱，放在桌上推了过去："这600块钱你先收下。"

小张把钱推了回来："你什么都没问就给我钱，这钱我不能收。"

小张果然实诚，我又把钱推了回去："我会问的，只是我现在还没想好问你什么问题，这钱你先收下。"

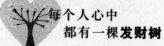
小张挡住了我的手："陈老板，就冲你这么看得起我，这个忙我帮你了，我不要你的钱，你想问我什么问题尽管问。"

我态度坚决："既然是朋友了，你就不要和我客气，这钱你收下。"

小张犹豫了一下，把钱收下了，他脸上并没有什么感激涕零之类的表情，而是很质朴地说："陈老板，有什么要我做的你尽管说。"

看到小张终于收下了那600块钱，我表情平淡，心里却有一种壮士一去不复返的悲壮。我知道，这意味着我要在这条路上如堂吉诃德般勇往直前，佛挡杀佛魔挡杀魔全力以赴不惜代价不撞南墙绝不回头了。

我举了举手中的茶杯："好。"

我不知道有多少人会干我这种事，一上手就用600块去买一个希望，一个实际上很小很小的希望。

电视里经常看到商业大亨为了一个情报魄力十足地一掷千金。但在现实生活中，我在身边没见过一个这样的，不说见连听都没听过。有魄力的老板不会亲力亲为干这种收集情报的事，而有能力的业务员又有几个愿意冒着报不了账或被老板猜疑的危险，为了那么点提成和工资去掏这600块钱？

这算是我毅然决然帮小张出这笔钱的原因吧。

既然我必须另辟蹊径，那我就做个疯子，一个不惜代价的疯子，在这条路上不是你死就是我亡的疯子。

600块很多么？不多，不够吃一顿饭甚至给一次小费。600块很少？年收入600块的人也不是没有。什么时候说什么事，对于这时的我来说，600块也不是一笔天大的钱，但也绝对不属于小钱。

我要是知道自己马上将迎来历史上罕见的窘迫期，口袋里一两百块钱是常态，最穷的时候因为口袋里没有钱经常吃馒头度日，因为没钱长途跋涉走路回家，还因为没钱拒绝一个远道而来的朋友会面的要求，我不知道我又会怎样选择。

也许，人到了这个时候赌性或者还更大一点，因为这事要是放在以前，我既不会去这么拼，也不会去这么赌。

是不是赌性不大的人不适合做生意？因为他会在不断的犹豫中错过很多机会，包括学习总结成长螺旋式上升的机会。当然，赌性太大的人或者说不知道权衡利弊控制自己的赌性的人也应该不适合做生意，因为他很可能一次就输得倾家荡产。

40

回到家把账记了一下，算上路费、吃饭和给小张的那600块钱，这一趟我竟花掉了1263块钱。合上笔记本，强迫自己不去想这个数字，我告诉自己不要去在乎钱，我对自己说唯有心硬如铁，才能在这条艰难路上坚持前行。

我去G城（广州）干什么老婆是知道的，她问我："怎么样？有没有收获？"

我说："我感觉还不错，应该有希望的。"

老婆知道我这是在提振她的士气，她没把我的话当回事，而是说起了另一桩事："我弟要结婚了。"

她弟在内地，一直在谈对象但一直没找到合适的，不久前又谈了一个，我说："这么快，不是刚认识么？"

老婆说："我们那就是这样，觉得合适就会很快结婚。"

胸口又开始发闷，心跳也快了，身体也似乎发烫了，真怀疑自己这样下去会得什么病，我叹了一口气说："在这个节骨眼上。"

老婆说："我跟我爸妈说了，现在我不能坐飞机回不去，你工作忙并且要照顾我，也回不去。"

知道老婆这样做是为了省钱，我用了点力捏了捏老婆的手："难为你了。"

老婆说："我弟结婚，我们肯定要支持他一下的。"

屋漏偏逢连夜雨，船迟遇上打头风，我知道这事肯定要花钱，但也知道有些钱不得不花。

我说："这是应该的。"

老婆说："我们给两万块吧，然后再帮他从这边把家具买了寄回去。"

我想对老婆说这事能不能缓一步，但实在是开不了这个口，我们是她父母的骄傲，这个时候不出力什么时候出力？还有，这条路也是我们自己选的，我们根本就没对她父母说他们的骄傲已经像霜打的茄子一样，蔫了。

我想，人的潜力也像乳沟，挤一挤总是会有的，最难的第一步都挺过来了，会被这几万块钱难住？

我说："好。"

老婆说："钱我这边还够，不用从你那里拿。"

刚成立的"两人有限公司"虽然小，并且用的是以前的电脑、传真机、打

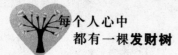
印机，但租个两房一厅再加楼下可以当仓库用的储藏室，再随便买点办公家具和用品，把开支压缩到极致我还是花了一万多块。

连手机坏了我都不敢再买一个，而是跟老婆换了一个用，我的窘状可想而知。

咬紧牙关坚持？确信人的潜力？或者吧，没有这些我早放弃了。但真的确信只要愿意努力我的未来就一定会像日出东方一样辉煌，并且不可阻挡？

也未必。

经历过才会知道，人的心情在这时起伏是非常大的，跟坐过山车没什么不同，张狂起来会觉得自己无所不能，定能走出一片艳阳天，怀疑起来又会觉得前方黑暗一片，自己所做的努力不过是螳臂当车不自量力。

面对无所不在无时不在的压力，生活对我来说已无趣，让我不忍离去的只有一点：责任。或者还有另外一点：希望。未出世的宝宝成了我最大的精神支柱，我想要是没有宝宝，我都不知道我能不能坚持住。

～ 41 ～

吃早餐的时候，有人按门铃，我打开门一看，是老熊，以前是我的供应商，现在是我的债主。

老熊打过多次电话找我要钱，也来过我家几次，我每次多少都会给他一点，虽然只是一千两千地给。

时间拖得太久，他有些不耐烦了："陈总，那笔钱就别拖了。"

我搬了家，手机号码虽然没换，但早出晚归的找我不易，他有些火气也算正常。我说："再给我一点时间吧。"

他说："不是看在兄弟的面子上，我早就采取措施了。"

我陪笑："我知道。"

他说："你知道的，我今年也亏了不少钱，手头特别紧。"

我说："我知道，我知道，可是你看我为了还钱，把车子、房子都卖了，我是那种欠钱不还的人么？"

他说："我知道你不是，但你总不能一直拖吧？没什么说的了，你今天无论如何也得把钱给我。"

他每次都这么说，我也几乎每次都是这么回答："没有，真的没有。"

他在原地直转圈："你就当帮我个忙吧！"

我说："不是我不帮你，而是我实在没钱，不瞒你说，我老婆生孩子的钱在哪里我现在都不知道呢。"

他不相信："你和我开玩笑吧？"

以前打死不低头的自己落到了要用老婆做挡箭牌的地步，我努力抑制着自己的沮丧："不骗你，真的。"

他还是不信："你今天不给我钱我就不走了。"

我也有些火了，他不走我就不能干事了："老熊，咱们做事要讲良心，你在我这赚到的钱不会少过这个数，这些钱我又不是不还你。"

老熊张了张嘴，想和我争辩一下，但还是没开口。

我又掏出钱包，数出2000块，说："这些钱你先拿去，就当是零花钱吧，你放心，我欠你的钱不会不还的。"

老熊走后，老婆说话了："你不适合做生意，有的人欠债就像大爷，而你……"

我又是陪笑，心中有些苦涩，我真的不适合做生意？

短期目标鱼和长期目标鱼钩只可以选一样的时候，很多人都会选鱼，而我却毫无疑问的是选鱼钩的那个，如果我饿死在半路，我就成了笑谈，我要是坚持着到了海边，我就成了富翁。其中的道理得失，谁又敢说自己唯一正确？

我说："也许吧。"然后在心里偷偷地用"燕雀安知鸿鹄之志"这句话安慰自己："小胜靠智，大胜靠德。"

她叹了一口气，叹得我心惊肉跳，我很怕我未来的宝宝是忧郁型的。

她说："欠债还钱天经地义，但到了这个时候我们得多为自己考虑了，你就算不为自己考虑也得为我和宝宝想想，我们手上的钱越来越少了，那些债能拖就拖吧。"

钱钱钱，所有问题的焦点都集中到钱上了。

在去公司的路上，我给小林发了条短信："祝你今天有一个好的开始，并祝工作顺利！——A公司陈某。"

几分钟的等待都如同一个世纪般漫长，不比当初和老婆谈恋爱来得轻松。

还好他回复了："谢谢。"

我回："不客气。"

到公司后，李有喜看到我的第一句话就是："昨天的情况怎么样？"

看上去他不比我轻松，我说："不怎么样，五分钟没到就把我赶出来了，说让我回来等消息。"

他脸上的失望显而易见："那是不是没希望了？"

我把公文包扔到了客厅的沙发上："那也不是，这种事情哪可能去一次就知道呢？"

李有喜点点头："也是。"他心里明明比我急，但又不知道怎么说，想了半天他才挤出一句："那我们就这么等，是不是该做点什么？"

我把自己也扔到沙发上："当然，坐等消息肯定是不行了。"瞅了他一眼，说："如果是你，你会怎么做？"

他想了一想："我不知道。"然后又说："打电话请客户吃饭？"

我问他："你觉得这种情况这个时候，对方会同意和你出来吃饭？"

李有喜摇了摇头："应该不会。"然后问我："那应该怎么办？"

想来也好笑，我做过业务，但那是一段极为失败的工作经历。我就是在这个基础上摸索做业务的技巧和方法的，并且我认为自己还算专业。无他，年龄阅历，也许还要加一点巨大压力下的主动思维。

我说："这些事情其实也不复杂，你有没有追过女朋友？"

李有喜一笑："当然有了。"

我知道帮李有喜就是在帮自己，所以我尽可能地把想到的悟到的说出来和他探讨："我觉得做业务和追女朋友是一样的。"我启发式提问："如果你在朋友的介绍下认识了一个女孩，第一次见面分手后你会怎么做，马上打电话给她说要请她吃饭？"

一般牵涉到讨论工作，李有喜不是很愿意说出他的看法，他做得最多的动作就是安安静静地看着我，听我讲。

对于他这一点，我也很郁闷，但也没办法，我继续说道："如果她是一个

68

贪玩的女孩这样也可以，但她要是一个文静腼腆的女孩，你这样做说不定会把她吓跑。"

李有喜点点头："那是。"

我说："有人追女孩喜欢用钱砸，这种方法可以用来对付大多数人，快并且简单，但一般来说这种感情并不稳固。有人喜欢和所追求的对象交心，这种方式比较适用素质较高的客户，比较慢，我甚至认为这还是俘获他们的唯一方法。"

说到这里，有一个念头冒了出来，毫无疑问，E公司这个客户就得用文火慢慢地炖。

我说："你要经常提醒自己，把你的每一个客户都当成是美女，都是你的追求对象，她们的性格各不相同，你不能用同样的方式去追求她们。还有你不能急躁，你不能指望所有的女孩刚见面就和你上床，哪怕你是天下第一号大帅哥，这也是不现实的。所以你不但要给她们时间，你还要给自己时间，不要因为你想和对方上床而暴露了你的缺点，或者说犯一大堆错误。"

李有喜说："嗯，我这几天犯的就是这个错误，我恨不得今天打完电话明天就签单。"

我说："还有，就像很多女孩找了一辈子都找不到自己最喜欢的人一样，很多客户也找不到各方面都满意的供应商，你要记住这一点，始终保持住你的热情，就像对待一个你爱的但她不爱你的女人一样，用你的真心告诉她，你也许不是她心目中最好的那个，但一定是最爱她的那一个。当然，这里面有一点要注意，爱是一种权力，被爱是一种幸福，一定要掌握好尺度，不要因为你爱某个女孩，让她觉得被你爱是一种痛苦。"

~ 43 ~

我和李有喜说的就是我即将要做的。

看了看时间，觉得差不多了，我给小林发了个短信："回来后，我们开会讨论了一下，我们公司上下都对这件事很重视。不管有没有机会和贵公司合作，公司领导上下及我都希望贵公司知道，如果贵公司能给我们机会，我们一定会全力以赴地把这件事做好。"

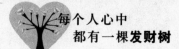
开会讨论那是狗屁了，老邓和老刘根本就不知道我在跟这单。

小林又回了那两个字："好的。"

发完短信，我把小林给我的名片上的各种资料都用搜索引擎搜了一遍，分析搜索出来的信息，再搜索再分析，直到我认为能找到的信息都找到了。

网络时代，这是一个最好的时代，也是一个最坏的时代。互联网帮我们成倍地提升工作效率和生活品质的同时，也把我们暴露在阳光下。生活中我们说过的话随风飘散，但我们在网络上打出的每一个字都可能会被记录上万万年。

查完资料后，对小林的感觉更立体点了，我又给他发了一条带了一丝试探性质的短信过去："林生，很抱歉打扰你，希望你能理解，随时欢迎你的来电，有关工作还是无关工作都欢迎。"

我要像追一个女孩子一样让小林知道，我始终在想着他惦记着他，当然我也会尽量让他不觉得这是负担。

这一次，他很久都没有回复。

我知道，我终于让他觉得不能再随意地回我短信了。有一种直觉，他不回复我的原因不是因为他厌烦了我对他的骚扰，而是他很为难，他也是那种不轻易许诺的人，他不能和我过于热情地讨论某个问题，因为他也没把握。

我怎么知道他是这种人？很简单也很虚幻，来自网络上的他留下的各种足迹，说过的话留过的言，包括他老婆在淘宝上开的店。为了做好这件事，我也算是卑鄙无耻了，但我还有更好的选择？

还有一部分来自E公司的那栋四四方方的总部大楼、装修风格、员工面貌等等。我相信，和整天叫嚣诚信第一的企业不一样，像E公司这样目光长远的公司，早就把诚信踏踏实实地落到了实处。

我的判断未必对，我的应对方式也未必对，却是我自认为的最好的最适合我的方式。

我很早就知道了参考别人很重要，但认识自己更重要。即使努力地去学习别人，最终目的也是为了认识自己。这也是我走了无数弯路而得到的真实经验，我学习我模仿过，但走过千山万水我才发现——自己，只有自己才是书写个人历史的唯一主角。

实话实说：我们厂设备不齐

老刘吃了一惊："实话实说？你跟他说我们厂连设备都不齐？"

我当然知道这样做风险很大，但是撒谎对我来说风险更大。我算了一下：犯个小错减十分，主动坦白加十分，给对方留下一个深刻印象加十分——最后总结：我赚十分。

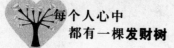

~ 44 ~

　　等待是件漫长且痛苦的事情，这或许是原因，我又失眠了，而且是一波一波接连不断最起码持续一星期的失眠。

　　躺在床上我笑自己，E公司的事八字连一撇都谈不上，就被你拿来当抵挡压力的盾牌了？

　　老婆被我的辗转反侧吵醒："怎么，又睡不着了？"

　　我说："在想一些事情。"

　　老婆拍了拍我的肩膀："压力不要太大，有钱没钱日子都是要过的。"

　　我说："嗯，我知道。"

　　曾以为自己变得麻木不仁，曾以为最艰难的时刻已经过去，可惜我错了，原来失眠、压力、恐慌这东东也和潮水似的，稍有点风就会掀起滔天波浪。

　　我整晚整晚地胡思乱想，有时是意淫接下E公司订单后的扬眉吐气，有时是后悔自己犯下的种种错误，有时也会咬牙切齿地痛骂老毕、何萍他们的不义。这个过程经常要等到自己的身体实在撑不住，才沉沉睡去。

　　第二天，我还要强撑着去上班。我在心里对自己说：你连自己都战胜不了，那你就没有资格翻身。我还不敢让李有喜一个人待在办公室的次数太多，我怕他失去信心，我怕李有喜放弃。

　　如果李有喜坚持不下去，留下我孤零零一个人，我也不知该往哪里去。看上去再强大的人的后面，一样有一颗脆弱的心。

那种神话般从头到尾坚持的人，我没见过。拿我来说，表面看，在我的朋友圈子里我算是个比较鲜见可以称得上坚韧的人，但只有我自己知道，我害怕起来有多脆弱，虽然我坚强的时候，有时会夸张到觉得自己顶天立地无所不能。

晚上没睡好白天就打瞌睡，太累太困了的时候我会在办公室睡觉，我不得不对李有喜承认："最近经常失眠，实在是撑不住了，我要睡会儿。"

李有喜说："陈总，我知道你最近很辛苦，你放心睡觉，该做的事交给我好了。"

沉沉睡去的时候，我脑袋里偶尔会冒出这样一个念头：你又输给了自己一次，你东山再起的可能性又小了一分了。

但我又会这样安慰自己：劳心者花百分之八十的时间思考，花一点点时间做事，他们跑到了金字塔的顶端；劳力者一年四季忙个不停，却因为很少思考或者思考方法不对，流了最多的汗水得到的却是最少的收获。

~ 45 ~

第三天，眼看着太阳都快下山了，都没接到一直盼望中的电话。

如果我是小林，我也会先找一堆供应商出来，让他们送样品送公司资料，然后稍稍了解打听一下，把综合实力最强的几家挑出来让他们进入下一环节，至于其他的公司，就让他们去等那个永远也不会接到的电话吧。

和无数人经历过的找工作一样，道理很简单。

我知道我送过去的简历，也就是老邓公司的资料，若和行业里的大公司比各方面都不突出，或者问题就出在这里。

我从来都不认为没有文凭没有经验没有背景会是找不到工作的主要原因，最主要的原因是在没有这些资源的同时还不去想办法。我也从来都不认为没有文凭就代表能力差，也正因为我有能力，我才更应该有方法证明这一点。

接通了小林的电话，我说："林生，我是A公司陈某，方便说话？"

他说："方便。"沉默了一会儿，他主动说："我们评估过，认为贵公司在一些方面不是很符合我们选择的要求，"再次沉默了一会儿，"很抱歉帮不到你。"

简直就和我以前找工作时接到的回绝电话的口气一模一样，我问："能不能告诉我，我们在哪些方面不符合贵公司的要求呢？"

他的语气有点像是想快刀斩乱麻："规模偏小，还有在行业内的名气也有些不够。"

并不新鲜的说辞。我说："规模大是好事，但同时会带来很多副产品，那就是架构臃肿、管理费用高、呆板和反应迟钝；知名度高也是好事，你也知道，知名度高一定程度上是用钱堆出来的，这会拔高成本，还有，有些知名度高的企业也很容易犯一个错误，那就是骄傲自满、店大欺客。当然，我这样说的前提并不是说我们有多出色，我只是想声明我的观点，我觉得从贵公司的订单情况来看，一个展示架而已，恕我直言，规模和名气当然重要，但更重要的似乎是合作商的重视程度和能根据贵方的各种要求迅速作出各种调整的能力，还有成本，我认为我们这种中小企业的优势应该还更大一点。"

尽管我说得这么辛苦，但小林还是说："陈生，我也很想帮你，但是你要明白这些不是我一个人能决定的。"

嘴里明明发苦，却不能表现出来，我说："林生，我明白你的难处，我能想到也能理解，不过我还是希望如果可以的话，你能给我们一个机会。说句心里话，能不能和贵公司签单我们没敢想那么远，我们知道我们赢的可能性很小，但我们还是想要一个机会，一个参与进来的机会，一个和别人竞争和学习的机会。"

小林的语气很诚恳："陈生，我这样做其实也是为了你好，即使我把你们报上去，依我个人的经验看你们能过关的希望也是很小的。"

一听有转机了，我赶紧说："希望小没有关系，重要的是我们有机会上场。"尽管是打电话，我也努力挤出一丝笑容，我相信他看不到也能感受到。"你应该知道一个运动员知道有比赛后却不能参加的心情，我们可以输也不怕输，这没有关系，一点关系都没有，重要的是你一定要给我们机会参赛。"

电话那边沉默了，这是个节点，我要抢在他想出一个更好的拒绝理由之前打动他："林生，我也不知道说什么好了，如果这事会给你添麻烦的话，没有关系，我放弃。但如果只是希望小，是你出于好意而不给我们机会的话，我想你多虑了。不就是一点时间吗，和我们从竞争对手那里，从贵公司这样的大公司学到的东西相比，这点时间算得了什么？"

那边依然沉默，我不再说话了，话说到了这个地步再说下去的话就是画蛇添足言多必失了。

小林终于说道："那待会儿我会传一份传真过你那边，你照图纸打个样过来看看。"

毫无疑问，这是我人生中听到的最好听的一句话，当然，在后面要加个"之一"。

～ 46 ～

看到小林传过来的图纸，老刘说的第一句话是："不可能，别说明天，就是后天都不一定能出来。"

听老刘这么说我大吃一惊，在小林面前我信誓旦旦地保证了样品明天一定能出来，后天一定能送到他手里。

我问老刘："为什么？"

老刘指着图纸中的一个要求说道："抛光机我们厂里没有，要做的话必须去别的厂加工，这一来一去没有两天根本下不来。"

老刘一说我就明白了，老邓的厂以生产板材为主，虽然偶尔也帮人做一点简单的加工，但加工却不是重点，所以连一般工艺品厂需要的火力抛光机都没有。

老刘说的话我没有理由怀疑，但我还是不死心："有没有别的办法？借一台或者买一台？"

老刘说："借一台不可能，谁愿意借你啊？买一台，为了打个样你就去买一台？你没吃错药吧？你还是和对方沟通一下好了，把送样的日期推后一天。"

怪来怪去，还得怪自己对老邓的工厂不熟悉，只是把大多数精力放在了了解产品上面，遇上这种特殊情况。不是我找理由，对我来说这很正常，因为我进入这个行业还没多久。

但我能对小林说"我其实是一个菜鸟，还不怎么懂业务，你多见谅，你放心，下次一定不会出现这种情况"？

我的头就像充了气似的大了起来，想起自己为了表现得有效率有信心，在确定送样日期的时候我在电话里可是表演得信心十足。

我居然也手足无措了："那怎么办，我都答应E公司后天交货。"

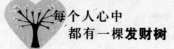

老刘也挺着急，但他也没办法："明天肯定是出不来，我们加加班估计后天晚上能出来，你只能大后天送样品过去了。"

一天之差，这问题说严重也不严重，说不严重嘛，第一次承诺我就没做到，这以后小林还会信我？

老刘安慰我："这不是什么大事，送样而已，时间也没晚太多，只是一天，好言好语跟对方解释一下，他们没那么小气的。"他给我出主意："你就说我们的设备坏了，或者说技术员出差去了也可以。"

我摇了摇头，这事说大不大，说小在我心目中还真不小："这不是让他多给我们一天时间的问题了。"

想了半天后，我才从口袋里拿出电话。

~ 47 ~

小林听我说完以后，毫不客气地说："陈生，你叫我怎么放心和你合作？"

被一个比我还小几岁的人批评，我确实是有些难堪，已经很久没人批评过我了，我感觉有些异样，但绝不是恼羞成怒。

我没因自己犯了错而低声下气，用平时说话的口气说："第一次承诺就出问题，确实很抱歉，主要责任在我，在不了解情况的前提下把时间定得太死，如果你因此觉得我们不可靠甚至不具备和贵公司合作的能力，我无话可说。"

小林的口气缓和了一点："也没那么严重。"

长吸了一口气，我说："我不瞒你，我想过很多种借口，比如说技术员出差了、设备坏了等等，我需要的仅仅是拖一天时间，而不是暴露自己的弱点。但考虑了很久我还是决定和你实话实说，虽然我知道你说不定会因为这个和我中断合作。我这么做只是想告诉你一点，我们也许实力上有所欠缺，但我们做事绝对很坦诚，我认为做生意这一点很重要，这能帮我们降低成本和节约时间。"

小林沉默了一会儿，说道："那么，你们是连做大货的能力都没有了？"

这个问题很严重，我赶紧回答："不是，我们只是缺一台火力抛光机而已，这台机器不贵，1000来块钱，这个工艺也不复杂，我没有骗你，请相信我。你也可以找个人问一问。"小林没回话，我抓紧时间表白："我很少骗人的，能不骗人我就不会骗，请相信我。"

小林淡淡地说了一句："我们既不会轻易地决定和谁合作，也不会轻易地淘汰掉任何一个人。"

放下了一半心，我说："谢谢你的理解。"

小林说："你的意思是让我多给你一天时间？"

我又用那种很坚定的语气说："是，我只要多一天时间。"

小林不是个喜欢拖泥带水的人："好吧，我就多给你一天时间。"

感动之余，我一激动就扔出了一句很年轻人的话："如果我没做到，我就把我的脑袋卸下来给你当球踢。"

说完我就有些后悔了，这不像是从生意人嘴里说出来的话。不但如此，我还要检讨自己那种肯定式语气，我当初要在确定送货时间的时候给自己留一点余地，事情也不会搞得这么复杂了。

但偏偏这话把小林逗笑了："我要你脑袋干什么？把事情做好就可以了。"

~ 48 ~

送样品过去的时候，我和小林握完手后相视一笑，我能感觉到我们之间的交情在悄无声息中有了些微妙的改变，我相信他也感觉到了。

整个有机玻璃做的展示架并不重，但形状特殊，所以不是很好拿，因此这次我就让李有喜陪我来了，事实上他也很想过来看一看传说中的E公司是什么样。

松开小林的手后，我给他们当中间人："你们通过话的，就不用我介绍了吧？"

小林主动向李有喜伸出手，和见我时酷酷的表情相比态度好多了："很高兴认识你。"

李有喜有点不自然，握住小林手的同时挤出笑容："我也是。"

小林的工作应该比较忙，他催促着："把包装打开吧。"

我和李有喜半弯着腰拆包，这种情形下我对李有喜的表情和动作都看得比

第六章 实话实说：我们厂设备不齐

较清楚。

　　和平时相比，李有喜的动作和表情明显不同，动作幅度和速度或偏大或偏小或偏慢或偏快，反正就是不自然。我看了他一眼，他看出来我有疑问，却连和我对视都不愿意，把目光转回样品上。

　　我不知道李有喜心里这时候在想什么，在想E公司的装修风格，还是回味前台妹妹的姿色，还是对E公司舒适又安静的办公环境羡慕不已？还是干脆在想小林打电话过来的时候他们聊过的话，为放弃这个机会觉得遗憾？

　　还是他在面对小林和E公司的时候被所谓大公司的光环照耀得失去了信心？

　　样品打开后，我和李有喜一人抬一边，小林往后退了几步，颇为满意地说："嗯，不错，挺漂亮的。"

　　我没忘了谦虚，并顺便拍了拍E公司的马屁："是你们设计得好。"

　　小林居然和我闲聊："陈生，你们来的时候没淋到雨吧？"

　　和第一次见面相比，进步是显而易见的，我笑着说："没有，我们的运气比较好，每次下雨我们都在车上，一下车雨就会停。"

　　客套了几句后，小林甚至拖了把椅子坐下来："听说Z城最近变化蛮大，是不是这样？"

　　心里有些高兴，小林坐了下来那表示有一段闲话可聊了，闲话可是友情的推进器。"都集中在新城那边，老城没多大变化，"我试探了一句，"找个时间过去玩一下？"

　　小林当然知道我这话里的意思，他马上说："改天吧。"并指了指他旁边的椅子，也看了一眼李有喜，说："你们也坐嘛，别站着。"

　　从他的表情看，他说改天的意思不是说愿意接受我的邀请挑个时间过去玩，而是一句敷衍之词。

　　我没勉强，微笑着坐下："你说了算。"

　　这时，玻璃门外有人在探头探脑地看我们，看了几眼她干脆走了进来，小林明显变得紧张，他站起来给我介绍："这是我们经理，张姐。"

　　张姐人长得比较瘦弱，看上去像营养不良，发型时尚，化了淡妆，精致又不显俗，穿着打扮显得比较干练，年龄应该在45岁左右。

　　我立刻反应过来，这是主角或至少是主角之一，我也站了起来。

　　我不知道该怎么称呼她，跟着小林喊张姐这交情拉得太露痕迹，喊张经理的话又显得生分，我糊里糊涂地说了一句："你好。"

张姐的目光射向我身上，眼神和当初小林的一样冰冷和老练，但和小林当初见我时因为陌生而矜持的冰冷不同，张姐的冰冷属于那种高高在上的或者说因为不同年龄层而有差距的不屑。我的结论是，张姐比小林更不好接近。

对这点我不觉奇怪，我到过很多企业，老早就发现了一个很奇怪的现象，同一个企业或者说同一个部门里的人在某些方面受彼此影响，对外时性格会很相似。

~ 49 ~

小林指着我说："这是A公司的陈生，他过来送样品。"

张姐点点头，并没有握手的意思，也说了声："你好。"

她的口气和表情都绝对的礼貌，你挑不出一点毛病但又感觉哪里不对，不对的地方在于，缺少的是真心实意的热情。

和我打过招呼，她的眼光在我身上多停留半秒都没有，又扫到李有喜脸上。李有喜也站了起来，但表情明显有些顶不住，眼神立刻飘到另一边。我在心里叹了口气，做业务最怕的一件事就是没有信心。

小林很讨巧，张姐的目光走到哪他说到哪："他是和陈生一起过来的。"

他没接着往下说，眼光有意无意地看了我一眼。

我知道自己犯了个错误，我以为他们通过话小林会记得李有喜的名字，至少会记得他姓什么，现在看来小林是记不起李有喜姓什么了，我赶紧打圆场："小李，来，我们把架子抬起来一下，让张姐看看我们的手艺。"

一举三得，一是张姐肯定看出来李有喜有些腼腆，不愿意和她交流，现在我把他们起码的客套话都免了，她应该乐见其成；二是合了李有喜的心意，他能活动开起码比呆站在那里自然些；三呢，就是帮小林解围了，小林记不起李有喜姓什么，我这么一说他也知道了，虽然我显得有些抢话。

果然，张姐只是冲李有喜点了点头，连"你好"两字都省了，后退几步，一手交臂一手支着下巴说："你们公司的产品抗老化怎么样？"

知道这些展示架有些是放在室内，有些是要放到室外，我毕恭毕敬地回答她："一般来说，三到五年是没问题的。"

像是抓住了我的辫子，像是想给我一个下马威，她显得咄咄逼人："三年就是三年，五年就是五年，'一般来说'又是什么意思？你能不能给我一个准确的答复？"

我知道第一印象很重要，第一次交锋也很重要，这是我和她打交道的起点。

感觉她不是那种喜欢唯唯诺诺的人，我不卑不亢地说："这个答复我还真给不了，不但我，相信我的同行也没有谁能给你准确的答复。我们不能控制天气，比如说有几天暴晒，有几天雨淋，也不能控制空气，比如说空气的温度，空气中的盐雾臭氧的含量。还有，贵公司的产品很显然是要发往全国各地的，这里面的差异就更大了。如果你一定要的话，我只能给你一个大概的估计值，但不是承诺，虽然在我们行业内，不是没有人说五年或者十年甚至更长的时间都不会出问题。我没资格去评判别人，我只代表我自己和我们工厂，总而言之，对于这个问题我们只能这么答复你。"

张姐盯着我看，眼神如同刀，放以前我或许会因她咄咄逼人而慌乱，但现在我的年龄大了，还因为最近的失败让我看清了很多事情看淡了很多事情，我神色如常。

她愣了一愣，连招呼都没打一个，转身就出去了。

～ 50 ～

张姐出去后，小林有些心不在焉，他很随意地和我聊了几句，又说："陈生，今天我们就聊到这里，有什么进展我会给你电话。"

我看了他一眼，试探着说："晚上一起吃个饭？"

他踌躇了一下："下次吧。"

从他表情看这也不是说我还有机会再来，而是他也不知道我有没有下次，所以他不想吃这顿业务来往中司空见惯的饭，他不想占我一点便宜或欠我一点人情。

这是常态，我不好勉强，话里有话地说："那好，希望我们还有机会见面。"

坐电梯下楼的同时我把会面的整个过程回放了一遍，除了和张姐见面的环节似乎有些问题，其他都还好。个人认为，我和张姐打交道的过程已是我能做到的极限了，稍有风险，但也可能赚得一个头彩。

想了想，是再找保安小张聊聊的时候了，我给他打了个电话，确认他有时间并和他约好见面地点后我挂了电话。

李有喜很诧异地问我："你在这里还认识人么？"

我还在咀嚼刚才的会面，心不在焉地说："上次来的时候认识的一个朋友。"

李有喜很有兴趣："他是干什么的？"

李有喜一出E公司大门就恢复了正常，我瞧了他一眼，恨不得踢他一脚，但可惜不能在这个时候在这里踢他。然后我把第一次怎么和小张认识的过程和他说了一遍，边走边聊，我们穿过大马路拐进了一条小巷。

李有喜东瞧西看，有些不解："我们来的那条路上不是有很多餐馆吗，干吗来这？"

我耐心地向他解释："那里离E公司太近了，不怕一万就怕万一。"我多说了一句："做业务就得多长一个心眼，不管你喜欢不喜欢，习惯不习惯，都得这样。"

小张到后，见了我极为热情："陈老板，又来了？"

看了看身旁的李有喜，"两人有限公司"，"陈老板"这三个字实在是有些刺耳："别叫我什么老板不老板的了，我也是打工的，你要愿意就叫我老陈好了。"

小张一甩头，一脸不信："你不是老板？你逗我玩的吧？"

我指了指旁边的位置："坐吧，坐下来聊。"

小张的目光转向李有喜，颇有市井豪侠之气："这位兄弟是？"

我说："这是我的同事，姓李，他叫李有喜。"

李有喜倒表现得落落大方，他主动伸出手去："你好。"

小张犹豫了一下，以一种稍显僵硬的手法握住了李有喜的手："你好。"

小张这时反倒没李有喜自然，我想，他和人握手的次数想必不多。我觉得这世界人与人之间的交往很是好玩，小张不怕我，李有喜一定程度或从某种角度上来说是怕我的，但小张和李有喜打起交道来反倒心虚，这就是所谓的一物降一物？

第七章 强势女人：站在山下看山上

张姐那么强势的女人，家庭生活要么很幸福，要么很不幸福，一般来说很少有中间点。

世上最痛苦的事莫过于此：给你一个希望又马上把它夺走。

得想出一个在张姐面前证明自己能力的办法。

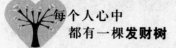
84

~51～

　　点完菜后我没和小张客气，把话题直接切到了正题上来："问你个人，张姐，你知道她么？"

　　小张一摆手："当然，采购部经理，你们要搞定的关键人物，我们公司的名人，整个公司没一个人不知道她的。"

　　我笑了，小张倒也直白，我又问："她是个什么样的人，能说说么？"

　　稍稍犹豫了一下，也有可能是思考，小张的表情很夸张："张姐这个人啊，很厉害的，E公司没几个人不怕她。"

　　我问："干吗怕她？"

　　小张的表情很生动："她骂人啊，她骂起人来噢，那可是一点不讲情面的。"

　　想了一想，觉得从张姐的面相来看似乎是这么个情况，我说："嗯，我刚才在上面也差点被她大骂一顿。"

　　小张说："千万别惹她，她可不好惹，她没骂你吧？"

　　我摇了摇头："没有啊。"

　　就像我中了大奖，小张说："算你运气好。"

　　传说在武林中行走，越是遇到僧道妇孺越要小心，这类人要么不懂武艺，要么就是绝顶高手，我深以为然。听小张这么说，这个张姐一定不是一般人物，从她那如刀似枪、绝对和一般人不一样的眼神里也可以看出一二。

我问："张姐是哪里人？"

小张如竹筒倒豆子："好像是福建的，她在国外读的书，后来嫁了个台湾老公，还在台湾待了很多年，现在是台湾人也说不定。"

海归，在台湾待过？怪不得张姐身上有一些和她同龄人不一样的气质。

我说："台湾离G城这也太远了点吧？他老公也在G城？"

小张摇摇头："早离婚了。"

既在意料之外，又在意料之中，张姐那么强势的女人，家庭生活要么很幸福，要么很不幸福，一般来说很少有中间点。

我问："那张姐现在是一个人过？有没有儿子什么的？"

小张说："嗯，一个人，有一个儿子，不过跟了他前夫了。"

见小张不和我生分，我问起问题来也更轻松了："张姐有些什么爱好？"

小张脱口而出："抽烟，其他的我就不知道了。"

我问："抽烟？"

小张说："是，她的烟瘾还很重，我每次去消防楼梯巡逻，十次总会碰上她两三次，要不是这样我也不会知道。"

如果要我画张姐的素描，我能画一个七七八八了。

讲原则、不轻易妥协、强硬、讲究西式民主、追求完美、遇强则强遇弱则弱、外冷内热、寂寞，对下属经常有恨铁不成钢的暴躁，对上司经常是不留情面的耿直，如果她认为她是对的。人应该是一个不错的人，如果能走进她的内心。

~ 52 ~

还有一个问题很关键，我问小张："你们公司采购这方面的事情是由张姐说了算吗？她对谁负责，叫什么名字？"

他抓了抓脑袋："好像超出了多少金额就要我们肖总同意了。"

立刻在脑海里回忆了一遍在E公司看到的所有男士，我问："你们肖总长什么样？"

他比划了一下，由于词汇量太少，急得直抓脑袋，只冒出一句："这个人蛮高的，不胖但也不瘦。"

这描绘估计全世界有三分之一的成年男人都适用，我知道要让他描绘得很写实也是挺难为他的，我提示他："他的发型是什么样子？头发多长？"

他用手比了比："头发这么长，不是平头。"

我目测了一下他比划的长度大概是两公分的样子，在脑海搜索了一遍，遇到的人里面有中年人，有平头，也有个子高的，但这三个条件集中到一个人身上的人我没有见到，我放弃了对肖总外貌的追问。

我问："那超出了多少金额要你们肖总同意？"

那600块没白花，小张很积极："这个我也不知道，只是听说过有这么回事，我现在就帮你打电话问。"

我吓了一跳，一是不想他因为动作过大丢了工作，二是不想让E公司知道我在用这种迂回手段，这要被E公司知道了，谁知道会生出什么波折来。

我提醒他："如果有些事情你不方便打听的话，就不要去打听了，我可不想为了我的事情，把你的工作给弄丢了。"

他觉得我有点大惊小怪了："陈老板，你放心，我知道该怎么弄，"但还是听了我的，"那我回去再问，问到了发短信告诉你。"

我说："好。"

他反问我："你们的单有多少金额？"

看得出来小张的眼里有着一种一般人对金钱的火热，为了不节外生枝，我回答他："我也不是很确定，大概几百万块吧。"

看出来我有些不愿意说实话，小张有些意兴阑珊，听我说完，他又来了精神："那不用经过肖总都可以，这点钱还不用他劳神，"他有些洋洋得意，"我们公司一个月的采购金额是几个亿，几百万块算什么？"

这个数字把我都吓了一跳："几个亿？"

自豪之情溢于言表，仿佛E公司是他开的："当然。"

在回家的火车上我先是闭目养了一会儿神，说是养神我的脑袋却没停止思考，虽然我感觉很累很困头也有些痛，但我就是这么一个人，心里要是有什么事，不把事情想出个七七八八来就是睡不着。

我把这次会面时的所有情景都翻出来过了一遍，把该总结的该检讨的都总结完检讨完了才睁开眼睛。

李有喜坐我对面，正用手机上网，见我睁眼了，他说："还有20多分钟才到站，你还可以睡一会儿。"

窗外已经有些暗了，我看了一下表，已经傍晚6点多了，一天又这么过去了。

今天干了点什么？似乎是干了，收获不小，但摸摸口袋里的钱，一分未入，分明什么都没干。这或者也是销售工作不好干的原因之一吧，我们每天徘徊在希望和失望之间，谁也不知道明天会怎样。

我扭回头冲李有喜说："不睡了，睡不着。"

他迅速地收起手机："你说这张单我们有没有希望？"

我反问他："你觉得呢？"

他是个诚实的孩子："我不知道。"

我叹了一口气："我也不知道。"想起李有喜在E公司的表现，我改变了话题，问："你觉得小林还有张姐他们人怎么样？"

他想了想："他们看上去都挺傲的，是不是大公司的人都这样？"

对他在E公司的表现我有些生气："你站在山脚下看山上的人，只能抬头看，天经地义，如果你站的位置比他们高，谁会俯视你，谁敢俯视你，谁又能俯视你？"我加快了些语速，说："上次我就和你说过，所有的人都有七情六欲。没错，张姐比你年龄大比你有钱还是个领导还比你凶，但你不要忘了，她看了蟑螂也会叫，伤心了比你哭得还狠，同情心泛滥起来见了落叶说不定都要流泪，她和你一样有缺点有优点，你也有比她厉害的地方，你干吗……"我停了一停，不想用"怕"字来形容他当时的表现，但找了半天还是没找到可以替代的词，我照原计划说完了这句话，"怕她呢？"

李有喜不由自主地挠了挠头："不知道是怎么回事，一进E公司我就怕，见了张姐后更怕。"他神情沮丧，看我的目光却坦然，"我知道这样不对，但就是控制不住自己。"

和他用不着绕弯子，我不客气地说："这也算是你自我保护的一种方法，因为你知道从年龄、历练、学识到很多地方都和张姐不在一个层次上，所以她看你的时候你显得不自然，连你自己都没意识到你是在告诉她：不要和我说话，和你这样的女人打交道我没把握，我猜不出你的爱好，我也不敢肯定你会不会发神经，我更不知道你发神经了我该怎么办。一句话说到底，你本能地选择了一个最好的保护自己的方式：逃跑。"

李有喜看着我，眼神木然，脸上是类似脱光了衣服站在大庭广众之下的羞愧和难受。

～ 54 ～

我不确定自己说的话是否正确，也不确定自己说话的语气及方式是否正确，只是向来认同与人相处尤其是和朋友和兄弟相处应该不隐瞒不拐弯，并认同说真话即使做错了也可以原谅，说假话即使做对了也值得批判的理念。

我继续说："什么事情都是有原因的，这件事情的原因就在于，你知道你和她的实力相差太远。要解决这个问题的唯一方法就是，去看天文数字般的书，去见天文数字般的人，去打天文数字般的怪，走天文数字般的路，也许只有这样你才能积累足够的经验值，然后总结出怎样看人识人、和人打交道的规律，这样你才能真真正正自然而然地做到有的放矢。"

李有喜一直对我尊重有加，这也是我和他的沟通时经常是我说他听的原因，我这个人比较自我比较强势也是原因之一。我知道这些，也想改，但在李有喜面前我终究还是没改，因为我想李有喜也知道，我是为他好。

我说："你要记住，人与人之间的交往不但是一种互动，也可以看成是一场有攻有守的战争，你手里有多少兵就看你平时的积累，这个是无法投机取巧的。为什么有的将军能看一眼对手城墙的高度长度厚度用材，还有士兵的士气装备，就揣摩出这城能不能攻，该怎么攻？一将功成万骨枯，他未必比你聪明，只是他杀的人比你多，受过的伤也比你多，仅此而已。"

我的思维进入了亢奋状态："这世界除了那些不按牌理出牌的疯子和天才，几乎所有人的行为和语言都是有迹可循的，你要做的就是根据结果推理原因，或者根据原因推理结果。比如说张姐这人看上去不好接近，你一见到她就要思考她不好接近的原因大概有哪些，是天生的，还是因为某些原因不得不选择的。再比如说如果一个人戴着名表穿着名牌西服说要和你谈大生意，却穿了一双起了毛的袜子，那你就要多留点心，看他是不是个骗子。还比如说你发现一个要饭的，却拥有咄咄逼人的眼神，你也肯定会奇怪，按常理凭他眼睛里透出来的聪明劲应该不会落到要饭的地步。"

脾气再好的人，再尊重一个人的人，他还是个年轻人。

李有喜总算发表了一次不同意见："那为什么有的人天生胆子大？"

我听懂了他的意思："是的，确实有人有天赋，他们走到哪里都不会怯场，但我要告诉你，这世界有很多人即使成功了，也不知道自己为什么成功，这种人有个特点，他们一不小心就会倒下，并很难爬起来。而有另一种人，他们在生活中学习和成长，历尽千难万险找到了成功之路，这种人知道自己为什么成功，这种成功不但难以推倒，而且推倒之后也很容易重建。有人春风得意少年得志，也有人历经沧桑大器晚成，人活一辈子不是上半辈子辛苦，就是下半辈子辛苦，所以，你要想清楚，你选哪条路。"

选年少得志说不定晚年就凄凉，选大器晚成嘛前面的日子又简直不是人过的，李有喜当然知道，他低头深思了半天，没回话。

我想了想："这世界有很多选择，依我来看选择可以分两种，一种是以短期目标为考虑基点的选择，这就像武侠小说里说的练剑练招，做业务时我们常说的厚黑学，还有骗钱出老千之类，这有点像西医，特点是投入小见效快前期收益高。另外一种是以长期目标为考虑基点的选择，这就像武侠小说里说的练气，招不重要气才重要，有点像我们的中医，见效慢但后发制人，越到后来回报越大。就像太阳和月亮不会同时出现在天上一样，我坚信没有人什么好事都占全了，所以，做人首先不能贪，想什么便宜都占，其次是理智地选一条适合自己的路，最后是行动起来坚定地走下去。"

～ 55 ～

李有喜终于抬头："你放心，我不会让你失望的。"

看他还能斗志昂扬，我蛮高兴："你只要不对自己失望，我就不会对你失望，我保证。"

知道我不轻易保证，李有喜用力点头："嗯，我知道。"

想想自己现在的困境，我脸上也有些挂不住，我自嘲："其实我也不比你强多少，要不老毕和何萍的事情也不会发生了。"

李有喜却安慰我："你那是一不留神。"

我苦笑："没什么留不留神的说法，事实就是事实。"想起那些事我还是窝心，看了一会儿窗外，我的心情才舒服了一点，说："我变聪明了，要是放现在我早就把他们看穿了，拿老毕来说，我早就知道他欠供应商的钱从来不按时给，借了别人的钱也从来不会主动还，不管他是有钱还是没钱。而何萍，她以前也干过卷别人款的事情，这还是她自己和我说的，她说以前有个老板不给她结算工资，她就卷了人家五万块钱跑了，但我不知道是被猪油蒙了心还是怎么回事，就是没把这些事往心里去。"

这些事李有喜不知道，他瞪大了眼看我："真的？"

我说："如假包换。所以说看人还要用心，不用心的话，把信息放你面前你也不当回事，我以前犯的就是这个错。"

李有喜说："你也别太往心里去，这事都过去了。"

知道不等于做到，中间相差很远很远。我说："事情是过去了，但总结经验记住教训永远不能过去，否则这些学费就白交了。"

我真是苦口婆心了："干什么事基础都很重要，没有一个很完整的知识体系作支撑的话做什么事都很难的，所以我说让你多打怪多走路多看人，我告诉你，'万丈高楼平地起'这句话是绝对没错的。"

李有喜抿了抿嘴示意收到："我知道了。"

也不能给他太大压力，我说："这个需要时间去沉淀，你也别急。"

~ 56 ~

第一天，我兴奋地等待，工作没有效率，没打几个电话一个客户都没见。

第二天，我高兴地期待，见了一个客户，但在见客户的时候手上都捏着手机，我总觉得电话随时会响。

第三天，我想自己太激动了，这么大的单每一步肯定都很琐碎很复杂，我提醒自己要冷静，绝对不要因为得意而忘形，我强迫自己出去见了一个客户。

第四天过得很快，因为我恢复了一点状态，来了个小高潮，打了N多个电话，还见了两个客户，其中一个很有意向。

第五天，我有点慌了，李有喜都提醒我："你不是说跟踪客户很重要么，你怎么也不给小林打个电话，或者发个短信？"

我尽量让自己看起来很坚强，我甚至又给他上了一课："兵无常势，水无常形，这世界不会有一种药包治百病，也不会有一种方法让你天下无敌。"

我觉得我和小林间有种默契，他不说我也能知道他愿意帮忙，我不说他也能知道我的心情，对于我们这类人来说，沉默本身就是传达消息的一种方式。

第六天休息，上午我把家里的电脑、风扇拆开来清洗了一遍，最后顺便把那把不太灵光的门锁拆下来上了点油。

然后是做饭吃饭洗碗，然后是睡觉，然后又是做饭吃饭洗碗，然后是陪老婆下楼散步。散完步回来，我又上了一会儿网，马上觉得上网实在是一件很没乐趣很没意义的事，便提早睡下了。

第七天还是休息，过得和第六天差不了多少。

第八天又是星期一，我的心情就像那天早上高高在上、傍晚日薄西山的太阳一样画出了一个弧线。

整整一天我都像是失了魂似的，做什么都提不起精神来，我干脆躺在办公室的沙发上睡觉。但一躺下我又会骂自己怎么还是这么没出息，把所有的希望都寄托在一棵树上。我又爬起来工作，但把心静下来都是件很不容易的事，心烦意乱地工作了一会儿，觉得像这样没有一点效果地工作，不如回到沙发上睡觉，于是我又躺回去了。但睡了一会儿又实在睡不着，爬起来心烦意乱地上网，没有目的没有意义地在网上东逛西逛了好大一会儿，再找了个电影看，一天就这么糊弄过去了。

第九天我强打起精神，告诉自己要现实一点理智一点成熟一点，不要整天在自己的童话世界里异想天开。

我很没效率地工作了一会儿，得出了一个结论：战胜自己确实很难。

面对枯燥无味的需要大量付出才能重出生天的未来，在心里想一想我都觉得很苦很苦很怕很怕。

我无路可走，我必须赢了自己。

第十天，我给小林打了个电话，开头和上次几乎一样："林生，方便说话？"

他的口气也和上次通话时差不多："方便。"

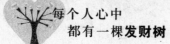
沉默了一会儿，没听他接着往下说我就已经知道答案了，但我还是忍不住问他："事情进展怎么样？"

小林说："很抱歉，帮不到你。"

虽然有思想准备，听到这句话的时候我还是浑身一凉如入冰窖："能说说原因么？"

他答非所问："真的很抱歉，希望你能理解。"

我呆了几秒，迅速梳理了一下心情："我知道有些事不是我能决定，也不是你能决定，废话我就不多说了，很遗憾不能和你一起合作，你如果有机会来Z城这边记得打我电话，我请你吃饭。"

他回答我："我也很遗憾，你要是还来G城也记得打我电话。"

挂上电话我呆若木鸡。

世上最痛苦的事情莫过于此了，让你陷入重压求生不得求死不能。

但还有比世上最痛苦的事情还要痛苦的事：在这种情况下给你一个希望却又把它夺走。

～ 57 ～

我每隔几天就会给家里打个电话，但这天老妈的语气格外不同。

电话里老妈的声音听起来比以往更高兴："我们家的房子要拆了。"

早就听说我老家的房子要拆了，我们也一直盼着拆，但在这个节骨眼上我都不知道这事是好事还是坏事，我该哭还是笑。

我说："真的要拆了？"

老妈说："这次是真的，拆迁工作组都已经进来了。"

离家远也有好处，其中之一就在于你干了坏事隐瞒起来比较方便。我没有告诉家里我的事，也就是说家里根本不知道我已轰然倒下，他们甚至还在为我骄傲，盼着这个成功的儿子能光宗耀祖再造更大辉煌。

我自认为我的口气和以前一模一样："补偿标准有没有说？"

老妈说："有三种方案，一种是政府买断我们的房和地。一种是赔我们相同面积的商品房，地价另外给我们钱。还有一种房、地分开算，我们的房子政府买了，地的话异地置换让我们自己重建。"

我忘了自己现在的处境，直接对第三种方案感兴趣："地在哪里？"

老妈很兴奋："就是我们屋后临江花园旁边，第二中学后面的那块地，规划都已经做出来了，统一风格，全是三层半的小别墅。"

我也很有兴趣："是块好地，在那里建的房子以后肯定能升值。"

老妈很得意："现在已经有人放出风来要高价收地，我们拿到地了转手卖都可以赚不少钱呢。"

不敢让家里知道我公司倒闭有三个原因：一是觉得男人嘛，就应该打落牙齿往肚里吞；二来呢，是告诉家里也没什么用，还徒增他们的烦忧；第三个原因最现实，我在家里借了不少钱，消息要走漏了债主都逼上门来，事情会怎么往下发展都不好说。

也就是说，为了不被人怀疑我已经还不起钱了，我怎么着都得选第三种方案：自建房。因为大家都知道自建房是件有利可图的事，身为生意人的我不可能会选其他路。

又是没得选择，或者说我根本就没给自己选择的机会："不用想了，我们自己建。"

自建房是要拿出一大笔现金来的，这对现在的我来说难度不亚于登天。

有时想想这也正是我这种人的悲哀，我就像一块钢板从不给自己妥协的机会，在困难面前等待我的从来只有两条路：一条是顶过去，顶出一个艳阳天；另一条是"啪"的一声钢板从中断为两截，游戏到此为止。

老妈用一种果然不出所料的口气："我就知道你会这样想。"

我和以往一样强大："那还用说？"

老妈来了一句："就是我去不了Z城了。"

以前计划好老婆要生孩子的时候老妈过来照料她，现在这事也黄了，我胸口又是一堵。我十多岁的时候父亲就去世了，家里有什么事情都多数落到了老妈头上，这就是家里随便发生点什么事老妈就走不开的原因。

有时想想，这或者也是我好强并坚韧的原因吧，我无人可依靠，所以只能依靠自己。

我表现得无所谓："这事好办，到时候我请个人就是了。"

有一种感觉叫身心疲惫，通话完毕，我累得坐了下来。

休息了一会儿，我忍不住在心里骂了一句：我操你上帝菩萨神仙诸佛的十八代祖宗，想我死直接用雷劈我好了，搞这么多事出来干吗？

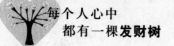
回到家，我一边换鞋一边对看肥皂剧的老婆说："老妈过不来了。"

老婆很惊讶，她把电视的声音调低，回过头来问我："怎么了？"

换好鞋子我往里走，坐到她身边把老妈为什么过不来的原因说了一遍，并说："她过不来也好，她要过来了我们搬家这事不好解释。"

老婆点了点头，问我："那我们干吗不选安置房，都不用我们出钱？"

我把自己用力地扔到了沙发上，这日子过得实在是太过郁闷，不开心的事一件接一件，不知道什么时候是头，最过分的是我还不能表现出来，连发脾气都是奢侈。

像牛一样喘了一阵气："不能，要是让家里那帮人知道我玩完了事情更麻烦，再说这也是个机会，我们把房子建好了再卖那也是钱。"

老婆还是不解："你瞒得住么？妈迟早都会知道的，还不如老老实实地和妈说一下。"

对于这个问题老婆和我的看法一直不同，她认为我瞒着老妈于事无补，我的想法却简单，过一天算一天，瞒一天是一天。

我说："我现在什么也不要，我只要时间，给我足够的时间，这事会过去的。"

老婆叹了一口气："你就是这样。"

我抱了抱她，把耳朵又贴到了她的肚皮上，像是在和她说话又像是在和我未来的宝宝说话："路是我选的，我认。"

老婆摸了摸我的头："那你要更辛苦了。"

老婆临产的日子越来越近了，老妈过不来的话，洗衣服做饭这些家务活就逐渐转移到了我身上。

我是个很懒且很大男子主义的人，这些活我以前从来不干。

我一直认为：这世界竞争很激烈，除去必要的休息和浪费，我只有把尽可能多的时间投入到一两件事情上，我才有可能把这一两件事情做到优秀，才有可能在优秀后腾出手来反哺那些我应该做的没有兴趣的责任和义务。

可惜我又是没得选择。

相对心理上的煎熬来说，身体上的劳累就几乎是天堂，我闭上眼睛喃喃自语："没什么苦的，习惯了就好。"

气氛凝重，时间都好像停止了流动，电视机里也似乎演起了哑剧，老婆摸

94

了摸我的脑袋，没有说话。

很久以后，腿麻了，我不得不起身，一边活动着筋骨一边对老婆说道："要不，你回家生孩子怎么样？"

她也是个要强的人："回去连个说话的伴都没有，我要和你一起，我自己的事自己会做，我不给你添麻烦。"

我们俩一直在外闯荡，她和我的家人打交道不多，我不在家她确实很无聊："现在的我会怕麻烦？我怕的是照顾不好你，我怕的是影响到我们的宝宝。"

老婆只是张开双臂抱了抱我。

暴虐之气又起，老天，我倒要看看你能耐我何？

我站起身来，掷地有声："好，我们就在Z城生，让我们的孩子一生下来就能看到她的爸爸妈妈。"

~ 59 ~

床上的我辗转反侧：E公司这事黄了的原因是什么？

小林虽然没有明说，但我感觉最大的问题还是在于我们的实力不够。

很多人都知道不是所有文凭高的人都有很强的工作能力，那些没有文凭的人也未必工作能力不够，但从做事的功效比来说，用文凭把大多数人挡在门外是个很合理的做法，换了我也这么做。

看重"文凭"把我挡在门外的人，从了解到的情况看应该是张姐。

我一定要想出一个在张姐面前证明自己能力的办法，想了一晚上，以自己现时所掌握的资源，除了一个办法外我再无他招，那就是：精诚所至，金石为开。

打定主意后，我又是一夜未眠。

第二天一早我就坐上了前往G城的动车组，在火车上我给小张打了个电话，问了他一些张姐的个人信息。

下了火车后，我在路上买了两张100块的电话充值卡充到小张的手机里。

我承诺过每提供一次信息我就会给他好处，虽然他说不用，但我还是想到了用这种方式兑现我的诺言。朋友继续做，钱也要按说好的给，不能兑现承诺我不配当一个生意人，也不配当人的朋友。

到了张姐住的小区，我照惯例绕着小区逛了一圈，脑袋也慢慢地冷了下来，这种方式对付张姐这种人真的有效？

可能有效，人心都是肉长的，自己的口才也不算差；也可能没有效，不是没有见过大庭广众之下被拒的人，尤其对方是张姐这类人的时候。

你认为的精诚所至在别人看来可能是死皮赖脸，这种方式会不会适得其反？虽然我已经作好了比所有人都脸皮厚的准备。

那天，我在那个小区里徘徊了很久，心想值得还是不值？

我想起了小时候曾对朋友说过的一句话：给我100万块，我也不会跪下。这句话放现在的话，压力已让我把这话改为：给我100万块？好，我马上跪下。

相对赚取100万块的付出和100万块对人的压力来说，这一跪实在是太过轻巧。只是这世上永远也不会有这么便宜的事，愿意一跪的人，他的一跪值不了100万块，不愿意一跪的人，再多的钱他也不会跪下。

我突然明白过来，此时此刻哪怕自己跪下，那100万块也只会离我越来越远，不尊重自己的人，绝不会被别人尊重。

我决定，未来的路再难，我也要昂首挺胸。

我眼睁睁地看着张姐下车，从我面前走过。没有人知道那一天的动车组搭载了一个一事无成的人，但他觉得自己又往前迈了一步。

第八章 张姐丢狗：赌没人比我胆大

也许，本质上我是一个赌徒：我可能会输十次，但我总会迎来一次胜利。

张姐还是把那一万块钱往前一递，我笑着说："如果你能在这里当着大家的面打倒我，这个钱我就收下。"

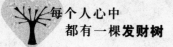
～ 60 ～

我和李有喜再去G城的时候，已是几天后了。

李有喜有些不解："我还以为你带我去E公司呢，哪知道你大老远的带我来这里来吃狗肉。"

也难怪他不理解，我们坐了几个小时的车，来了G城后没去E公司却来了和E公司相距甚远的狗肉店吃狗肉。

这家狗肉店是我能找到的G城规模最大最有名的一家，离正点吃饭还有段时间呢，整个大堂就已经座无虚席了。

我卖了个关子："有吃你就吃吧，又不是你掏钱。"

李有喜接连不断地慰问着自己的肠胃，嘴上含糊不清地问我："不是我掏钱就不能问啊，谁规定的？"

随着时间的推移，李有喜偶尔也会和我开开玩笑了，我很欣慰。

我假装生气："我规定的，不行？现在就补充进公司管理手册里去。"

李有喜到处找了找："公司管理手册？在哪，我怎么没看见？"

就我们那两人公司，哪可能搞公司管理手册？

餐馆的点菜牌就放我旁边，我从上边撕下一张空白的纸，又从公文包里掏出支笔，在纸上"刷刷刷"写下：《公司管理手册》，第一章，第一条，不是自己掏钱请客就不准问问题。

我收起笔，把这张纸推到李有喜面前："即日生效。"

李有喜拿着我们公司刚刚诞生的"公司管理手册"直乐："这估计是全球最简单最过分的公司管理制度了吧？"

我们真是有点吃饱了撑的，我问："不行？"

李有喜放下纸片，把狠意转移到桌上的饭菜上："行，我哪敢说不行？"

吃饱喝足，埋单的时候我把一个早就瞄好了的服务员叫到跟前："多少钱？"

我挑她不是没有原因，一是她是女孩子，会更有同情心；二是她看上去更面善，应该比较好说话。

她拿起桌上的账单，算了算："总共110块。"

这个价格正是我想要的，也是我点菜的时候有意控制的，我把200块钱递给她，然后说道："剩下的钱你不用找我。"

她一愣，瞪大着一双眼睛看着我，这家店没有给小费的习惯，我看上去也不像那种莫名其妙神经兮兮的大款。

我对她说："能不能耽误你一点时间，问你几个问题？"

她礼貌地说："你请说。"

我撒了个谎："我有个女儿，我帮她养了一条狗，然后呢她非常喜欢这只狗，但就在两天前，"我做了个很遗憾的姿势，"这只狗丢了，然后呢我们有邻居看见它是被狗套套着被拽上一辆车拉走的。"

她听明白了我的意思："这跟我们没有关系。"

我连忙摆手："我知道这事跟你们没有关系，我来这是想知道我如果还想找到它应该去哪找？"

她打量我，在犹豫。

我说："帮个忙，我不会给你添麻烦的，我只是想去把它买回来。"

她左右看了一下，似乎在看她的同事们有没有注意到我们的对话，又似乎有点想找个帮她拿主意的人的味道。

不确定她在担心什么，我乱猜："你放心，我绝对没有其他的用意，找到这条狗就是我的目的。"

我拿出名片递给她："这是我的名片，希望你能帮我一把，我的女儿真的很喜欢这只狗，狗丢了以后她都不怎么愿意吃饭了，还有我也很喜欢我的狗，还有我的老婆，我们一家人都很喜欢这只狗。"

她的目光转向我旁边的李有喜，李有喜表现不错，表情正如我想的悲痛和焦急。

她犹豫了一下："那你等等，我去帮你问问。"

她走后，李有喜问我："是谁的狗丢了？"

我说："张姐的。"

李有喜问："你怎么知道？"

我说："小张告诉我的。"

原来找上小张竟然是一个误打误撞的大满贯，他是保安，在E公司的目标一点都不大，但他又能很好地帮我收集资料，从这点上来说，我倒是一点都不用担心自己的这个情报系统会出问题。

李有喜跟了我这么久，一定程度上还算是了解我，他好奇："小张挺帮忙的嘛，你给了他多少钱？"

从小到大我就不太喜欢别人问我买了件衣服花了多少钱，买了双鞋子花了多少钱，遇到这种问题我通常的回答都是："没多少。"

李有喜问："没多少他这么卖力？"

我还是耐心地向他灌输观点："想让一个人为你卖力做事，钱确实很重要，但还有比钱更重要的，钱只是敲门砖，你千万不要以为敲开了门就代表成功，你一定要记住，敲开门后怎么说话怎么做事才是重点。"

李有喜看上去根本就没思考："我知道。"

看着李有喜谦恭年轻平实的脸，我突然有种新想法，这世界有些事情是我再努力也无法改变的。

我是累了，还是我认识到一个人要改变不但要外因，也需要内因？

我悄悄地叹了一口气："知道就好。"

李有喜没察觉到我心情的转变，又问："我们找到狗，张姐就会给我们机会？"

我刚给他说了敲门砖的比喻，他又来问我类似的问题，我又长长地叹了一口气："反正不试就没机会，试一下还可能有机会，不是么？"

李有喜犹豫了一下，欲言又止，最后还是开口："陈总，我觉得E公司这张单我们的希望实在是太小了，真的。"

我点点头："我知道。"

李有喜说："E公司那么大一个公司，怎么可能和我们这种小公司合作？"

我说："我也知道，但我的字典里，"我一字一顿，"没有不可能。"

李有喜看了我一眼，神情复杂，他没再说话，夹了一口菜送到嘴里咀嚼了起来。

虽然他没说出来，但我还是知道他的意思，他认为我不理智，他认为我因为过大的生活压力而放大了自己的侥幸心理。

历史上有不少破釜沉舟背水一战的例子，有赢有输。赢了的万世流芳，他目光如炬料事如神；输了的遗臭万年，他纸上谈兵自掘死路。

对于看客来说，决定对错的是结果，而不是当事人的选择，而对于当事人来说，他怎会忘记权衡过程的决绝？

我的权衡简单点说就八个字：逢山开路，遇水架桥。

这时服务员回来了，她手上还拿了张小纸片："地址和电话都在上面。"

我接过来一看，纸条上面是两行歪歪扭扭的字，令我感动的是，旁边还画了一张草图。

她不好意思地笑笑，有点为纸条上的字体和拙劣的草图而害羞的味道："他们说那个地方不好找，我就干脆让他们画了张图。"

我连声说："谢谢，谢谢你。"

我们起身的时候，她还提醒我："你们要小心点，他们说那些人都不是什么好人。"

我之所以想到用这种方式找狗，也是因为来之前我在网上了解过这个行业，分析过这个行业的整个链条。我不但知道有一帮人靠偷狗为生，我还知道这帮人确实心狠手辣，心狠手辣是他们的职业所必须的。

但我怎会不感激她的提醒："谢谢。你是一个好人，你以后一定会过得很幸福。"

她报以一笑，冲我甜甜地说了声："你们也可以去狗市找一找。"

她的笑容让我觉得由衷地称赞一个人实在是回报很多回报很快，我说："好。"又再次道谢："谢谢。"

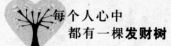
～ 62 ～

两行字写的是两个地址，都在市郊。确实，像这种收狗兼屠狗的又脏又乱的场所不在市郊的话，估计全市人民都不会答应。

狗市就近多了，现在赶过去都可以赶个尾市。

好事总要多磨，我们当然没那么好运气，在狗市就把张姐的狗找着。虽然没在狗市找着张姐的狗，但我们还是了解到了不少信息，其中有一条让我们很紧张：有部分被人偷走的狗因为怕失主找上门，很快就会被宰杀掉。

李有喜看着我，眼神中尽是疲惫和无奈。

我理解，我和他大清早就起床，除了吃饭一直都在坐车，连轴转地坐车转车问路，坐车转车问路。

李有喜说："陈总，我觉得我们就算是找到了张姐的狗，她也不可能因为一条狗就把这张单交给我们做的。"

我说："当然，我当然知道做这么点小事就想接这么大单是不可能的。"

李有喜奇怪："那我们这是在干吗？"

我说："我们在拼一个机会，一个参与进去的机会。"

李有喜问："陈总，你觉得以我们公司的实力，他们真的会愿意把这张单交给我们做么？"

我又是一字一顿："没有不可能。"

收狗的地方很难找，尽管我们拿着地图，尽管我们是业务人员早就习惯了凭一个地址乃至一个电话就把一个地方找出来。

但这次还是比较艰难，不仅因为这是个陌生的城市，还因为目的地只是一大片杂乱无章的，没有任何参考物没有门牌号的铁皮屋。有一种感觉，我们就像来到了另一个世界，我这才明白为什么那个女孩给我们画了张图。

没到以前以为能听到一片狗吠声，哪知现场安静得就像坟墓。想想也是，这里确实是狗儿们的地狱。相对狗市的脏乱来说，收狗站或者说屠狗的加工点明显多了血腥味，离得老远我就闻到了，再走近点就能看到地上到处都是动物的毛发屎尿和一滩滩的血迹。

再走近一看，眼前的一切令人心惊，屋子一侧是整面墙的一格一格的两平方米左右的大铁笼，每只笼子里都关了五六只狗。所有狗都没有一丝活力，也许是因为看多了同伴们的下场，那些狗儿的眼里连恐惧都没有了，有的只是活一分钟算一分钟的麻木。

当我们走进昏暗的铁皮屋的时候，有人用警惕的眼神看着我们，我们西装革履的确实不像是应该来这里的人。

里面有三个人，两个坐着抽烟聊天，靠边有个人正在工作，他正用一个带套的杆子套出被选中的狗，从笼子里把狗拎出来。

那条狗很雄壮，要在别的地方估计很多成年人都不敢随便招惹它，但在这里它连挣扎的意愿都没有，只是用那毫无生气的眼神木然地看着把它拎出来的人，身体无力且徒然地往后退，两只前爪时不时地尝试着想把套在脖子上的环弄下来。

拎着狗的人拿起一根铁棍，朝狗的眼窝中间打了一下，狗呜咽了一声马上歪倒并抽搐。打狗人又照它的脑门再来了一下，这次血溅了一地，狗死了。

打狗的人看上去是个很老实的老头，你要在街上看到他你几乎会同情他，把他当一个很辛苦的底层的劳动人民看待。嗯，事实上他也是一个很辛苦的底层的劳动人民。

他娴熟地把狗挂上架子，帮狗开膛破肚，嘴里叼着烟，工作过程轻松得就像女孩打毛衣。

他的眼里有一种阴霾混沌的交杂物，这种交杂物我似乎只在他眼里见过。

相由心生？脑海里闪过这么一个念头，闪过一张张人脸：老毕、何萍、老邓、老刘、李有喜、小林、张姐、小张、那个服务员，还有眼前的这个老头。

我好像抓出了一点看人识人的规律，又好像什么也没抓住。

老头一刻不停，狗的内脏被取出，狗皮被剥下，手法熟练无比。这一切就在一屋子狗面前进行，笼子里狗的眼神里多了一点点惊恐，它们似乎已习惯了这种场面，连动一动都没有，也没有哀嚎，它们只是呆呆地看着同类死去。

放完血后，老头一只手拿着屠刀，另一只手在脏兮兮的衣服上擦了擦，夹起嘴上的烟弹掉了烟灰，有些疑惑地看了我们一眼，又好像不关他事似地继续忙碌。

这里的人实在是有些奇怪。

我一边观察着狗笼里的狗，想把张姐的那条狗找出来。只凭一张传真过来的并不算清楚的照片，要找出它来是有些不容易，但我还是知道张姐丢的那条狗不在这里面，因为连一条稍相像的狗我都没找到。

相对两个坐着聊天的人来说，杀狗的人更像是老板，我对杀狗人说："听

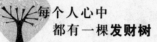
说你们这里的狗不错。"

杀狗的继续杀狗，聊天的继续聊天，还是没人理我，我放大了声音："你们这狗是怎么卖的？"

老头这次总算有了点反应，眼里尽管混沌，但仔细看的话那里面又透着一股特有的精明："按条卖每斤8块，要让我帮你杀的话，11块。"

我绕着旁边的笼子转了一圈，确认了里面没有小张传真过来的图片上的那只狗，连同一品种或同一毛色的都找不到一只。

我随意地指了指笼子里的一只："这只大概多少钱？帮我杀好。"

他顺着我的手看了看，连算都懒得算："那只狗有50斤。"

～ 64 ～

我不想留在这里太久，在这里待太久了我觉得身上都会沾染上血腥味和臭味。

没怎么考虑，我掏出钱包，数出五张捏在手上："老板，我也不和你废话，我其实是来找狗的，我知道有人专门偷狗然后卖到你们这里，然后你们又把狗宰了卖钱。"

老板漠然，用那双混浊的眼睛看着我，像是没听到或没听懂我说的话。

我扬了扬手中的钞票："我也是做生意的，所以我理解做生意的难处，大家都是混饭吃，我呢，只想把我的狗买回来，这500块算定金，你如果能帮我找到狗，我再给你500块，你看怎么样？"

李有喜听我这么说，吓了一跳，诧异地看着我。

老板慢慢地把烟从嘴上拿了下来，弹了弹烟灰后说道："你来我这算是来对了地方，你丢了条什么狗？在哪丢的？"

我从口袋里掏出照片给老板看，照片是小张不知从哪里弄来的，经过传真已经失真不少，我没有那么多时间绕到E公司去，就为了拿一张照片。

我对老板说："在上海路丢的。"

老板只是扫了一眼我手上的照片："噢，是条咕噜狗。"

我没听明白他在说些什么，我对他说的狗的种类不关心，我更关心狗的下落："能不能找到？"

老板看了一眼我手中的钞票，没说话。

我想了想，对待他们不能像其他人一样没有防备，我从中抽出两张递给他："先给你200块，你只要帮我找到狗，我把剩下的300块给你。"

接过去钱的同时，他提醒我："还有500块呢？"

我说："一手交钱一手交货。"

他把钱抖了抖，确认是真钞后说："我去打个电话。"

铁皮屋分里屋外屋，老板掀起门帘走了进去，顺着露出来的缝隙看去，那里面分明锅碗瓢盆、电视家具一应俱全。

他们居然在里面住，想想我就觉得受不了，这里肮脏血腥，有如阿鼻地狱。但他们似乎不以为苦，我有些啼笑皆非，这世界不管从哪个角度出发，总是山外有山人外有人。

几分钟后他出来了，脸上冷漠依旧："找到了。"

我心中一喜："在哪里？"

他眯着眼睛瞄了我一眼，过了一会儿才说："被卖到H城去了，这狗你找不回来了。"

我追问他："什么时候走的，是已经有人要了，还是怎么回事？"

他说："是送到H城去卖，当宠物狗卖，到H城能卖得起价钱，至于什么时候走的，应该走了有半天了吧。"

我看了一眼李有喜，他轻轻地冲我摇了摇头。对于我来说，这不是坏消息，坏消息是这条狗找不到了。

我转过头来问老板："这狗对我来说很重要，我要去把它找回来，这狗现在H城哪里？"

老板估计没见过我这种人，眼神第一次不那么迷糊地在我脸上扫了一会儿，然后看着我手里的钱不动。

输赢只在一念之间，我二话不说就把钱递给他。

他把钱接了过去："我再去问一下。"

不一会儿老板慢腾腾地出来了："那狗现在还在路上，你如果能在九点前赶到城南收费站，你就能把车子拦到。"

李有喜问道："你刚才不是说车子已经走了半天么，这里到H城要不了半天吧？"

老板冷冷地看了李有喜一眼："那车还去了一趟D城。"

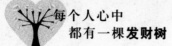

～ 65 ～

　　我以前对公司的一个下属说过，如果坐出租能比坐公交节约时间，多花点钱也值，因为时间比金钱宝贵。但自从生活陷入困境后，我经常为了省钱而多花时间，因为现在钱比时间重要。

　　人穷志短马瘦毛长，原来工作效率和钱多钱少确实是能搭上钩的。

　　但这次，我还是拦了一辆出租车钻了进去，因为机会比金钱更重要，或者说机会本身就是金钱。

　　为了追条狗我居然打出租车，而且是长途跋涉，坐在车上我都觉得自己是个疯子，或者说我是个非正常人。

　　能忍人所不能忍，能为人所不能为，不出人头地也标新立异。

　　不过世事就是这么可笑，在反对的声音面前做对的事情往往更难，而做错的，比如说一窝蜂地去做那些从大庄家嘴里抢精肉的、一不小心就亏老本的炒股炒房的事情，却又显得那么容易。

　　一方面，我们说要保持独立思考，一方面当我们有了与众不同的想法的时候，却也会觉得自己怪异、寂寞。一方面我们想让客户包括身边的人都觉得自己老实可靠可交，一方面我们又在大部分时候掩饰自己。

　　有多少人真的知道怎么做那个特立独行的自己？

　　我把目光投向窗外，这时天已几近黑透，已没多少风景可以给我看，茫然间我似乎看到了这么一幕：我拎着一把刀站在人群中，睨视四方，看上去我冷酷且强大，但只有我知道，我也害怕我也恐惧。

　　我只是有意无意地自然而然地，我自己都不知道是怎么回事地选择了这样的一条路：我再害怕再恐惧，手脚发软浑身发凉，我还是拿着刀坚持，且睨视四方。

　　没有参照没有认可，仅凭匹夫之勇和一股傲气、一种直觉，在黑暗中寻找、摸索。但我又不得不赌，因为我想知道这条路通向哪里，所以我只能赌，我要赌没人比我更胆大，更不怕死，我还要赌没有人比我更坚韧更疯狂。

　　我不敢包赢，但去做就有希望，正因为希望小，我的竞争对手们才会一个个地在困难面前却步，我的希望就这么放大。

　　路越走越远，尽管走了不少弯路错路冤枉路，但从另一个角度看，我离成功还不是一点点地近了？

　　做错事和走错路的过程实际上就是剔除各种可能的过程，有人说成功就是把犯错的概率加大，我深以为然，走完了所有错的路，剩下的也就是成功了。

只要我们能顶住，一路上的恐惧寂寞劳累误解都不是问题。

记起还有事没干，我掏出手机想上网查点资料，这才记起自己的手机已不再是以前使用的智能机，头一次觉得一部能上网的手机对自己这么重要。

我开始一个个地打电话，查问114我将要去的地方的工商部门、交警部门、防疫部门，乃至派出所的电话和具体的办公地址，然后又打过去问清楚这些部门负责人的名字，对付政府部门比对付前台要容易些，这对我来说不是难事。

我觉得如果真拦到了狗贩子，这些电话和联系人说不定能派上用场。到了收费站的时候，根据老板说的情况，送狗的车子应该还没到。我观察了一下地形，最后选了收费站的进口处实行拦截。这个位置车子的速度不快，有助于我们拦下他们，并且有什么事我们也好呼叫支援，还有就是，他们也肯定不会误会我们是拦路打劫的，而敢把车子停下来。

~ 66 ~

李有喜在旁边的小店里买了两瓶水和一些面包，分了一半给我，然后蹲到路边一口面包一口水地吃起来。

我手里拿着水和面包边吃边再次打探了一下周边地形，确认这是我能找到的最好的拦截地点后，我也蹲到了李有喜旁边。

我看了看他，他只是默不作声。

一天，整整一天我们都在各种交通工具上度过，地铁、公交、出租车、摩托车，还有动车组。

其间的劳累可想而知，问题还在于，最让人劳累的是这些劳累也许根本就没有任何意义。

我知道李有喜在想什么，我想起了一个故事，觉得能很恰当地解释我的心情。

我咬了一口面包，慢慢地嚼了几口后，对他说道："我给你讲个故事。"

李有喜点点头，往自己的嘴里送了一口水。

我说："有一个猎人带着他的猎狗去打猎，猎人的运气不错，他很快就找到了一只兔子，并把兔子的腿给打伤了，然后他派猎狗去追这只兔子，可奇怪的是，没受伤的猎狗居然追不上一只受伤了的兔子，最后还是被这只兔子跑了。"

李有喜说道："这个故事我听过，我知道你的意思，一个是尽力而为，一个是全力以赴，但是……"

他没再说下去，我说："我也知道你的意思。"

我就是这么个人，一旦忙起来连饿都不觉得了，但我还是咬了一口面包，我把吃面包当成消遣："我现在有一种感觉，这世界上的事情其实不复杂，是我们自己吓自己，然后把事情搞复杂了。是的，我不敢说最后我一定能把这张单拿下来，但是，我这么说吧，如果说我的竞争对手里最多有两个人比我狠比我快比我变态，你同不同意？"

李有喜点点头："这我承认。"

整理了一下思路，我说："也就是说平均下来我大概有三分之一的希望能拿下来这张单，打个比方，有这么一个游戏，你押5万块钱，赢的概率虽然只是三分之一，但你赢了的话就是100万块，你会不去赌么？我想你会去赌的，因为从理论上说，你赌三次就会赢一次，也就是说，你投入15万块钱就换回来100万块，净赚85万块，你会不干？"

有一点我没说，如果这5万块是我的全部家产，我只能赌一次，而输的可能是三分之二，我又该如何选择？或者本质上我就是一个赌徒，有机会就会去赌的赌徒。对于我这种人来说，我可能会输十次，但我总会迎来胜利的一天。

有些话像是憋了很久，他说："陈总，问题是我们根本就没有三分之一的机会，别的不说，就拿联发来说，他们的质量比我们的好，牌子比我们的响，价格上虽然比我们贵一点，但也不算贵很多，我们不是没有输过，我们几次都输到了联发的手里。"

我说："我坚信这世界的任何一家企业任何一个人，甚至任何一种生物，既然能在这世上活下来，就一定有它的长处，我们要做的就是把我们的长处找出来，以己之长去攻敌所短。我们小，我们灵活，我们较便宜，我们更努力，更狠更变态，这些加起来的话，我说我们有三分之一的机会，我觉得一点都不过分。"

李有喜不再说话了，我知道他不是被我说服了，但也没到认为我不可理喻的地步，我们保留各自的看法。

在昏黄的路灯下，我们终于看到了那辆蓝色的五十铃，以至于李有喜都跳了起来："来了，来了来了。"

我立刻冲到了路中间，脑袋里只有一个念头，就是把我压死也绝不让开。

车上下来两人，一胖一瘦，胖的有些气度，是从司机位上下来的，相比之下，瘦的那个就显猥琐了。

胖子明显是主角，他问："干吗拦我们的车？"

我摆了摆手，示意他们站到一边说："和你们谈桩生意。"

胖子和瘦子交换了一下眼神："什么生意？"

为了去除他们的疑虑，我把下午那个杀狗人的名号报了出来："我们是邹老板介绍过来的，要买你车上的货。"

没让那个邹老板打电话通知他们的原因是，我知道他们不会因为一个电话停车，更别提开车回去。这样反倒会让事情复杂化，比如说开我一个天价。

瘦的围了上来，胖的和瘦的再次交换了一下眼神："要买多少？"

同行是冤家，确定了邹老板确实没打电话通知他们后，我心里更有数了，我指了指后面堵着的车："你还是先靠边停，我们慢慢聊。"

他们依言靠边停了，重新聚拢后，我对他们说道："能不能先看看你们的货？"

胖子显得很直爽："打开门来做生意，肯定要让你看货了。"

车门徐徐打开，我的心也跟着提了起来。还好的是车厢不大，我一眼就看到了那条我找了一天的狗。小张告诉我它的名字叫可乐，不过我看到它的时候根本没笑，因为我在心里偷着笑。

胖子站在我后面不到一米的地方，我不回头都能感觉出他在打量我。

我退了一步，侧过脸来在胖子的脸上又扫了一遍，四方脸，有些憨厚但又能看出他有意隐藏的一丝精明。

遭遇战就这么打响了，我该怎么攻，又该怎么防？是实话实说，还是绕个山路十八弯？是强行带走，还是掏钱买走？是欲退先进，还是欲进先退？我的思绪又走神了，从小到大见过的人脸一张张地放电影似的从眼前掠过。

这些脸有电视上政治家的脸，有电影上明星的脸，也有普通生活里像你我一般老百姓的脸。他们的脸有的神采飞扬，神采飞扬的原因是因为先天遗传，还是因为后天顺利的生活？有的饱经沧桑，饱经沧桑的原因是因为辛劳的生活，还是因为对自己的定位？还有淡然处之或麻木不仁，他们又是为什么变成这般模样？

而这些人，在面对不同问题的时候，又会作出怎样的不同反应？喜怒哀乐造就了我们，并且还将继续造就下去。也就是说，人的脸实际上就是一本无字天书，很多答案就写在那上面。如果我能读懂这本无字天书，做起事情来岂不是事半功倍？

看上去红光满面的人，他们的特点是什么，弱点在哪里？看上去营养不良的人，他们的特点和弱点又分别是哪些？老板们有哪些共同的特点和弱点？白领们有哪些共同的特点和弱点？而所谓的在底层的人又有哪些特点和弱点？

这里面有没有规律可言？还有，相面术又是怎么回事，能不能解答我这个问题？我有些兴奋，似乎离这丝感觉越来越近了，我又有些泄气，手里还是什么也没有。

我又看了一眼胖子，心宽才能体胖，这句话能适用到多少个胖子的身上？我又看了一眼瘦子，那家伙我越看越觉得他猥琐，这是对他相貌的直觉，还是因为不喜欢他相貌而造成的扭曲？

三分天注定，七分靠打拼，人的相貌是不是也是这样？三分靠遗传，而最关键的七分由自己决定。为什么有的双胞胎越大越不像？为什么有的老人越看越慈祥，有的老人一看就脾气不好？

是不是对人来说，成长的时候是相貌影响我们的性格，成年后却变成了我们的性格影响我们的相貌？我们所发过的每一次脾气，吃过的每一顿大餐，熬过的每一次夜，所有所作所为心中所想，是不是在我们的脸上都留下过痕迹？

我突然觉得自己就像是站在一座宝藏的前面，但就是找不到钥匙打开它。

~ 68 ~

我指了指"可乐"，对胖子说："兄弟，我就不和你绕弯了，这条狗是我朋友的。"我顿了一顿，说："这狗怎么到你们手里的我想大家都清楚，这个就不说了，说那些事情没意思，现在呢，我要把它带回去，你们怎么说？"

胖子嘴角微扬："兄弟，那些偷狗的勾当我们可不干。"

看得出来他根本就不把我当回事，这种人不好对付。我说："我知道不是你们干的，所以我才说是和你们来谈生意的嘛。"

瘦子发话了："你能出多少钱？"

我笑着："我能出多少钱？你不会告诉我把自己的狗买回去还得出个厂家建议零售价吧？道理上说不过去嘛。我也不难为你们，这样吧，友情价加折上折，我给你们点辛苦费油费什么的，这事就这么结了。"我把脸转向胖子，我知道突破点在胖子那边："你看怎么样？"

但瘦子又发话了："我也懒得和你啰唆，我们还要赶路呢，两万块，你把狗带走。"

我吓了一跳，笑容收了起来："不可能。"

瘦子说："那就没得谈了。"然后他推着胖子往驾驶室走，说："别理他，我们走吧。"

胖子看起来要讲道理一点，稳重一点，却不太说话，这个瘦子嚣张得很，还喜欢叽叽喳喳。我知道瘦子不过是制造紧张局面好谈价钱，我还知道不把他的气焰打下去这事不知要扯上多久。

我冷冷地对着他们的背影说："真以为我没招制你们了？还真巧了，我刚好对这片比较熟，工商局局长和我挺熟的，叫刘三邦没错吧？检验检疫局管不管你们，他们的头好像姓张，叫张什么来着，应该叫张灵树，信不信我马上就给他们打电话？"

他们站住了，扭过头来继续听我说话，我也适时地收敛了一下："说句心里话，为这么点屁事我还不想去麻烦他们呢，我就以中华人民共和国普通公民的身份给派出所、工商局，还有什么检验检疫局的人打电话，我看你们也要吃不了兜着走。还有，我不但现在打，我以后也会打，我会把你们要去的地方、要干的勾当、车牌号码、手机号码什么的全告诉这些人，我想啊，现在不是说要建立和谐社会么，你们要是运气不好，说不定还真有一两个为人民服务或者想赚加班费的同志去找你们的麻烦。你们要是哪天一不小心拉了屎没擦屁股的话，"我冷笑了一声，"就有好戏看喽。"

瘦子回过头来在我的脸上狠狠地瞪了一眼："你唬我啊？"

我立刻掏出电话："兄弟，我还真不是唬你，要不要我现在就打？"

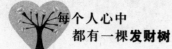
这下连胖子的脸色也变了："你是真的想搞事？"

胖子看上去有些吃软不吃硬的横气，而瘦子是柿子专拣软的吃，搞得我左右为难。我态度稍好了一点，对胖子说："我都说了，我是来谈生意的，不是来吵架的，但要是生意谈不成，这狗我带不回去，我在朋友面前没了面子，不好意思，我这个人一向比较小气，给你们添点麻烦我是一定会的，信不信由你。"

空气中的火药味十足，战争进入了最激烈的阶段，天也越来越黑了，依然是意志和意志、耐心和耐心的较量。

胖子面不改色心不跳："不怕跟你说，我也是个不怕事的人，你不妨试试。"

我一拉李有喜："这狗我们不要了，我们走。"

李有喜倒也见机行事，他不但不跟我一起走，他还打起了圆场，他揽住胖子的肩膀："兄弟，用不着那么冲动。"李有喜看了我一眼，看出来我确实鼓励他继续演双簧，他对胖子说："冲动解决不了问题，你说呢？"

我的脸更柔和了："我这也是帮朋友事，这我可一点没骗你，这狗见了我们俩一点反应都没有。要按我的想法啊，不就一条狗么，但没办法，谁叫我朋友喜欢呢，所以这事我就得给她办周全了。说句你们不信的话，我花钱在你们这把狗买了，还不好意思对朋友说这狗是我买回来的，你以为我不冤啊，又出力又出钱的。"

胖子的脸也缓和了一点："这狗我们明天就能卖一个不错的价钱，现在你想随便出点钱就把它带走，说不过去吧？"

总算进入了谈生意的环节："你们这狗本来就来路不正，现在倒好了，还想卖高价，我们买自己的狗，你也得理解一下我们的心情吧？兄弟。"

胖子想了想，说道："这样吧，你们出8000块，怎么样？"

一块石头落了地，已经有赚头了，小张说了，张姐在满大街的寻狗启事上都写了悬赏一万块，这一万块我虽然没指望拿，但心理上还是给了我赚钱的感觉。

给卖方一点活路给买方一点盼头这就叫做生意，我也开了价："1500块。"

胖子伸出他的大手："5000块。"

我把钱包掏了出来，数了数："就1800块。"

胖子左右看了看，在看附近有没有取款机，但他估计也觉得麻烦，指了指李有喜："你这位兄弟身上肯定也有钱嘛。"

我转问李有喜："你身上有多少钱？"

李有喜也把钱包掏出来，数了数，他回答："800块多一点。"

我的性格就是这样了，骨子里我并不喜欢讨价还价，我很干脆地说："我们多少得留点钱打车吧，要不这样，我们给你2300块？"

~ 70 ~

坐在小区的石凳上，我给张姐打了个电话："张姐，可乐我找到了。"

电话里的张姐有些纳闷，纳闷的是我的电话号码很陌生，但知道她的可乐丢了还知道她叫张姐，也有些欣喜，原因不用说——可乐要回来了。

果然是稳得住阵脚的领导，她根本没问我是谁，而是直接问我："你在哪里？"

我淡淡说道："就在你家楼下，你下楼就能见到我。"

我脚边是洗得干干净净的、高兴得有些变态了的可乐，它拼命地往张姐住的那栋楼蹿，它知道到家了。

可乐刚见我时是谨小慎微、诚惶诚恐的，没过多久就看出我不会对它不好，态度就好了很多。再到现在，我知道有离家近的原因，对我已是耀武扬威嚣张跋扈，当然也会感激涕零大叩大拜。

原来狗也知道看人脸色，原来狗也知道看人识人品人？

人真的比狗聪明很多？是的，人现在是地球的主宰，不管从哪一个方面来看，人和其他任何一种物种来比较都几乎是对人的侮辱。但是，在很多方面人的本领是不是在退化，或者说我们没意识到自己身上还有这样的本领？

起码以前的我就没它聪明，那时的我几乎把眼中的任何人都看成一个模样。

张姐一出现我就放开了狗绳，可乐像箭一般地蹿了过去，冲到张姐的脚边疯子似的又蹭又舔，尾巴像扇子一般摇个不停。

看着眼前的温馨一幕，我觉得这付出没有回报也算值了。

张姐蹲下去抱了抱摸了摸可乐，明显也很激动和高兴，但再起身的时候她脸上恢复了往日的平静。

我觉得好笑，人活着就是这么累，连真实的自己都不敢表达出来。更好笑的是，我现在才知道根据一些很容易就能知道的信息去分析一个人做出某种行为的原因，要是我早就知道了这些，我又怎么会被老毕和何萍糊弄？

老毕，一个经常性眼神发飘的家伙，我竟然从没去想一下他眼神发飘的原因是什么。何萍，一个35岁了还高不成低不就找不到男朋友的女人，我竟然没去想一下她高不成低不就的原因，也没去思考一下埋藏在她内心深处对钱的在乎和对倾家荡产的恐惧。

那时候的我就只有一个想法，自己对别人讲义气，别人就不会不对自己讲义气。

我知道我错了，所以我进步了，所以张姐一脸平静地看着我，我不用考虑就能知道她为什么摆出这副表情。

～ 71 ～

尽管我们只见过一面，但看起来她还记得我，她记得我的原因是因为我长得帅呢，还是我与众不同？

她头一扬，眼中可以说是精光四射："是你？"

我之前是坐在小区里的石椅上，我站了起来说："你好，张姐。"

在任何地方她都颇具领袖风采，她冲我挥了挥手示意我坐下："坐吧，坐下聊。"

我听她的话乖乖地坐下了，但她不坐，而是在那里逗狗玩，她看似随意地问了一句："你怎么知道我的可乐丢了？"

我看她要仰视，她看我是俯视，不管她是有意还是无意，我都觉得这样很压抑很郁闷，但我还是笑着："这个问题我可不可以不回答？"

她看了我一眼，我微微一笑，耸了耸肩，意思是你再怎么问我也是不会回答的。

看出来我无论如何不会回答，应该是猜出来了我不回答的原因是不想出卖线人，她并没勉强，只是说道："这还有什么保密的？"

我知道她会怀疑小林，但我并不急，也没有一丝为小林辩解的想法，这比越描越黑、越帮越忙强，反正她迟早会用她的方式知道我不是从小林那得到的情报，我相信。

　　我换了一个姿势，腿也抖动了起来，这显得我有些紧张，这能满足那些当惯了领导的人的虚荣心，也能让她低估我。其实我也确实有些紧张，哪怕我是再大的赌徒，在偷牌的时候我还是忍不住紧张。

　　我耸耸肩，胡说八道："我就是刚好从这路过，然后刚好看到了你贴的启示。"

　　她被我的说法逗笑了，气氛一下子轻松了起来，我和她的距离被一句话拉近了很多。

　　她露出了慈祥，甚至可以说天真的一面："挺巧的嘛。"

　　见她笑了，我笑得更厉害了："是蛮巧的。"然后一语双关："看样子老天爷都觉得我们应该合作。"

　　张姐很严肃地看着我："即使你帮我把可乐找回来，在你们公司的事情上，我也是帮不上什么忙的，你应该知道我们公司在这方面很严格，有自己的一整套的流程和程序。"

　　我知道那些所谓的流程，不过是把知名度、规模、企业注册时间，甚至员工人数都量化，再来个打分，然后根据分数甄选。至于那些不管是多人决策还是所谓民主商议的程序，说到底还不是一两个人说了算？

　　我笑着，并不想急着答她的话。

　　我站起来逗弄可乐，先把这种她高我低的对话状况改善了，并顺便利用可乐拉近我和她之间的距离。

　　可乐很给面子，我只不过摸了摸它的头，它就在我的手上舔个不停，不枉我给它买了那么多好吃的和一路上有时间就和它沟通。

　　然后我才回应她："我知道，我还知道贵公司的那些程序很合理很完整很强大，事实上我现在就在建议我们老板按照贵公司的流程去规范采购方面的工作，但是再完善的制度，也一样有不外乎人情的时候。"

　　我从放在身边的公文包里拿出一份写了几天的文件，那上面不但放大了我之前说服小林放我过关的那番话，把统计收集计算整理出来的数据指标放上去，还写出了对E公司这张订单的分析思考，并提出了一些意见和建议。包括哪些地方强度不够要加个五金件，哪个地方完全可以省略以节省成本。一句话，那是一份我呕心沥血写出来的东东，是我的杀手锏，我相信它能很好地向张姐证明我的专业、能力和用心。

拿文件的时候我心跳个不停，悄悄地吸了一口气才平复了心情："这里是我根据贵公司那张订单的有关情况写的一些浅见，方便的话请抽出时间看一下，如果你觉得我们公司是有能力有诚意的，就请给我们一个机会，如果你可以的话，好么？"

张姐一脸意外地接了过去，抽出里面的文件随意浏览了一下，脸色慢慢严肃："我一定会认真地看。"

我在努力不让她察觉的前提下死盯着她的脸，她这一刻的表情对我太重要，看出来她这话是真心的，我放下了一点心："谢谢。"

"我应该谢你才对，"她从手包里拿出一个信封，递到我跟前，"这里是一万块钱，你拿着。"

我其实很想收下，但又不可能收，我推辞说："张姐，你太客气了，这钱我不能收。"

她根本就不准备和我讲道理，用命令的语气，并拼命地往我手里塞："你拿着。"

我微微一笑，双手向后："我不会要的，张姐，没错，我是有求于你才去找可乐的，但怎么说呢，我这个人的运气实在是太好了，我没费多大的劲就把可乐找到了，你要给我钱，我这心里实在是过意不去。"

她又往我公文包的上面放："这钱你还是收下吧，这是原则问题。"

我连连后退："我不会要的，我确定。"

她再次摆出领导的架势："你不要这个钱的话，你就把可乐带回去，可乐归你了，"她还把手上的文件朝我面前一递，"还有，这个你也拿回去。"

摆明了是威胁了，但是她怎么可能舍得她愿意花一万块钱找回来的狗，尤其是她这种性格的人，我知道自己已经立于不败之地了。

我又往后退了一步，特意看了一下周边川流不息的人群，微笑着说："张姐，想让我收下钱你只有一个办法，那就是在这里把我打倒，这样你才可能把钱塞进我的口袋。"我加重了语气："除了这个办法再没有其他可能。"

第九章　七月流火：分文难倒英雄汉

脑海里闪过很多个念头，抢劫的想法都冒了出来。好人坏人真是一念之间。

只要我还有一条路走，我无论如何都不会告诉他们我已山穷水尽。

勇于战斗的人只要不死，迟早有一天会成为英雄。

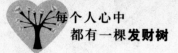
～ 72 ～

我站在镜子前看自己：我更瘦了更黑了，还因为睡眠质量不好，眼窝有点发黑有点下陷，我眨了眨眼，双眼皮竟变成了三眼皮，而让我寒心的是我的鬓角竟然多了很多白发，要知道我不过32岁。

以前看书上说有人因焦虑一夜白头我总是一笑而过，我认为那是为了烘托气氛的夸张手法，现在看着自己头上的白发我不得不信这有可能是真的。

大师说：放下屠刀，立地成佛。

我也有想过，放下执念会不会轻松很多？想了想，我冲着镜子中的自己摇了摇头：走出佛堂，还不是要转世为人？做不好人，又有什么资格成佛？我对自己说：还是先做好自己吧，做好父母的儿子，做好老婆的丈夫，做好孩子的父亲。

老婆挺着肚子走了过来，她越来越行动不便了，看着她的肚子我都觉得很有压力。

她说："要交房租了。"

我很少关心这些，这事以前一般由老婆操办，她手上不会缺这点钱，我知道她的意思是说手上没钱了。

心空空落落的，既不完全确定未来，又不能确定手上的钱能不能支撑我走向未来。

我说："我待会儿下楼取。"

老婆觉得奇怪："你前天不是刚取钱了么，怎么又没钱了？"

我说："这些天花钱比较狠。"

老婆知道我肯定又是把钱花到跟单或者交朋结友上去了，我以前就一贯如此。

她问："你怎么还是大手大脚的？"

心里堵了一下，我说："那些钱我全花在跟单上去了，我没有大手大脚。"

她问："E公司那张单，有希望了？"

我说："不知道。"

她说："不知道你就花这么多钱？我知道你压力大，知道你想快点把钱还上，"她欲言又止，"但是……"

我知道她的意思，解释起来又比较费力："我知道自己在干什么，你放心。"

她问："你确定？"

我说："确定。"看了一下她的表情，知道她在担心什么，"你放心，我不是神经错乱了，我也不会神经错乱。"

我有一个观点，只要金钱能帮助我增加成功的概率，这个钱就值得投入，只要投入和产出在一定的比例之内，而不是只惦记着少投入或不投入就得到回报甚至是大回报。我这么做，错了？

李有喜这么劝我还好，但老婆也这么说我，我真是觉得头痛了。

没有什么惊涛骇浪，但哪怕是简简单单的一句不同意见，也一样能化成堵在你面前的大石头。

我累了，我真的很累，但在最累的时候我连脾气都不能发，因为我不敢吓着我那还没出世的孩子。

所以，我只有下楼散步。

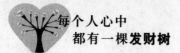
小区里有个人工湖，面对湖面我很想大喊一声："我是人，不是神。"

压力巨大又无处发泄，我一拳挥出把旁边的大树打得飒飒作响，收拳回来时鲜血涌出，我很漠然，就像流的是别人的血，痛的也是别人。

想起了电影《头文字D》里的一句话：神原来也是人，只不过他做了一些人做不到的事，于是，他就成了神。

还想起了另一句话：天下有大勇者，卒然临之而不惊，无故加之而不怒。

我冷静了下来，再次把跟E公司这张单以来的所有场景在脑袋里回放了一遍，那些背后交易人情交易我控制不了，即使背后有什么人情交易，以我对小林和张姐的了解，他们也一定会暗示我，从能摆上桌面的情况看我不是没有机会。

我们家楼下有家餐馆，只要我和老婆不愿意做饭了必定去这家餐馆吃。

对于老板来说，我们去吃饭是偶然还是必然？对于我们来说，餐馆不是唯一一家，但为什么它是我们的唯一选择？很简单，这家餐馆是最合我们口味、最卫生、价格也最公道的一家。为什么这么简单的道理，无数人对它视而不见？

这里面的区别就在于，有的人因为不愿意努力，天长日久已经习惯了平庸，而不再相信纵身一跃就可能创造奇迹。

我给老刘打了个电话，控制着自己的情绪和他随便聊了一会儿后，我问："有没有觉得我和以前比有什么不同？"

他有些奇怪："怎么突然问我这个问题？"

我倚着栏杆看水中的鱼，觉得鱼就是自己自己就是鱼："随便问问。"

他好像在走路，有些气喘吁吁的："没什么不同啊！"过了一会儿，他又说道："也有吧，觉得你比以前沉默了。"

我又站直了身子，环视了一圈周边的花草树木："没觉得我疯了吧？"

他回答得还像模像样，煞有介事："没有啊，我觉得你挺正常的啊！"

我笑了，他这样回答他才是他，我笑了说明我还是我："那就好，看样子我还是个正常人。"然后我说："好了，我知道了。"

他莫名其妙："我突然又觉得你不正常了。"

我大笑着："不聊了，我有事了。"

我无法自己观察自己，即使是有所判断，我还需要一面镜子甚至是很多面

120

镜子当参考，以坚定我的信心，以得到一个最接近正确答案的答案。

挂了电话，我突然有一种想跑的冲动，于是我穿着西装和皮鞋就这么慢跑了起来，我觉得自己只有跑动起来才能找到活着的感觉，才能转移自己的注意力，才能让自己的血液循环，才能开动自己的脑筋，并且，这似乎也是减轻压力很好的方式。

迎风而奔的时候我想起了电影《阿甘正传》中的阿甘：他什么都不顾，只知道凭着直觉在路上不停地跑，他跑过了儿时同学的歧视，跑过了大学的足球场，跑遍了全美国，最后跑到了无数聪明人都不能及的高度。

这世界想"步步为赢"的聪明人太多，而那些一心向前的傻人蠢人和真正的智者太少，这正是我认为自己能赢的原因所在。

～ 74 ～

看到张姐的手机号显示在屏幕上，我的心扑通扑通地跳个不停。接听电话紧张？这事几乎没有过，这正应了一句俗话：人穷志短，马瘦毛长。

我走到窗前，接通电话："上午好，张姐。"

我不但没想到她会给我打电话，我更没想到她和我说的第一句话居然是："你在你们公司有股份吧？"

我知道那个报告起作用了，最起码让张姐觉得我热情得有些过分，我笑着说："没有，我就是一打工仔。"

她有点不信："那老板是你亲戚？"

我就知道不给她个说法是不行了："实际上我和老板……"我有意停顿了一下，显得自己有点不好意思，还有点像吹牛，"还是蛮不错的朋友。"

她这才放了我一马，透出一股果然不出所料的味道："我就说嘛。"

找不到合适的话应对，我在电话里傻笑。

张姐又说："你给我的文件我看了，看得出来你很用心。"

我开心地笑，和她开着玩笑："不用心怎么能赚得到你们的钱？"

张姐也笑了："这话说早了点吧？"

只要对自己有信心，这话一点都不早，我一直笑着："张姐，说不定不早呢？"

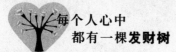
张姐说："噢，是么？"

我和她打着马虎眼："也许大概可能或者一定吧？"

电话那边传来张姐爽朗的笑声："不管怎么说，我们得感谢你提出来的建议，对我们确实很有帮助。"

怎么会没有帮助？我把自己当成E公司的人，把他们的思路从头到尾梳理了一遍，查阅了大量的资料后给他们提出了七条建议和20多个要注意的事项，就连产品本身的设计缺陷我都注意到了，也提出了自己的看法。

这是完完全全在我意料之中的事，我写了那么多的东西，其中绝大部分他们可能也想到了，但只要有一条是他们没想到的，我就赚了。

我撒下了一张大网，捞上来了一条小鱼，就这么简单。

就算没捞到小鱼，也让他们知道了我的专业和用心的程度，还有诚心，反正就一句话，汗水不会白流的。

我在心里大笑，语气上认真对待："那就好，我还有点担心自己这是自作多情呢。"

张姐的态度很诚恳："没有了，真的没有，我代表我个人向你表示一声感谢，衷心的感谢。"

我就像大热天吃了一根冰棍一样舒服："不用客气，我应该做的。"

张姐说："这哪里是你应该做的，我都觉得很惭愧，很多事情居然让你想到了我们前面。"

我没客气，直接说："没办法啊，谁叫我想赚钱想疯了？"

张姐在那边大笑："嗯，我也这么觉得。"

我打蛇随棍上："所以啊，张姐，如果可以的话，你还是给我们一个机会吧？"

张姐沉默了一下，说道："给你们机会没问题，问题是给你们机会也未必是好事啊，我要是好心办了坏事，你不要说我坑你噢。"

我话中有话："没事，你就算是坑我，我也不会吱声的。"

张姐又是大笑："好了好了，机会我可以给你，但丑话我说前头，你们最后要是没接到单可不要怪我，希望你们能客观地认识这点，OK？"

意料之中么？不是。意料之外么？也不是。大概一半一半吧。

我说："没问题，即使我们不客观，那也是我们自找的。"

张姐说："好了好了，我会通知小林让你们进来的。"

我说："谢谢你，张姐。"

张姐说："不要谢我了，要谢也是谢你自己。"

我哈哈大笑："那就一半一半吧，我谢你一半，谢自己一半？"

张姐也笑，然后说："好了，我们就聊到这里了。"

我说："好，你先忙。"

她说："小伙子，好好干，你很有前途。"

隔了几年又被人称为小伙子，我都不知道是该悲还是喜，但嘴上说："我会的，张姐。"

~ 75 ~

下午，小林的电话真过来了，能听出来他有些不高兴："兄弟啊，你没事整篇最高指示出来干吗？"

我有点明白，但还是假装不明白："怎么了？"

有些兴师问罪的口气，却带了一丝玩笑的口吻："你怎么把我们的工作都做了，想抢我饭碗是吧？"

这个我还真没想到，我连忙说："没给你添麻烦吧？"

他说："还好了。"但还是发着牢骚："你不知道啊，就因为你的那个东东，张姐把我们召集起来训了一顿，然后还给我们发了一份你写的最高指示，让我们好好学习。"

没想到背后还有这么一出，我忍不住欣慰地笑了："不好意思，不好意思啊！"

他说："看不出来，你很有一套嘛。"

我和他开玩笑："中央一套？"

他说："一套个屁。"又说："兄弟，这些东东千万别再整了，放我们一马吧。"

我啼笑皆非，说："嗯，我检讨我有罪，要不我在背上绑一根荆条过去请你吃饭？"

他说："免了，别给我整那些没用的。"

和他们谈生意要签一份保证不贿赂的协议书，那上面不但有约束条款、奖罚政策，还留有E公司老总的邮箱和一个兼职负责此事的老总电话。

我琢磨了一会儿，不客气地直接说："那我给你整点有用的？"

小林避而不谈："你他妈不但挺有一套，还挺会说嘛，怪不得上面那帮人又把你列为意向供应商。"

我故意叹了一口气："哎，发自内心深处的话就是这么打动人心。"

他说："少装了你。"他终于转入了正题，"有一份新的图纸要给你。"

根据我的意见样品还真作出了一定修改，这也意味着我需要重打样了，这次打样我喜欢，虽然我知道，我的竞争对手们也肯定收到了同样的图纸。

我说："传真机好着呢。"

他说："我懒得传了，我把QQ号告诉你，直接给你发过来吧。"

我犹豫了一下，还是做不到假装不知道他的QQ号："我知道你的QQ。"

他愣了一下，说："噢，那你加我。"

不知为什么，他居然没问我是怎么知道的，我想解释不是有意去找他的个人资料的，但我那不叫有意难道还是无意么？

我简单地道了一个歉："不好意思。"

他说："没事。"最后又莫名其妙地来了一句："你把事情给我做好就可以了。"

这话可圈可点，重点在"给我"两个字，事情明显有向私人关系范畴方面靠近，我说："遵命。"

~ 76 ~

接下来的两个月，我过得忙碌无比，新开发出来的客户要跟踪，稳定了的老客户要维护，每天要煲汤给老婆喝要洗碗拖地洗衣服，E公司这边的情况也有了明显的改善，他们一次次就样品问题、技术问题，甚至是产品的周边细节把我叫去G城商讨。

我忙得屁滚尿流，还好的是，这种忙碌尽管劳累却令人兴奋。

我和张姐、小林的关系也在这种劳累中有了长足的进展，以至于我经常性地会有一种错觉，我是不是已经把这张单拿下来了？

不该说的话张姐和小林一个字都没透露过，甚至我都无法从他们的神色中判断自己到底走到了什么样的阶段，他们只是平静得就像流水线一样地作业。

我也只能一样，尽管我藏着一颗焦急乃至害怕的心。

两个月我跑了E公司多少趟都记不清了，平均下来四五天一趟吧。中间，我为了降低其中一个五金配件的成本还去了一趟外省。我算了一下，加上去外省的费用，就那两个月的时间光交通费我就花了近两万块。

一分耕耘一分收获，一分收获一分付出，我口袋里的钱急剧减少。

房租、开支、债务、债务滚起来的利息，尽管我已经尽了自认为的全力，但还是入不敷出。

钱一天天减少，我却不得不继续强大，不管这强大是空中楼阁，还是实至名归。

其实我也怕，但连我都佩服自己的地方就在于，我在怕的同时依然坚持，并不在任何人面前表现这种怕。

钱一天天减少，少到了什么程度？

有一次口渴，看到路边鲜红的西瓜很想买一块来吃，但想了想，保不定我以后要过什么日子，我还有孩子，能省一点就省一点吧，最后我选择了离开。

眼中有泪。

一块钱一块的西瓜而已，有谁知道30多岁的我也曾因为一块钱的西瓜犹豫过，并最后选择了走开？

还有，又有多少人知道连一块钱的西瓜都舍不得买的人，他在酒桌上还能笑逐颜开地吃香的喝辣的？

有多少人能明白，一个人强顶着压力在希望和失望不断轮回中强颜欢笑的滋味？有多少人能明白，在这种重压下活下来的人，在这段时间内收获了多少普通人甚至几年都收获不了的体会和感悟？

在这种情况下，我喜欢上了慢跑，一个我一直想但就是坚持不了的运动，我没想到居然是压力帮我坚持了下来，尽管我所谓的坚持毫无规律。

怎么会毫无规律？因为我有时一夜未眠，看到早晨的新鲜空气不想浪费在跑上，有时是因为早上没跑，把跑步转移到了晚上。

但不管怎么样，我每天都会跑，我把跑步当成了一个减压器。

和玩游戏、看电视放松自己相比，跑步能降低我的犯罪感，让我觉得我这是在锻炼，是选择了一种积极的人生。

迎风而奔的时候，我一天天地找到自己：有些人不知道为什么而跑，所以坚持跑步很难很难；我知道自己为什么而跑，所以我跑得坚定自在。

当你知道自己想要什么，全世界都会为你让路，我坚信。

看我这么折腾，李有喜比我还怕，我知道，只是他不敢也不知道怎么劝我。看我这么折腾，我身边有不少朋友比我还怕，我知道，有很多人在期待着再看我的笑话。

一个静寂的午后，我对李有喜说："你相信这个世界有奇迹么？"

李有喜说："相信，但我不相信奇迹会发生在我的身上。"

我淡然说道："和你不一样，我不但相信这个世界有奇迹，而且相信奇迹会发生在愿意努力的我身上。"

李有喜的眼神中有震动、有怀疑、有思考，最后只化为两个字：沉默。

我继续说："大家都说三分天注定，七分靠打拼。七分打拼我拿定了，至于另外三分，就让老天爷看着办吧。"

不相信奇迹的人，其实是不相信自己，不相信自己能坚持住，不相信自己有这个意志、勇气、热情。

一念之间，冰火两重天。

没错，我确实就像一个坐上了赌桌的赌徒，玩的是一个叫梭哈的游戏，只要这牌一天不开，我就一直跟下去。

我相信这游戏考验的不仅仅是我的运气，它更多地考验的是我的智慧、决心、勇气和热情。这就是我一直跟下去的原因，我不仅仅是在赌运气，更多地是在测验自己对这个世界的游戏规则掌握了多少。

老婆不再干涉我跟E公司这张单的事情，用她的话来说，她要把全部的注意力集中到我们的宝宝身上。

老刘依然是话不多，他既没有反对也没有支持，只是夸过我一句："你的心理素质还真不错。"

我说："我也才知道。"

没什么是偶然的，老邓当上老板也不是偶然，他和李有喜、我老婆和老刘的表现方式不一样。

老邓拍了拍我的肩膀："你一定要查清楚他们这张单的确切数量，现在的采购啊，十块钱的单都敢说成一万块。"

我回答："我早就查过了，他们没说谎。"

李有喜也慢慢地进入了状态，开了不少单，从开单的数量上来说竟然远超过我。我反倒只开了两单。但好玩的是我开单的金额比他的大很多，从最后赚到的钱来说，我反而超过了他。

我们常说性格决定命运，原来性格也决定了我们做业务的方式和能谈下来的客户类型。

李有喜有耐心，并且守得住，所以他的单和客户都源源不断。我一般小单看不上，不动则已一动必定拿下，拿下后必定和客户成为朋友，即使我的价格略高于竞争对手也没有关系。并且我的客户一般都比较有实力，结款上也比较及时，用李有喜的话来说就是都比较好说话。而李有喜的客户小且乱，难结款难伺候还难稳得住。

我在想，我那些很好说话的客户交到他手里，说不定会变得不好说话？而他的那些客户交给我跟的话，我说不定根本就跟不下来，因为我无论如何都提不起兴趣。

我下意识地作出了适合自己的选择：大公司大客户之所以是大公司大客户，那就是因为他们有成为大公司大客户的资本，如果用武侠小说里的描写来比喻的话，和那些有一定资本的高手过招才能激发我的热情，再低一层的话，我反倒会因为缺乏热情而输。

我走的是精品路线，以质取胜。我做业务就像刀，专注于一点，刀若出鞘，必有死伤。

李有喜也下意识地作出了选择，他勤劳开路，撒大网捞鱼，尽管捞上来的都是小鱼小虾，但集合到一起也颇为可观。

李有喜走的是大众路线，以量生存。他做业务就像用棍，浅尝辄止，一棍下去一扫一大片，却只能伤着对手的皮毛。

~ 78 ~

我勤快不起来，E公司这张单牵扯了我太多精力，以至于我的生理和心理都十分疲惫。

上天给了我们爱，又给了我们恨，给了我们承担责任的勇气，又给了我们逃避现实的懒惰。

正如有白天催你奋进，而黑夜会提醒你睡眠一样，我不再勉强自己，我心安理得地睡觉、看新闻、发呆，甚至玩几把游戏，同时在需要全力以赴的时候

用尽自己的力量，就像我在E公司这张单上表现的。

我不确定我是对的，但我就是这么做的。

这两个月，也是我这辈子眼泪流得最多的两个月。奥运圣火传递国外遇阻，看到国人之团结我经常是泪流满面，再接下来的抗震救灾，几次我都为同胞之爱而痛哭失声。

从小我就要强，痛哭失声？在我有记忆以来就没有过。

没人的时候我甚至几次控制不住地嚎啕大哭，哭得最厉害的时候，我福至心灵，彻彻底底地找回了自己，找到了我坚持的意义。

人生不是大哭，也不是大笑，而是大哭和大笑过程中的感悟，也许只有这样我们才能知道地球是圆的，才能做到心平气和地面对一切。

只有飞上过太空的宇航员真正看过蔚蓝地球的美，也只有在大哭和大笑中跌宕起伏过的人才能知道什么是真正的幸福。

我接下过这么一个客户，他是北方人，通过贸易通聊了几句，合计最多不超过一个小时。

他说："我决定了，我要在你这买，百分之百的。"

我说："你觉得好，就在我手里买。"

他说："说句实话，你的报价不是最低的，但我相信你，我就在你这买了。"

他确实在我手里买了，并且一定要把货款打到我的私人名下，而不信任那个我交给他的公司账户。

他也成了我敢一路前行的信心来源。

没有建立在市场反应基础上的自信只能叫自大，一阵风吹来就有可能轰然倒塌。只有得到了很多人和物反馈过来的认可，这种自信才是真正的自信。这些才是我敢一意孤行，在交通费上都敢花上两万块的原因。

有人也许会问，你是怎么做到的？

我想这个问题应该去问那个只跟我聊了半个小时就决定在我这买产品，并且一定要把货款打到我账户上的客户，也应该去问老邓、老刘、小林和张姐。我觉得答案是真诚，发自内心的真诚。

还是那句话，这世界聪明人太多，多数人都想着往自己的怀里扒钱。这时候突然出现了一个拼命往别人怀里送的，别人一看，大为吃惊，看这人又不像个傻子，然后觉得这个人很特别，可交。

老子说：江河能为百谷王者，以其善下之，以其不争，故天下莫能与之争。

这道理难理解么？不难理解。但绝大多数人在用一生的代价和自己的贪婪、鼠目寸光作斗争，老天爷只用这一招，就束缚住了绝大多数人的奇迹。这些人乐此不疲，又疲于奔命，甚至老了还指望着用最少的钱买到最好的东西和相信一些很低级的骗术。

我们一生都在和自己作战，什么时候我们控制住了自己的欲望，控制住了自己的恐惧，必出人头地或重出生天。

月底，我陪老婆散步路过一个在建的楼盘，我指着它说："我们俩打个赌，这栋房子建完之后，我们可以在这里买上一套。"

这个楼盘我们散步的时候去问过情况，知道还有一年多一点能建完。

老婆不知道我又发什么疯："还买房呢，我们欠人家这么多钱，家里还要建房子。"

没有人知道，连我老婆都不知道，我说这话的时候口袋已没有多少钱了，但我还是这么说。

我也觉得自己这话太满，留了条门缝："我也许赚不到那么多现金，但到那天肯定有很多人愿意借钱给我们，我们也敢用借来的钱买房。"

老婆想到了我为什么这样说的原因，高兴地说："是不是E公司的单定下来了？"

她很难得开心一回，但我还是不愿意用坑蒙拐骗的方式让她开心："不是，E公司的事情要定下来还早着呢。"

老婆搞不清我葫芦里卖什么药了："你接到其他大单了？"

我说："也不是接到其他大单了，反正我就敢跟你赌，你奉不奉陪？"

她看着我："赌什么？"

做其他家务活我还可以，但我很讨厌洗碗："我要赢了，以后家里的碗全归你洗；我要输了，我洗。"

她回了两个字："不行。"

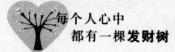

家里的房子动工了，不能不动工，这是政府的要求，不在规定的时间内把房子建起来，政府就会把地皮收回去。

还有，我也不得不继续打肿脸充胖子，几乎所有的拆迁户都动工开建了，我又怎能落在别人的后面？

开始我还以为会有足够的时间错开，可惜我错了。

政府这一次效率奇快，他们迅速地平整好了土地，迅速地把钱分发了下来，迅速地让我们搬出了老房子，然后迅速地把我们的房子夷为平地。

政府等着我们腾出来的地建桥，只有建完桥，河对面的工业区才能启动起来，只有工业区启动起来，全市人民才能过上更红火的日子。为了不耽误建设和谐社会，为了不拖全市人民的后腿，我们及我们的邻居们都效率奇快地搬离了，尽管也有些人是被迫无奈。

我们家的老房子政府赔了差不多十万块，凭良心说这个价钱还算公道，要是拿到市场交易的话，我们那房子最多卖五到六万块。

那十万块后来我们又还给了政府，付自建房的地皮钱。这十万块我们交得兴高采烈，因为地段确实很好，市场价远高于政府出价。因为我们如果愿意的话，加个20万块把地卖出去是件很容易的事。

也就是说我要想办法把建房子的钱变出来。

外面还有不少未收货款，但几乎都成了死账，工厂没了，老板找不到了，钱怎么要？还有一部分私人欠款，到现在我都没找他们要过，因为总抱着一个希望，不到最困难的时候，就不去开这个口。

我拨通了某人的电话："我现在的情况，不说你也知道。"

某人说："年底吧，年底吧，年底我就有钱还你了。"

我说："我不是这么困难，借给你的钱我不会要。"

他说："我知道，但我实在是没钱。"

再给另一个欠我钱的某人打电话，差不多把上面的话重复了一遍，他说："那我先给你1000块吧。"

依此类推。

以私人欠款来说，我和很多人的账我都不知道该怎么算，有的是吃喝玩乐中垫支出去的，有的是赌桌上的赌债，还有的是送出去的物品折算成现金后一直没收回来，当然更多的是一千两千块的以现金形式借出去的欠款。

我能理解，对于多数人来说，交房租水电费、买新手机和漂亮衣服，远比还人钱要来得紧迫得多。我还能理解，我们中的多数人都是普通人，所以，选择新衣服的人远比选择还人钱的人要多，我敢确认这一点，因为我鲜活地经历过。

而这也正是一种人和另一种人的分水岭，利人更多一点的和利己更多一点的。完全利人那是神仙，活得太累；完全利己，时间一长根本就不会有市场，这种人迟早会被淘汰。眼光长远的和鼠目寸光的。眼光长远的有可能饿死在半路，鼠目寸光的丢失了未来。

其中权衡，只能说各自选择吧。

~ 80 ~

我也动过借钱的念头，找其中的几个借了，打完几个电话我就明白了。

大家活着都不易，既然多数财富集中在少数人手里，那么我找多数人借不到钱这也是天经地义了，更何况混到了我这样出了名的负翁的地步。

有人说，想失去你的朋友么？借钱给他吧。我想说，想认清你的朋友么？借钱给他吧，或找他借钱。

我并不痛心他们不还钱的行为，我知道大家都不容易，我只痛心于他们费尽心机找的那些理由，说句真话会死？

我是非正常人，我不喜欢最正常的回答。一声长叹，我的那些曾一起疯癫一起潇洒的兄弟，你们没资格做我的朋友，连进入我的假账名单都没资格。永别了，你们。

想起老毕和何萍，牙根咬得直痒，给他们发了个意思相同但数目不同的短信过去："限你三天之内把欠我的钱汇到我的账号，过时不候。"

我又补了一条："总有一天我会让你付出超出想象的代价，哪怕我花上100万块。"

又是一条："我不会去违法但我也不怕违法，战斗可以升级直到有人倒下，信不信由你，给我等着。"

我们要活很久，明天的事，谁也不知道。

那一刻我狂躁得想杀人，有想过拎上一把刀，先把他们干了，然后找几个坏蛋贪官一路杀将下去，杀一个是一个，活一天是一天，最好能顺便捞到把家人安排好的钱，这样我就能走得安稳些。

我要是疯狂，那天也要失之颜色；我要一心向善，那佛也会欣喜若狂。

在这顺便劝告一句那些为富不仁、见利忘义的人：自私很正常，贪婪也不是错，但你要自私过头，因一己之利而陷别人于水深火热，那你就要注意了，这年头大家都活得不容易，难保不会出来个活得不耐烦的，把你干掉当垫背。

老婆发了威，她把刚给她弟结婚的两万块都要了回来，再从她几个同学那借了点，想尽办法凑足五万块寄回了家里。

五万块打地基是够了，但地基打完以后怎么办？

我说："走一步算一步吧。"

就连打地基都不那么顺利，几天后老妈就打来电话，我们新房子的所在地全是用大块的建筑垃圾填埋起来的，地基桩根本打不下去，所以地基只能倒整板，牢固是更牢固了，但又多花了近两万块。

见过铁匠打铁么？听过百炼成钢么？

我的心就像那铁匠手上的铁，一次次地被生活锤炼，一次又一次，直到我听到任何坏消息都像在听别人的故事一样平静。人人都羡慕宝剑的锋芒，却少有人探究那凡铁经历千锤百炼时的撕心裂肺的痛，还有那痛到了极致，人和铁都几乎要扭曲的——淬火。

其实谁的面前都摆了一座太上老君的炼丹炉，只要你敢跳进去炼上七七四十九天，就能给你一双火眼金睛。问题是，你敢跳进去么？

也许很多人会说：我敢。可是你不但要敢，还要能坚持，坐而言要比起而行容易万倍，你真要跳进去了就会知道那根本不是人待的地方。

无数人也进去过，但他们中的多数人在备受煎熬之后，只要发现炉门还有一条门缝就会大呼小叫、哭天喊地地跑出来。

我那一半海水一半火焰的7月，差点被钱逼疯了的7月，正是我的宝宝将要来到这个世界的日子，也正好是我弹尽粮绝的低谷期。一个30多岁的男人，竟然连老婆生孩子的钱都没有，有多少人能理解背后的痛？

李有喜说："我这还有5000块，你要就拿去。"

这家伙平时就不怎么攒钱，更何况正在谈恋爱，5000块估计是他的全部家产了。但他的5000块钱根本解决不了我的问题，老婆要生孩子，房租要交，信用卡欠的钱也是要还的，几个逼得越来越紧的债主，还有家中借的债的利息也是要按时给的。

但一块钱都能逼死英雄汉，我不敢拒绝："我要用会跟你说。"

他冲我点点头："我留着。"

脑海里闪过很多个念头，抢劫的想法都冒了出来，要不是慢慢地恢复了信心，难保自己不会走上另一条路，有时好人坏人真是一念之间。

找老邓借？不到万不得已我不想找他借，我不想他知道我惨到了这个地步。我还不想为了这么点钱找他，我如果要找他借钱，我希望至少是100万块，100万块他现在不会借给我，我也用不了100万块，所以我不找他。

野心，只要还有一丝希望，我都要守住自己的野心。

老刘？和老邓整天忙得没空关心这些事不一样，老刘知道我很难，也有对我说过缺钱他可以去想办法，但我没了那个脸面和勇气。我欠他太多，只要还有一点希望，我都凑不齐找他借钱的勇气。

家人亲戚？原因也差不多，只要我还有一条路走，我无论如何都不会告诉他们我已山穷水尽。

我划了一道圈把自己关在了里面，我知道我要是不这么倔强就不会这么难，我也知道我要是逃避，离开G城从头开始，哪怕从一个小业务员干起，我也用不着这么累。天堂在左，地狱在右？

我一次次地选择了坚持，连后退一步的想法都没有。老天爷，你是不是在笑，笑我的傻和痴？这一切，包括那个圈都在你的算计范围内？

有人说：人生来不是被打败的，你尽可以消灭他，但就是打不败他。我有同感，老天，你尽可以耍我，可以因我的弱小无能自私害怕而踩我欺我，但你想让我低头，想让我跪倒在你面前每天给你上三炷香，求你保佑我升官发财万事如意？NO。

　　我就是再蠢再笨，我的命运也要掌握在自己的手里；我就是再苦再累，也比听你那虚无缥缈的指示，做那行尸走肉自在得多。

　　我才是我的主人。

　　信仰？那不过是自我逃避的一种寄托、一块弱者和懒汉的遮羞布而已。而我，哪怕不是强者，我也要走在一条属于自己的路上，我也许会迷路，也许会中途倒下，但我绝不会把自己的命运交到任何别人的手上。

　　我才是我的主人，其他的妖魔鬼怪神仙诸佛全给我靠边站。人之所以强大不是因为人真的强大，而是因为人从没放弃过自己，从没放弃过对强大的探索，这或许就是人类之所以走到今天取得重大成就的根本原因。

　　是的，我们害怕过，我们无耻过，我们还自我残杀、自我毁灭过，但归根结底我们从来没有放弃过探索前行。

　　我想好了，我手上就是拿着根稻草，也要想尽办法逢山开路、遇水架桥。佛挡，我杀佛；魔挡，我灭魔。诸神真要存在，无所不能，巨大无比，我拿着根稻草也要嗷嗷叫地冲上去，肝脑涂地的同时指望我的最后一击能把诸神的眼给弄花了。

　　我坚信，勇于战斗的人只要不死，迟早有一天会成为英雄。

顶撞张姐：每个人都会犯错

我说："我迟到是我的错，但把小事放大，那就是你的错。"她的眼神变得可以杀人了。我又说："张姐，每个人都会犯错的，包括你在内。"

小林闪到一边，我们交换了一下眼神，看上去他被我们的对话给震呆了。

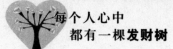
~ 82 ~

　　这天，我迟到了，而且一迟到就是两个多小时。这对我来说是一件很不正常的事，因为即使在帮别人打工的日子里我都很少迟到过，何况在跟E公司这种大单的时候。

　　我本来可以不迟到的，因为我根本就可以不去，一份资料而已，我完全可以让快递公司帮我送过去。但我不想放弃任何和E公司打交道的机会，所以接到小林的电话后我还是决定自己送过去。

　　可是，哪怕最艰难的时刻已过去了几个月之久，我还是经常被压力压得喘不过气。所以，我又失眠了，又是天亮了都没睡。

　　但我不得不按时出发。于是，转车的时候我在车上睡着了，等到醒来的时候才发现坐过了站。过分的是，往回坐的时候我居然又睡着了，我又一次坐过了站。当时我确实有些惶恐，但这种惶恐只是出于对自己高要求的愧疚，我并不害怕小林、张姐他们会有多责怪我。

　　在我那种有机会要来E公司转一圈，没有机会创造机会也要来E公司转一圈的指导纲领下，几个月下来我和小林、张姐的关系日益深厚，和小林就不必说了，虽然他没有说过，但我知道他把我当朋友。

　　张姐也没有说过，但我也知道她把我当朋友。

　　她有一次谈起她儿子是这么说的："他不比你小多少，但比你差远了。"

　　我清楚地记得她的表情，很是哀怨。在母亲眼里，没有人会比她的儿子更优秀。我知道，我拿下E公司这张单的希望已经很大了。

我诚惶诚恐："张姐，你太过奖了。"

我自信张姐、小林他们不会太责怪于我，但我没想到的是，因为这次迟到，我的生活竟然在这里拐了一个弯。

看到我努力地控制住呼吸站在她的面前，张姐表现得很生气，她表情冰冷："你迟到了。"

在自己犯了错的情况下，我没再和平时一样和她开玩笑，我没低头，但态度绝对够诚恳："张姐，不好意思，以后我会注意。"

但她还是严肃，连珠炮似地说："今天是下大雪了，还是发大水了？是地震了，还是道路塌方了？我给你机会解释。"

我有点反应不过来，这得怪我自己。

在做业务的过程中，和那些看上去比较好沟通的客户不用说，顺其自然就可以了。但在和一些不太一般的客户，比如说张姐这种人打交道的时候，我总会给自己一些心理暗示，我会在心里暗示自己，她是一个我很久没见面了的大姐，或者是某个看着我长大的邻居。

我和张姐的关系就在这种长时间的暗示中，并由暗示引伸出来的有意无意的动作和表情中拉近了。这一路我走得不容易，但我还是走过来了，我几乎可以时不时地和她说上几句玩笑话，也习惯了把她真的当成我的大姐，或是看着我长大的某个邻居。

她突然翻脸有些出乎我的意料，我不禁踌躇，是事情有变了，还是仅仅是她今天不高兴？

但不管是什么原因，我都得把这事处理好。我说："迟到了就是迟到了，没什么解释的，我知道我错了，希望你多原谅。"

张姐看着我，脸色还是不对："你可以回去了。"

我愣了，事情好像要闹大？我看了一眼旁边站着的脸色也有些发白的小林，小林没对我使任何眼色，在张姐面前他不敢。

我也不敢去触张姐的霉头，和她打了这么久的交道，我也知道她的性格，

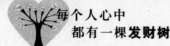
她有时就是个孩子，一个任性起来谁也拦不住的孩子。

我说："张姐，我真的很抱歉，话我就不多说了，资料我就放这里，你先忙，不打扰你了。"

说完后我就准备闪人，张姐却更过分了："资料你也不用留下来了，这么晚送过来，你留下来也没什么用了。"

我一口气差点没转过来，那是一份老邓工厂的环保证明和各种认证资料，如果这份东西张姐不让我留下，她实际上就是在告诉我这张单到此为止了。为了一次小小的迟到，至于么？

想了想，我又理解了，张姐可能是因为什么事不高兴而把气出到了我身上。我说："张姐，我知道我错了，要不这样，资料我先带回去，你有需要的话我再送过来？"

她又用那种可以杀人的刀子般的眼神看我，这种眼神我已经很久没在她的眼里看到过了。

她还显得很不耐烦："还送什么送啊，不用送了。"

那一刻我有点失望，我花了这么多的时间和精力，和她打了这么久的交道，我还是不能走近她，难道一个人当了领导后就真的不能有人应该有的情感，或者说当了太久的领导后习惯了什么事都以自己为中心？

那感觉就像发现你敬重的一个人原来根本就没把你放眼里一样。

我有些控制不住自己了，我把你当朋友，你把我当什么？我也知道你要求高，但谁不会犯点小错呢？

关键是小林也在旁边，如果小林不在旁边，我也许会妥协。我开始用一种相对冰冷的眼神看她，而不是之前的谦敬。

我说："张姐，我迟到是我的错，但把小事放大，那就是你的错了。"

她的眼神又变得可以杀人了，我怕么？我当然怕。但要说我怕到了可以不讲自己的原则，那也不至于。

我又说："张姐，每个人都会犯错的，包括你在内。"

她忙碌着，再没理我，我也没再说话，把文件袋放下，转身就走。

小林闪到一边，我们偷偷地交换了一下眼神，看上去他被我们的对话给震呆了。

138

84

走出E公司，心情灰暗得要命，抬头看天都觉得天灰蒙蒙的。

六神无主地逛了一个来小时，估摸着这时候小林无论如何都离开了张姐的办公室，我给小林发了个短信："方便的时候给我个电话。"

小林言简意赅地回了我一个字："好。"

接到他电话已经是他下班时间过后了，在电话中他说："不好意思，现在才给你电话，一直在忙。"

尽管我和热窝上的蚂蚁的心情没什么不同，但我还是很绅士地回了他一句："没事。"

他说："找个地方我们一起吃饭。"

他主动和我一起吃饭的次数不多，在这个钟点上仅此一次。我有些奇怪地问："你今天不用加班？"

他反倒用一种开玩笑的轻松口吻说道："你老过来了，我还加个屁班啊？"

挂了电话我有些找不到东南西北，他们这是怎么了，都神经病了？

十来分钟后他出现在了我们约好的地方，我没给他喘口气的机会，问他："今天张姐是怎么了？她是吃错药了，还是有人欠她钱没还？"

我还有一句话没问：你也吃错药了么？

小林拉开椅子坐下，脸上一脸坏笑："你才知道张姐的脾气？张姐对你已经是够客气了，你没见过她骂供应商，那可是比骂她儿子都狠。"

我轻轻地摇了摇头，我能想象这种场面，觉得张姐干出这种事来一点都不稀奇。

小林继续说："你这算什么，我们部门以前有个小女孩，就是上班的时候妆化得浓了一点点，就被她给说哭了。最让人郁闷的是，你还不能不化妆，不化妆她也不答应，她也要说。总之，和她打交道，嘿嘿……"

小林没再接着往下说，但我也能听出他的意思了，看样子小林在张姐的手下也没少受委屈。

我说："那这张单？"

他扭了扭脖子，伸了伸双臂，踢了踢腿，似乎上班就像是受刑似的。

他说："你放心了，张姐人就是我们常说的刀子嘴豆腐心，火气上来了呢天王老子爷都不认，过了火头就好了。"顿了一顿，又说："其实啊，她说你

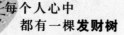

是表示看好你，如果她不训你了，你就准备收拾东西走人吧，这个我们部门的人都知道。"

我也有点后悔自己当时的表现，这些我其实也能想到的，我不是不了解张姐的脾气，应该说我还是不了解自己的脾气。

我说："其实这些我多少也知道一点，"我叹了一口气，"哎，我也是火头一时起。"

他训斥我："你也是，我还没见过你这么牛B的业务员，到底是你给我们钱赚还是我们给你钱赚啊？"

想通了，知道这事要解决起来并不难，心事放下了，心情也放松了一点，我笑着："谁叫我这么年轻呢？"

他也笑了："嗯，我喜欢你说自己年轻，这就意味着我更年轻了。"

我拿起桌上的茶壶给小林满上："这几天有没有什么好的机会，我要给张姐道歉。"

小林拿起桌上的茶喝了一口，然后说："要等，这种机会可遇不可求啊！"又说："不是我说你，你什么时候迟到不好，偏偏今天迟到，你干吗去了？"

我怎么好说自己一夜没睡好，愚蠢到连续坐过两次站？我一语双关地说："睡过头了。"

小林放下茶杯："算你小子倒霉，你迟到其实也没什么，关键是你迟到的时机挑得不太对，这才是张姐大发脾气的原因。"

我也拿起桌上的茶喝了一口："噢？"

小林说："噢个屁啊，你送过来的那些认证什么的是要拿来给肖总看的，你这么一迟到，张姐那边就要往后推。你还不知道她，魔鬼般地注意细节，严格要求自己。"他做了个丑得让人吃不下饭的鬼脸，看样子张姐平时没少唠叨这两句话，说："她这一往后推，这事说大也不大，说小嘛，她又是那种一点小事都觉得很严重的人，所以把气撒到你头上这也理所当然了。你也是，居然和张姐扛上了。"

我又叹了一口气："我知道，是我错了。"

我错在自以为坚强，自以为有傲气有傲骨，我自以为是地不向任何势力低头，不给别人一丝犯错的机会。

我对张姐说的那句话稍修改一下，用在我身上也很恰当：我发脾气是我的错，但你用所谓的傲骨把小事搞大，那又是你的错了。

85

李有喜给我打了个电话，电话中他的声音有些兴奋，还有些不安："刚才张姐给我打了个电话。"

这时我还在回家的公交车上，我捂住话筒，小声问："她给你打电话干吗？"

他说："她说有一份认证书复印得不清楚，让我们最好复印一份。"

我忍不住笑了，觉得张姐的孩子气还真蛮严重，因为我们闹了不愉快都不给我打电话了。

我知道问题所在，老邓厂里的那台复印机是有点老化了，复印出来的东西质量确实不行："噢，不行我明天去一趟老邓厂里，我拿着原件去外面复印。"

李有喜说："嗯。"他明显在电话那头犹豫了一下，"张姐还问起了你的情况。"

我有些奇怪，张姐虽然有时啰唆了点，但她绝不是那种喜欢打听别人隐私的人。我问："问我什么了？"

他有些犹豫："问你以前是做什么的，还有和老邓是什么关系。"

我的心猛地像坐高速电梯似的提了起来，李有喜在张姐面前就是一盘菜，张姐想怎么吃就怎么吃。

我问："你怎么回答她？"

他说："你和老邓的事情我说我不清楚，但你的事情我照实跟她说了。"

我的脸在瞬间变形，身边几个人都好奇地看了我一眼。在控制情绪方面我是越来越得心应手了，我的声音还是很平静："说了我什么事？"

李有喜吞吐了一下："你以前的事，我告诉她你以前也是当过老板的，只是亏了很多钱才又来打工。"

光听声音我都不知道自己是不高兴还是高兴："还有呢，你还说了什么？"

李有喜拼命解释："我也不想说的，但她就是问个不停，我也没办法。"

我说："没事，你只要告诉我你和她说了些什么就可以了。"

他说："她还问到了你的个人情况，然后就聊到了嫂子，然后我就告诉她嫂子都快生孩子了。"

心中又是一紧："然后呢？还有其他的么？"

有一些豁出去了的味道，他说："我还把你现在的情况跟她说了，我说你现在其实挺缺钱的，让她干脆把E公司的单交给我们做。"他自作聪明地补充："不过你放心，我是用那种开玩笑的口气和她这么说的。"

我差一点就要晕厥过去了："这样，不太好吧？"

李有喜又解释："我也是没办法啊，她非逼着我问啊！"

我能想象到李有喜被张姐逼问的窘迫，张姐只要随便吓唬他一下，或者说一句她喜欢和诚实的人打交道之类的话，李有喜也会竹筒倒豆子似地把所知道的告诉她。

我问："你还说了些什么？"

李有喜的语气有些不安了，但还是为自己辩解："她对你蛮好的，她知道了你的事情这是好事。你说呢，陈总？"

这一点李有喜说得对，张姐确实是个有同情心的人，实际上还是一个很有同情心的人，但利用人的同情心做业务，我即使赢了也胜之不武。

脑袋有点发闷，我失去了判断能力，我不知道李有喜这么做是对是错是福是祸，隐约间只是觉得不对。

脑袋里还是冒出那句话：假设我跪下，真有人愿意给我100万块怎么办？

王侯将相宁有种乎，乞丐人渣上天注定？

偷了100万块，哪怕偷到了一个国家，哪怕这世界只有你一个人知道这100万块、这一个国家是你偷来的，你也必将变成一个真正的小偷。

绝不是"若想人不知，除非己莫为"那么简单。

因为你不得不在无数个深夜面对自己卑怯的孤魂，不得不在无数个白天面对自己做过小偷的事实，并被随之而来的自我暗示、自我强化不断冲刷，最终，你自然而然地成了一个真正的小偷。

王终归成了王，因为他在一个人的时候也把自己当王，乞丐最后变成了乞丐，看他的眼神就知道，在任何时候他都把自己当成乞丐。

只是，我真的能拒绝100万块的诱惑？

我捂着话筒说："也许吧。"

李有喜滋滋地说："还有一件事。"

习惯性的平静，虽然我知道李有喜说出来的话有可能会是惊涛骇浪，我只吐出一个字："说。"

李有喜说："她还找我要了你的银行账号。"

我奇怪了："要我银行账号干什么？"

李有喜说："她说她欠你钱，要还给你。"

除了找到可乐她要给我而我没收的一万块，再没其他钱了，我说："她要我的银行账号，你就给她？"

李有喜说："给了，不给不行啊，她说我不给她的话，就取消我们的资格。"

我问："这你也信？"

李有喜说："我是不信，但我也不敢得罪她啊！"

我一时语塞："还有什么事吗？没什么事我挂了，我现在车上。"

他说："没有了。"

我无力地把电话挂了，脑袋如一团乱麻。

对于那些自私自利但又给我好处的人，我只会和他们小心谨慎地玩彼此利用的游戏。对于那些出于好意而给我添麻烦的朋友，哪怕我付出了再大的代价，我也愿意原谅他们，何况我也判断不清楚李有喜这样做是对是错。

我甚至也在心里期盼，说不定这事还真会因李有喜的举动而产生新的积极的变化？

我突然想到，说不定张姐根本没问李有喜我太多的事情，她或者就是随意地问了一下我的情况，故事是李有喜主动讲给张姐听的？

~ 86 ~

第二天上午我刚走下公交车，手机响了，有新短信。

我打开看，内容如下——招商银行到账通知，日期：2008年7月3日。账号：622580755186。金额：人民币10000。付方户名：张玲。付方开户行：中国银行G城分行。用途：无。

眼泪刷的一下就下来了，旁边有人看我，我擦去脸上的泪痕迎风而立，让风吹走我脸上的最后的水分。

一万块，不多不少，正是我找回可乐张姐要给我而我坚决不收的那笔钱。

晚上睡不着的时候，我很多次想过这么一幕：在一个毫无征兆的晚上老婆要生了，而我身上没钱，人命关天之下我在医院发狂发躁发疯地保证一定马上送钱过来，甚至跪下求医生先救我的老婆和孩子。

是的，我从没停止过琢磨怎么样弄到钱，但所有的方式都被我一一否定，我始终盼望着最后一刻能出现奇迹，比如说突然接了张预付一万块的单，比如说某某良心发现还我钱了，比如说某个朋友神经病似地问我要不要钱用。我还想过另外的可能，我买的那几张彩票中奖了。

我以前从来不买彩票，一是我不认为我能中奖，二是我知道自己没有掌握金钱的能力，中大奖对我来说不是好事。悲哀的是，当我觉得自己能掌握金钱了，金钱却成了我脖子上的枷锁。

有时我也觉得我这种人很悲哀很奇怪，不管你信不信，我真的愿意为了我的家人去抢银行乃至去杀人，但我在没有钱的时候还在指望最后一刻能出现奇迹，而不是低下头去借钱。

我不是找不到理由安慰自己：最后一刻借钱也行，深更半夜我打电话叫李有喜或者老刘送钱过来，他们也不会不来。

我就这么一路安慰自己，欺骗自己，现在，我心中的石头落地了，却没想到是用这种方式。

站在路边，听着公交车马达的声音，闻着汽车尾气，看着一个个急匆匆从我身边走过的忙碌身影，我百感交集，有些呆有些傻有些伤感有些高兴。

人生如戏，戏如人生？

我迈动了步子，想着是不是要给张姐打个电话，但打通了，我又该说些什么？头一次，我居然害怕接通电话听到某个人的声音。

想了半天，我只给她回了条短信："款已收到，谢谢。"

张姐没回我短信，这是她的一贯作风。

木着脸上了楼，对李有喜好奇的眼神视而不见，直接走进我的办公室，把自己扔到椅子上坐下，发了半天的呆。

最后我还是鼓足勇气拨通了张姐的电话，我甚至笑着："张姐，钱我收到了。"

张姐的语气有些得意："我虽然打不过你，但我也不是什么笨蛋。"

她不但把昨天发生的不愉快忘到了九霄云外，还一点没意识到她刚刚做的是一件能令我这种人都落泪的大好事。

认同大恩不言谢的道理，我说："找可乐我真没怎么花钱，信不信由你。"

她一贯的爽朗一贯的霸道一贯的孩子气："我才不管你花没花钱，反正我欠别人的就一定要还。"

眼泪终于止不住，顺着脸颊流了下来："这钱，当我借你的好了！"

张姐笑着："没必要了，本身就是我应该给你的。"她突然来了一句："小伙子，这世界上还是有好人的。"

我甚至能猜出她笑的时候脸上是什么表情，不敢多说话，怕自己抑制不住，我简单回道："我知道。"

她说："好好干，我看好你。"

我笨拙了很多，只简单地说了声："谢谢。"

她又变回了那个干练冷静严肃的张姐："不过我要提醒你，我欣赏你并不代表你们公司能最后胜出，OK？"

只剩下一个念头，这张单我一定要赢，也一定能赢。

一腔豪气又直冲脑门，我笑着："我连这个都不知道的话，我也就不是我了。"

她也笑："你说完了没？"

我说："说完了。"真真正正地觉得她就像我的大姐了，"张姐，少抽点烟吧。"

带着台湾腔，她笑着回答："知道了，抽烟不会死人的了。"

感谢生活：我庆幸我经历的

第十一章

生活真的很有意思：如果你积极，不管做些什么，只要愿意，都可以从中得到收获；如果你消极，哪怕得到一座金山，还会埋怨老天爷为什么不让自己当皇帝。

感谢生活，感谢时间，感谢一切。我庆幸我经历的，并开始享受一切。

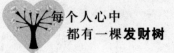

~ 87 ~

7月中旬，女儿来到了这个世界。

她好奇地看着我，30多年的修为瞬间瓦解，我的眼泪有如河水决堤："女儿，你可知道，我是你爸爸？"

女儿来了，获得新生的还有我。

俯身抱着她，我的眼泪流个不停，脑袋里一片混乱，一开始我是这么对她说的："爸爸没用，不能送你去最好的医院，请最好的医生来接生你，不过我可以向你保证，我会努力，我会加油，等你长大了你想要什么我都可以给你。"

想想不对，我又说："不行，那样会惯坏你的，我这样做的话你肯定会变得很自私。我会打你，你不听话我一定会打你，你长大以后就会知道我打你是因为我爱你；我还会骗你，不是爸爸坏，而是爸爸想要你知道这世界也有黑暗的一面，爸爸不想你老于世故，但你最起码要学会保护自己。"

我还说："我要带你去农村，让你知道粮食是怎么来的，让你知道生活的艰辛；我要带你走遍全国，让你知道我们生活在一个多么美丽的地方；我还要带你去周游世界，让你知道这世界有多大，人有多小。"

我说："爸爸现在还不知道你喜欢什么，你的长处在哪里，但爸爸一定会根据你的情况来培养你，我一定会竭尽全力。"

我说："你高兴我就高兴，你不高兴我就发愁；谁要是欺负你，我一定跟他拼命；谁要是伤害你，我灭他全家；谁要是帮你，我用钱砸他；谁要是喜欢你，我也喜欢他；谁要是爱你，抱歉，一定要经过我同意。"

我亲了一下她的脸："宝贝，你是我的宝贝。"

～ 88 ～

接下来是8月，全世界都瞩目的8月。

奥运会开幕式上，五星红旗升起，《义勇军进行曲》唱响，我又一次泪流满面。

这一年，我流的眼泪比前30年加起来的还多。男儿有泪不轻弹，只因未到伤心处。最难的时候，我才发现这是一个美丽世界；最难的时候，我才发现我多爱我的家人；最难的时候，我才发现我多爱这片土地。

我越长大，就越爱这个国家；我越了解世界，就越爱这个国家；我越了解历史，就越爱这个国家。

不要说"你爱这个国家，这个国家不爱你"的话。

经营过公司的人就会知道，管理一个公司是一件多么复杂的事，何况是管理如此大的一个国家？当过父亲的人也会知道，教育和爱护自己的子女是一件多么令人头疼的事，何况是教育和爱护十几亿人的民族？

古今中外，上下五千年，有哪个国家根除过腐败？又有什么时候，我们远离过战争？把目光投向丛林，资源的有限注定了杀戮的永恒，在今天懈怠的人，就是在给明天挖墓，个人亦然，国家亦然。

8月，我和老婆带女儿回家摆满月酒。

就在离家十几公里远的地方，我们遇上了堵车。我坐不住，跑到前面一看，原来是在修路，所以堵住了。这时车子早堵成了一锅粥，但还是各不相让，且没人愿意出来指挥，所有人都在等，等别人让路，等交警赶来。

我一问，车子已经堵了有半个多小时了，但交警还是没来。我也理解，家里不像大城市，交警对堵车这类事根本就是司空见惯，也不愿意跑到离城区还有十几公里的偏僻的国道上来指挥交通。

都没怎么考虑，我决定站出来维持秩序。

我走到堵得最严重的地方，一个个地和司机沟通，有的人被我要求倒车，有的人被我拦住，他们多数都毫无怨言，听我指挥。车子终于动了起来，一长串车子跟在我的身后走出困境，里面的一辆里面坐着我老婆和女儿。

那感觉很美，觉得自己就像英雄。

指挥的过程也有司机不服气，说："你这个人做事一点都不公平，你知道我等了多久，怎么就是不放我过去？"

公平？你坐在车上和我谈公平？在我来之前你没有跳下车指挥交通，就不要和我谈公平。这世界指望别人给他公平的人总是很多，而自己去争取公平的总是很少。

我说："你自己看一下，这么点位置你要开过去了，这路马上又得堵住，你以为你能走得了？在前面也是等，在这里也是等，你干吗非要争这么一点路呢？"

这类事要放在以前，我也是事不关己高高挂起，我也会担心别人不听我的指挥而不敢迈出这一步，也会害怕出现那种不听指挥的刺头碰一鼻子灰。可现在，这些我都不放在眼里了，兵来我将挡，水来我土淹，没什么大不了的。

走在车队的最前面我心花怒放，我对自己说：不要忘了，这都是失败带给你的。

到家还有段路，老婆抱着女儿还不忘了和我说话："你有没有发现，你真的变了？"

有了孩子后，我们的行李多了很多。我拖着一个行李箱，背着一个旅行包，另一只手拎了个包，肩上还斜挂着我的电脑。

比较累，但又比较欢喜，因为这是走在回家的路上。我回答："我当然发现了，还用你说。"

老婆问："你觉得你哪些地方变了？说说看。"

我一点不谦虚："我现在变得更积极更主动更自信更强大了。"

老婆一副被噎住了的样子："臭美，本来还想夸你几句的，现在倒好，我想说的话都被你说完了。"

我厚颜无耻地反问："我说的不是事实么？"

老婆一脸欣慰："老实说，公司倒闭那一阵，我其实很担心你的。"

我说："我知道。"

老婆说："你一天到晚不睡觉，不说话，我想完了完了，我老公不得抑郁症也要得神经病了。"

不睡觉不说话是在思考，而不是在发呆，这和抑郁症患者有本质的不同吧?

我大言不惭:"我这种人会得抑郁症?全天下百分之八十的人得了抑郁症我都不会。"

老婆扔回来仨字:"又吹牛。"

我说:"我从不吹牛,我说过的话都会一一实现。"

老婆冲我一笑:"我知道了。"

手被行李勒得生痛,我放下行李,原地休息。

~ 89 ~

我抖了抖手活动筋骨:"你是不知道,我现在是知道了,原来失败带给我的帮助远远超过了我风光的时候。现在啊,我有种感觉,我觉得我每天都在进步,每天都有收获,每天都能在生活中感受到新的东西,说句难听的话,我现在很享受这种感觉,如果不是为了你们,我甚至希望这种日子停留得更长一点。"

这种心情真真切切围绕着我,恍惚间明白了一个道理:顺境让我自大让我找不着北不知道自己是谁,逆境让我奋进让我感觉到生活的乐趣,让我知道自己是谁要干些什么要去哪里。

老婆笑着骂我:"你神经病。"

我也笑:"你说对了,我还真是个神经病。"

老婆假装愠怒:"我才不要和神经病一起过日子,太难听了。"

我说:"那就非正常人,我做个非正常人好了,和非正常人一起过日子怎么样?"

老婆说:"不行,你就正常一点不好么?"

我说:"不好,我要是正常了,我就不能翻身,你明白么?"

老婆若有所思:"知道。"

看着老婆和女儿,我觉得自己很幸福:"我觉得啊,人活一辈子,蜜糖不是幸福,黄连也不是幸福,也许只有经历了蜜糖和黄连并能平和面对的那些人,才会懂得什么是真正的幸福。"

老婆看着我,眼中透出询问透出期盼:"你现在能平和地面对蜜糖和黄连

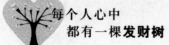
么？"

我看着她的眼神里藏着坚韧："我想，能。"

初为人父、家中建房、公司倒闭，这些事汇聚一起不比乌云盖顶来得轻松，幸好我熬过来了，虽然债还没还完，但我已经实实在在地熬过来了。这也是人与人的区别之一吧，有人走上天台跳了下去，而我扛过最难的开始后似乎还越战越勇。

并且，我真的开始享受这一切，也就是享受生活。

不知道有多少人明白这种感觉：每天的每一分每一秒都是种享受，能看到家人是享受，能闻到花香是享受，能听到声音是享受，能感觉到风从手指间滑过是享受，能坐火车汽车也是享受，我一念转过，竟发现了遍地黄金。

我庆幸，觉得自己远比那些生来就在蜜糖中的人幸福，他们也许要走过蜜糖经历黄连还要再回到蜜糖才有可能明白什么是真正的幸福，他们竟然要比我多走一步才能真正地快乐起来，从这个角度来说，老天爷还真是蛮公平。

老婆叹了一口气："哎，我的老公为什么这么厉害呢？"

我也叹了一口气："哎，上你的当了，早知道我这么厉害，当年我就不那么早结婚了，多挑一挑，挑一个美女。"

老婆抱着女儿还搔首弄姿了一番："我不是美女么？"

我大笑："是，当然是了。"又补充，"我敢说不是？"

到了家中一番热闹自不用说，我在里屋看女儿，听到外面表妹在说："我发现表哥好像变得成熟了很多。"

我笑了，连刚毕业的表妹都能看出来我的不同，看样子我真是进步很多了。

老婆淡淡地回了一句："当爸了嘛，肯定会成熟了。"

我笑得更厉害，她这话解释得相当得体，比外交部发言人都强多了。

听着一帮女人在外面唠叨，幸福感涌上心头。

生活真的很有意思，如果我们积极，不管我们在做些什么，只要我们愿意，都可以从中得到收获；如果我们消极，哪怕给我们一座金山，我们还会埋怨老天爷为什么不让自己当皇帝。

感谢生活，感谢时间，感谢一切。我庆幸我经历的，并开始享受一切。

屁股还没坐热，我和老婆就迫不及待地要去看未来的新家。

有个亲戚是搞建筑的，建房的事我交给了他，他带我们一路前行。

一路上他指点江山："你看这边建的是一个大酒店，那边要建一个超市，公园一期已经建完了，二期马上就动工，估计你们的房子建完了，公园二期也差不多完工了。就现在这一片都热闹得不得了，每天都有很多人过来跳舞健身。"

走到工地，他说："你看，实验小学就隔了条马路，走路两分钟就到，市中学远一点，但走路也就五分钟的样子。"

对于房子的位置，我很满意，新建的大桥和城市的主干道离我们最多200米，繁华无比。但整个小区又建在江边的一个便道上，闹中取静。建筑图纸是政府给的，必须按图纸施工，风格上做到了比较统一，小区的规划也不错，道路宽敞，绿化也不少。

我放下了心中的一块石头："原来我还有点担心规划不好，这规划也搞得不错嘛。"

亲戚说："在这里建房的人就有不少市领导，他们会把这里搞得很差？"

汶川大地震历历在目，我有些担心房子的质量："要是咱这也大地震了，这房子不会一震就倒吧？"

一到工地，亲戚就忙碌了起来，他一边用水管给墙体浇水，一边说："质量你放心，打地基的时候我挖了很深，钢筋也放得多，三层半的楼，够牢固了。"

对这些我并不懂，只好点了点头。

亲戚说道："这些事你放心了，我全帮你想得好好的，"他跺了跺脚，"就拿这打地基来说，打完地基我都不是用土回填而是倒了几车沙子下去，这样房子就不会那么潮湿了，"他又扬了扬手中的皮管，"我每天一早一晚还会给这些砖还有砌好的墙浇两次水。"

砖和水泥要保持一段时间的水分才能黏合得更严我还是知道的，亲戚一天洒两次水是够敬业，不枉我把这事交给他打理。

我转了转，看了看模板里钢筋的粗细，然后掰了掰墙上的砖，觉得确实是很牢固："不管怎么说，自己建房子比商品房要牢固这是肯定的。"

亲戚对商品房嗤之以鼻："这肯定要比商品房牢固多了。"

第十一章 感谢生活：我庆幸我经历的

我心里还是蛮满意的，我说："那是。"

亲戚指了指旁边的一栋高楼："知道么，这里的商品房现在卖3000多块。"他感叹道："你这房子啊，建好以后要是卖的话，70万块肯定很多人抢着要。"

这地段这规划，加上我这人的性格："100万块我也不卖。"我又补充："我现在是手头紧，松的话我还要再买一栋。"

亲戚笑着："谁卖给你啊，这里的人没一个愿意卖。"

看着凌乱的工地，心里又生出一根支柱，我还是有些固定资产的嘛。还多出了一丝希望，以此为起点，我要再创辉煌。

~ 91 ~

看完工地，我和老婆去江边散步。

老婆慵懒地说："这真是个好地方，房子建好后我都想回来住了，再也不想留在那个城市累死累活。"

江面辽阔，令人心旷神怡，我没有说话，只是跟在老婆身后走。

江风吹乱了她的头发，她捋了捋头发："要不是你野心大，我们的日子很好过的，你随便找份工作很容易，我找份工作也不难。"

这些年来老婆跟着我也是吃了不少苦，她虽然不用做什么脏活累活重活，但最苦的不过心苦，我无言以对。

她眼望大江，目光平和："人就像这江里的一滴水，再努力也不过是一江春水向东流，我觉得啊，随心而动随遇而安地活着最好。"

我笑："随心而动，随遇而安，那就是做什么都无所谓了？"

老婆说："看穿了。"

我说："既然看穿了，那你为什么还哭，为什么还笑？既然什么都无所谓了，那你的意思是不是说就是跳到这江里也无所谓了？"

老婆看了我一眼，不说话。

我说："心态平和没错，但心态只能代表一个人的思想，积极向上却是一个人的行为，这两样是可以割裂开来的。就像下棋，我们可以对棋局的结果不执著不强求，但下棋的过程我们还是要认真对待，否则这游戏也不好玩了。而不是你所想的，因为看穿了看淡了结局，就不好好下棋甚至不去下棋。"

老婆淡淡地回了我一句："也许吧。"

我转身望向老婆："你以为跳出三界外不在五行中就境界高？我不这么认为，我觉得那只不过是从一个极端跑到了另一个极端，面对宿命选择消极等待，而把造物主赐予我们包括所有动植物的想吃好穿好的本能抛到脑后，这是不现实的。"

老婆说："就你聪明，按你这种说法人就不要信仰了？"

我说："我们信仰那是因为我们不够强大，如果我们够强大的话，我们要信仰干吗？我相信迟早有一天我们会不要信仰的。"

老婆问："那为什么现在信神信佛的还这么多？"

我说："你认为和N多年前看个病都要请巫医，打个仗还要占卜相比，信仰这东西是在前进还是在倒退呢？"

老婆看着我，无言以对。

我看着她说："你错了，我确定。我说句难听的，如果我们这个时候还在树上待着，还是猴子的话，淘汰完老弱病残后就轮到了你这种知足常乐的了。还有，某种程度上来说，推动历史的、促使我们从树上走下来的也正是我这种不安分和有野心的人，你可以说这些人贪婪暴力甚至残忍，但毫无疑问，这些人是你现在幸福生活的缔造者和最遵守这个世界游戏规则的人。"

看着江面，想起刚刚走过的一路犹豫恐惧孤单欣喜麻木，再想想天台上的一幕，我恍如隔世。我发现自己在生活重压之下思如泉涌，一些之前根本就不会动脑筋去想的问题我去想了，并且得出了自己的结论。

这或许就是生活的乐趣之一吧，不管我们在哪里是什么人，只要我们愿意，我们就会有收获和体会。

我们可以迷惘可以害怕，可以犯错可以死去，但我们绝不低头从不放弃，这可能就是我们人类能出人头地，整个人类能屹立于世界之巅的根本原因和支柱所在。同时，这也必将成为我东山再起的原因和支柱所在。

看着江面，想起刚经历的刚想到的，心中只有一个念头：我要奋进。

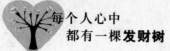
女儿的满月酒如期举行，我和以前的同学坐一起。

同学甲说："你现在是大老板了，所以我敬酒你不喝。"

我回答他："不是我不愿意喝，而是我真不能再喝了，我的酒量你不知道，但他们是知道的，"我指了一下其他同学，"你不信问他们。"

有人说："老陈的酒量是不行，别逼他喝了。"

有人却说："哪啊，他骗你的，他酒量大着呢，别放过他。"

同学甲更起劲了，他的杯子几乎举到了我鼻子下面："你就是看不起老同学，你只要说一声喝还是不喝就可以了。"

也打算找他们借点钱，所以这顿酒我也是拼了老命。我说："我再喝，再喝就真的要醉了。"

同学甲说来说去还是一个意思："你要还看得起我这个老同学，就干了。"

我和他提条件："这一杯我喝了，喝完后我就再也不喝了。"

他说："好。"

哪知一转眼他又来了："来，为我们陈总的飞黄腾达再干一杯。"

也不是没有准备，这就是我们当地的酒风了。我说："真不能再喝了。"

他又耍着酒疯，翻来覆去的就一个意思："你就是看我不起，我还说指望你发财了能拉扯兄弟一把呢，看样子这算盘我是打错了。"

一分是无奈，一分是酒意，还有一分是因为恢复了信心："你们真以为老板是好当的吗？如果可以的话，我宁愿和你们中的任何一个人换。"

我放下酒杯，把自己这几个月的经历从头到尾地说了一遍。

我用食指敲着桌子："你们试过被人堵在家要债么？你们试过整夜整夜地睡不着觉吗？你们试过舍不得花一块钱买块西瓜吃么？你们知道老婆生孩子的时候手里没钱的滋味么？你们试过一个月的工夫就把头发熬白了么？"我指着自己头上虽然不多但已经能看到的白发："不好意思，这些我都试过。"

所有人都变成了哑巴，再也没有一个人开口。

我说："不要去羡慕任何人的成功，我告诉你们，我要是成功了，那也是一把鼻涕一把眼泪地这么走过来的。"

有个同学喃喃而语："是啊，不容易啊！"

第二天酒醒后我挨个地给他们打电话，我不害怕重压，但我担心哪怕一点点重压转移到我老妈的身上。

我挨个对他们说："我昨天说的事，你们可千万别说出去。"

打到同学乙的时候，打了一次他没接也没回过来，再过几分钟我又打了一次，他还是没接，等了很久他也没回我电话。我和他的关系比较好，这种不接电话的情况从来没有过。又是一个意外，他怕我找他借钱？

我笑了笑，掏出手机把他的号码从我的电话通讯录上删了。我不再会为这种现象难受，有一点不高兴也只是惋惜自己又断了一条借钱的路。

也不是没有好消息，老婆和表妹从街上逛了回来，还没进门老婆就冲我扬了扬手中的手机："你看。"

我的瞳孔立刻放大，因为看到以前那部手机的显示屏又恢复了正常。我抢过手机，喜悦之情不言而喻："怎么修好了？"

老婆邀功说："今天逛街看到一个修手机的，我就说死马当活马医吧，我就把手机给他看了看，哪知道他居然就修好了。"

大城市都没修好的手机，居然在老家给修好了。我问："多少钱修好的？"

她得意洋洋："你猜？"

我性子急："猜个屁啊，你就直说了吧。"

她竖起两根手指，正是N多人喜欢摆的胜利姿势："200块。"

我喜欢用智能手机上网，我看重的是智能手机查找信息的能力。

手机修好我很高兴，从心情愉悦的程度来说，甚至超越赚到几万块钱的快感，因为我把这当成了一个将要走运的预兆。

～ 93 ～

老婆终于同意留在家里，而不是跟我一起回Z城。

促成她同意的原因是女儿，如果没有老妈帮忙，对于她这个第一次当妈的新时代女性来说，她一个人带不好我们的宝贝。

我走的时候女儿在酣睡，丝毫不知道一个很爱很爱她并可能是这世上最爱她的人要离开。

看着女儿我低语："宝贝，爸爸要走了，我要去挣钱，我要去为你挣奶粉挣玩具挣漂亮衣服，为你挣出一个美好未来。"

我表现得异常平静，我在她的额头上吻了吻，然后转身拎起腿边的包，踏上征程。从看到她出生时的泪流满面到现在的异常平静，我惊喜地发现我又变了。我甚至能感觉到自己和女儿一样一天天长大，甚至能感觉到自己一天天地愈加坚强。

这全是失败给予我的，也或许就是生活的乐趣所在？

回来我只买到了站票，我去了火车的餐车蹭座，一个菜加一个饭，既填饱了肚子又可以歇歇脚，何乐而不为？

于是，发生了一个插曲。

吃完饭没坐多久服务员就来赶了，他们赶我走的原因是想让我掏钱买座位。

我就像一刺头："谁让你们这么干的？"

服务员是个男的，他说："谁让我们这么干的？这是我们的经营场所，你老坐着不走我们还怎么做生意啊？"

我说："现在有人吃饭么？再说了，哪家餐厅规定了顾客吃饭的时间？"

服务员火了："哪家？就我们这家，不行么？"

我也火了："你家？铁道部是你家？就你们这样还建和谐社会呢，怎么代表最广大人民的根本利益？"

看我不太像好糊弄的人，服务员态度好了点："这餐车是我们承包的，要自负盈亏，希望你能理解我们的难处。"

我说："我理解你们的难处，你理解我们的难处了吗？你看看车厢里挤成什么样了？"

他说："这个也不是我们能解决的啊，你说话要讲理啊！"

我说："不好意思，你想让我走开，或者说让我给你20块钱买这个座位，也不是我能解决的。"

他说："我们这是餐车，特殊情况。"

我还是一副无赖样："别和我说什么特殊情况，有文件么？没文件？不好意思，我不会走的。"

列车长经过，服务员又拉着列车长和我理论。

但我还是一副无赖的面容："你们见过哪家餐厅客人吃完了饭赶客人走的？"

其实我也知道难为他们根本没用，只是平时受多了铁老大的气，加上对他们平时耀武扬威的样子看不惯，所以我还是故意和他们过不去。重要的是，群众也开始支持我了，一个个表现得义愤填膺，恨不能群起而攻之。

于是，餐车里呈现了这么一个局面：由一个怎么也不让座不掏钱的大讲和谐社会号称要把事情闹大并且不怕死不怕捧的无赖带头，领着帮热情过分且盼望着自己也不用掏钱就有座位坐的群众掀起了一波又一波的声讨铁老大的浪潮。

如此这般僵持了N久，列车长拂袖而去，服务员脸都白了，呆立半晌后还是默默地回了厨房。原来人年龄大了，脸皮厚了，经历的事情多了还有这等好处，原来在做业务时练出来的察言观色、狐假虎威的本领，也能帮我出口恶气和省20块钱。

然后？然后我去了趟厕所，排队的时候，居然有人认出我来，知道我就是那个打抱不平的刺头，连声说："你先，你先，我不急。"

我说："没事，没事，我也不急。"

回来后发现自己的座位被人占了，占座的不是别人正是餐车服务员。

再后来我眼睁睁地看着他把我的位置卖给一个后来的不知道情况的人，我站在旁边笑，失去了再和他斗闹的兴趣。

然后又有个小伙对我这么说："兄弟，来，来我这里坐，我把我的座位让给你。"

虚荣心得到了很大的满足，我制止了他起身的动作。

我默默地跑到车厢连接处找了个位置蹲了下来，在"轰隆"的列车声中，在脑海中规划和憧憬自己的未来。这生活中点点滴滴的小事，汇聚到一起变成了我相信自己的大河，我越发有理由相信，我能翻身，我能重出生天。

这也成了我人生中值得念想的时刻之一，我验证并且更加相信了这个道理：有些事情不像表面上看的那么难，你要做的只是鼓起勇气迈出第一步，然后找到适当的方法，再一直坚持下去，你就有可能成功。

考察工厂：只能称又小又烂

做单就像攻城，你只有不断地骚扰对方才有可能找到对方的弱点所在，虽然你有可能在骚扰中损兵折将，但只要这单还在做，你就不会缺乏攻城的兵员。

想清楚了，我还是决定——攻。

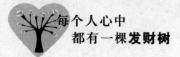
~ 94 ~

　　下了火车，一夜没睡的我精神不由得一振，竟有重回到战场的亢奋，我默念了一句：我——胡汉三又回来了。

　　坐在公交车上，我就迫不及待地给小林打了个电话："我回来了。"

　　他有些迷迷糊糊的，应该是在家睡觉："就回来了？不在家里多待几天？"

　　我诉苦："我现在要养女儿了，赚钱要紧啊！"

　　他应该是坐了起来："你女儿跟你一起过来了？"

　　我心中一酸："没有，放家里了。"我很紧张E公司这件事在我离开的几天有无新的变化，问："事情进展得怎么样了？"

　　他似乎考虑了一下："你既然回来了，要不，这个星期天我和张姐去你们工厂看看？"

　　果然有好消息，起码意味着E公司这张单又往前迈了一步。

　　我和小林之间关系融洽且微妙，回家前我和小林通过气，我的行程安排他不但知道，某种程度上我甚至是在得到他的同意后才开始的回家之旅。

　　我还有些奇怪，他似乎对星期天能和张姐一起去看厂没有表露出哪怕一点不确定性，光听他说话我还以为他是领导呢。

　　我问："就你和张姐？"

　　他还是和以前一样酷和简明扼要："是。"

　　我又问："我去接你们？"

他总算多说了几个字："不用，我们自己开车去，你在工厂等我们就可以了。"

我再多问了一句，也算是话中有话："要不要我准备点什么其他的？"

他还是很干脆："不用，越简单越好。"

考虑了一下，我还是决定照小林说的办，我相信他说的是真理，我没有再接着考验我和小林彼此欣赏实际上还有些脆弱的友情的想法，便说："好。"

看厂，对我来说这又是一个关，而且是我最没把握的关。

因为我知道和E公司又高又大又全又漂亮又人性化的光辉大楼相比，老邓的有机玻璃厂再加半间工艺品厂只能称之为又小又烂。

老刘甚至很担心我会功亏一篑："要不，把他们带去邓老五他们厂？他们厂的条件比我们这边好多了，和我们的关系也不错。"

一直认为，虚假有时确有必要，但真实更具生命力。

我回答他："我喜欢用最简单的方式解决最难办的问题，把卫生打扫干净，其他的我们兵来将挡，水来土掩。"

老邓没把这事当事，他虽然认同我的能力，但在他心目中他还是坚持一贯的想法，我不可能接下这类大单。

所以，我可以用自己的方式去跟单。

~ 95 ~

没有鲜花没有列队没有横幅，我和李有喜、老刘、老邓穿的衣服和表情都和平时没什么不同，我们就这样迎来了张姐和小林。

虽然我们没搞什么大动作，但看着他们的车驶入工厂大门的时候，我想起了一个很久以前在电视上看到的镜头：某大国总统访华，一溜的车队过去后，镜头里出现了加长的总统专车。

没错，我看他们那辆别克GL8的感觉就和看那辆加长总统专车的感觉一样。

是小林开车，他摇下车窗用手势问我要把车停哪，我指了指离厂门不远的花圃旁的一块空地，他把车窗摇上，一踩油门开了过去。

等到我急匆匆走过去的时候小林和张姐都已经下车了，我准备给他们开车

163

第十二章 考察工厂：只能称又小又烂

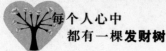
门拍马屁的想法付诸东流。

我和小林在同一个方向，他离我近很多，他问："怎么，把女儿放家里舍得么？"

我还是用老一套回答他："舍不得又能怎么样，要混饭吃嘛。"

这时张姐从车子的另一边走了过来，她穿着和平时职业装很不一样的休闲装，如果不看正面只看背面，如果我不是有思想准备知道那个人肯定是张姐的话，我甚至会以为小林带了一小女孩过来。

还离了老远呢，我就冲张姐打招呼："来了，张姐，一路上辛苦了啊！"

张姐朝我挥了挥手："我也不知道辛不辛苦，反正我睡一觉就到了。"

老邓、老刘和李有喜也跟在我后面围拢了过来，各有各的表情。李有喜不用说，他和张姐他们都打过很多次交道了，早就熟识了。老刘表现出一点点针眼大的不自然，但那不是紧张，只是因为他内敛老实的性格造成的一点对于一些流程不够老练的呆滞。

值得一提的是老邓，他的态度也是热烈的，但连我都看得出来他那仅仅是出于礼貌。他和张姐握手的时候甚至还走了一点神，眼神从张姐肩膀上跃过看了一眼工厂大门口开出的一辆货车。

164

我看到张姐的脸上有一丝不悦，但这丝不悦在老邓的眼神重新回到她身上之前就一闪而过了。

我不得不多介绍一下老邓，老邓是典型的农民型企业家，强调一下，"农民"这个词在我眼里从来就不是贬义。他是一个以江湖义气为指导的、没读过几年书、普通话说得不算很差但也不算很好的白手起家的实干型企业家。

一句话说到底，他有他的一套自成体系的生存方式和哲学。

老邓闯荡江湖多年，他不可能会不自然，他的态度显然很随意，他的随意不仅仅针对张姐，他一向是这样。他当然也很想我能接下来这张单，但他也绝不会因为我而改变他做事的方法。

我心里暗暗叫苦，老邓这样不能说不对，他有他的方法和技巧，但我还是觉得他随意得有些过头了。但转念一想的话也好理解，这单虽然大，但在他的职业生涯里也不过是沧海一粟，他当然犯不着像我一样紧张。

张姐看了我一眼，明显把我当主角："我们现在就开始吧？"

老邓居然抽出时间指挥了一下旁边的几个工人："把这几个架子搬到旁边去。"然后他才招呼张姐："我带你们去车间看看。"

很快老邓就看出了张姐对他不感冒，他退到了人群后面，时不时地和路上的工人聊上几句，或发表几句新指示和安排。

于是，我只好站到前面，负起解说员的职责："张姐，林生，这边请。张姐，林生，看看这里。"

看着张姐慢慢皱起的眉头，我心里开始打鼓，又不能因为她皱眉头就瞎猜，只好和小林、老刘还有李有喜如众星捧月般亦步亦趋跟着张姐，一点不敢怠慢，生怕错过了一点表现的机会。

没错，还是我在挑大梁，很不正常但又很正常的一件事。

我尽量把行程安排得紧凑，让气氛显得不那么尴尬，重复着呆板又尽量热情的介绍和指引："张姐，林生，这边请。张姐，林生，看看这里。"

小林表现得很悠闲，东看看西看看，时不时还伸出手去到处摸一摸，或者拿起某件工具掂一掂。

张姐随意看了几眼，看了一眼我，又看了一眼刚刚跟上来的老邓："你们这个工厂能确保一个月N套的产量吗？"

老邓听了，大手一挥，豪迈地说："N套？别说N套，就是在后面加个零我也照样给你做出来。"

之前我和老邓聊过这个话题，老邓的意思是如果生产上跟不过来，就把一部分单放到兄弟工厂去做，说白了就是代工。

我知道老邓这话的意思，但张姐听起来就不是那么回事了，她显然认为老邓在吹牛："就你们这？不能吧？"

老邓嘴一撇，认为张姐这话很伤人："不能？我要是交不了货，随你怎么处理，我这话写合同里去都可以，我说话从来都是算数的，你跟我合作过就知道了。"

这种话张姐也不知听了一万几千几百次了，她连老邓的话茬都没接，自顾自地往前走。

老邓受到了打击，悻悻地和我交换了个眼神。

是不是到了他们这个年龄，见多了世事，反而很难和同龄人有共同语言呢？还只是仅限于他们之间成长环境的大不相同，而造成这个结果？但为什么他们又分别能和我说上几句话？是因为我年龄小的缘故，还是因为我真是人才？

我无法走入他们的内心，这一点我说不定要到了他们的年龄才会明白，但有一点我很确定，想让老邓和张姐的关系突破表面的陌生进入下一个环节，在这件事上帮我加点分的计划恐怕是很难实现了。

~ 97 ~

在车间里，张姐看得很细，她甚至爬上了工厂高高的送料台，整个过程她几乎没问什么问题，我在讲解了几句后也觉得很没有意思，所以闭上了嘴。

老邓干脆借口有事逃之夭夭，老刘和李有喜还跟在后面，但他们什么也干不了，又不能像老邓一样逃跑，他们俩干脆有一搭没一搭地聊起了天。只有小林和我一起，默默地跟在张姐后面，他似乎早习惯了这种场面。

车间逛得差不多后，张姐转过身来问我问题："洗手间在哪里？"

我大跌眼镜，想不到她不开口问我问题，一开口问我的居然是这个问题。我指了指厕所的方向，说了半天她还是不明白，我干脆朝老刘使了个眼色，虽然我经常来老邓厂里，但我还是和厂里的员工并不怎么熟，所以这事只能交给老刘办。

老刘和我很有默契，他立马找来了一个看上去还算乖巧的女孩拉到张姐面前，对女孩说："你带这位女士去一下洗手间。"

看着张姐的身影消失在拐角，我分明感觉到身边的气氛马上轻松了起来。

李有喜从口袋里掏出一包烟，他知道我和小林都不抽，他问老刘："来一支？"

我们所站的位置可以抽烟，但老刘摆了摆手："不抽。"

小林立马从口袋里掏出手机，躲到一边打起了电话，看上去他那个电话早就想打了，只是没找到机会。

连老刘的表情都轻松了一点，和我拉起了家常："你女儿长得像你还是像你老婆？"

我说："像我。"

老刘和我开玩笑："像你就坏了，肯定很丑。"

我大笑："我很丑么？"

老刘说："你不丑么？"

166

没多大一会儿张姐就出来了，出来后她说的第一句话是："今天我们就到这里了。"然后转向小林："我们回去吧。"

小林这时刚打完电话，时间掐得很准，不得不让我怀疑他应该是知道张姐的习惯，所以时间才掌握得这么恰好。

小林回答："好。"

我不知道说什么好，我觉得这样看厂实在是太过简单快速，很不对劲。如果这就叫看厂，那这厂也看得太让人心惊胆战了。

我惊讶地看着张姐："就回去？"张姐点了点头，我也没什么新鲜词说，看了看表，吃饭虽然早了点，但也没早得过分，我提议："要不，我们现在去吃饭？"

张姐摇了摇头："不了，还有事。"

张姐的表情说不上坚决，但我也没看到一丝希望。张姐朝工厂门口走，车子就停在那个方向，没给一点做工作的时间。

我无招可使，一身的力气也不知道怎么使，只好跟在她和小林后面，脑袋里只有一个念头：不能放他们回去，要想办法把他们留下来。

但左想右想，就是想不到一个强有力的理由。

~ 98 ~

我对张姐说："张姐，你这么远过来不吃顿饭就走也实在是不像话吧？"

张姐居然学我："小陈，想让我留下来吃饭你只有一个办法，那就是在这里把我打倒，"她加重了语气，"除了这个办法再没其他可能。"

我笑了，知道确实是留她不住："张姐，你如果真的有事情我就不留你了。"

从头到尾张姐就没停止过脚步："不用留，我不想留，你就留我不住。"

张姐是个很直白的人，我没觉得她这么说是因为不看好我们："那领导，你怎么着也得送我几句话吧？"

张姐不明不白地来了一句："革命尚未成功，同志仍需努力。"

这话有点意思，进可攻退可守啊！我说："有一点我需要解释一下，我们老板说的我们工厂产能的问题，这个问题他确实没有撒谎，当然你也对，我们确实无法在现有的情况下解决问题，但是我们还有其他的合作伙伴，当然质量上你放心，我们可以确保质量是一样的。"我最后重重地加了一句："我个人都可以向你担保。"

张姐显得很随意地回答："我知道了。"

老邓终于又出现了，他应该是透过办公室的窗户知道张姐要走。

他拦到张姐面前，用纯职业的口气说："张小姐，饭我已经安排好了，吃了饭再走吧。"

和我相对轻松的对话相比，张姐回答老邓显得职业很多："不了不了不了，还有事。"

老邓表现得还是很诚恳，但依然是那种职业性的诚恳："吃顿饭又用不了多长时间。"

张姐说："真的是有事，吃饭是用不了多少时间，但路上要是一堵车就麻烦了，你们的心意我心领了，下次吧。"

在这种场合她说下次绝对不是说我们有机会的意思，而只是一种商业性的礼貌，这个我明白，老邓当然也明白。

这时小林已经把车开到厂门口，并已经坐车里等了一段时间，张姐分头和我们告别，老邓也没再强留，而是殷勤地跑到门卫室指挥着保安打开伸缩门。

老刘和李有喜远远站着，我一个人把张姐送到车边，帮她拉开车门。

张姐一脚跨进车子，突然转身，握紧着拳头冲我做了个有力的手势："加油。"

我一下子愣住了，我实在是想象不出来她突然做出那个好玩的有些孩子气的动作是什么意思。

～ 99 ～

张姐走后，老邓嘴一撇："看起来也不怎么样嘛，他们不会是唬人的吧？"

我还沉浸在张姐的那个动作里，还在回味张姐和小林的一言一行，我有些走神，但老邓的话我还是听到了。

我像是魂灵归窍："不会的，这些情况我都调查得很清楚，不会有假的。"

老邓还是存有疑虑："你还是小心点好。"

我把自己拉回了现实："你放心了，这个情况不会有假的，我告诉你，这个量还只是正常情况下的数量，这个数量还有可能增加。"

老邓瞄了我一眼："你确定？"

我点点头，不容置疑："没错。"

老邓虽然是闯荡江湖几十年的老油条，但他对某些事情的关注度并不够，特别是如E公司这种新兴企业。在生意上他关心的始终是一件事：如何把成本压缩到极致。在他的眼里，只要做好这一件事，他就不愁赚不到钱。

但事实证明他是对的，因为他成功地做到了尽可能地压缩成本，以至于工厂一年到头根本就不用为订单发愁。他都不用去很费力地开拓业务，经销商就会纷纷地问上门来要货。虽然做经销商的生意赚钱不多，压款还很厉害，但至少稳定。

他就是这么干的，硬是靠低价把行业内的毛利拉下来，并且把一些原来的老牌大厂逼得相继倒闭。

老邓还是不服："那又怎么样？有钱了不起啊？牛B哄哄的，大公司我也不是没见过，也没像他们这样啊！"

和张姐第一次打交道都能感觉她不好接近，这我理解："反正是人家给你钱赚，这个不假吧？"

老邓还在生气，摆了摆手，意思是不想再说这事了。

我很奇怪老邓和张姐为什么看彼此不顺眼，因为性别还是年龄，还是他们不同的成长环境，还是其他的什么原因，或者都有？

为了调动一点老邓的积极性，我说："我跟你说，E公司的钱可是很硬的，结款很及时，就是让他们打一部分预付款都不是难事。"

在我们有机玻璃行业，因为卖出去的板材主要是供给经销商，所以我们根本不可能收经销商的预付款，外面压着一大堆货款。

老邓的眼睛亮了，但还是拉不下面子："那又怎么样？瞧她那样子，我非得做她的生意么？我不做她的生意还不是忙不过来？"

张姐是客户，牛是当然的，而老邓呢，少接单生意他也不会饿死。

可我不同，我没有这种资格和实力去和他们一样牛气。我很想对老邓说一声：生意不是这么做的。但转念一想，又觉得自己没资格，年龄的差距是一方面，另一方面身为败军之将的自己哪来的底气？

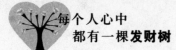
　　他曾对我说过这么一句话：我做生意到现在从没栽过大跟头。

　　这话在我失败后想起，更是体会深刻。他从不考虑什么漂亮厂房豪华办公室名车MBA高级人才，只把精力集中在竭尽所能地降低成本这一个地方，只用这一招，他稳扎稳打一步步地把工厂逐渐做大，并保持了他所说的几十年不败的战绩。

　　我无语了，一肚子话找不出一句能摆上台面的。胜者为王败者寇，你会做生意，你自以为满腹经纶，六个西格玛、6S、ISO9000你都知道，500强管理制度、各种管理类图书你也不知道看了多少，但你经不起老邓一招——物美价廉。

　　这就相当于一个人练了十年的功夫，以为自己很了不起，到最后却发现自己连一招"黑虎掏心"都挡不住。

～ 100 ～

　　老邓工厂所在的位置有点偏，离最近的公交车站都有一段距离，往常我都是租一辆摩托车解决问题，但那天我和李有喜等了很久都没等到摩托，最后我们决定走去公交站。

　　一边走我们一边聊天，李有喜看上去比我还担心："张姐他们饭都不吃，有点不对劲啊！"

　　想起张姐说的"革命尚未成功，同志仍需努力"，想起张姐做的那个手势，还想起了和张姐打了这么久交道的点点滴滴，甚至包括她的狗——可乐。

　　我说："应该不会，张姐就是那样的人。"

　　李有喜并没完全放下心来："好像老邓也不是很看好这张单，你看出来了没有？"

　　老邓不够热情，李有喜能看出来，我当然也能看出来，那张姐就更能看出来了，心情低落了一点，觉得这确实是个问题。

　　我没把自己的担心说出来："谁来了老邓都是这样的。"

　　李有喜讪笑着："不过话说回来，老邓还真不像一领导，我要在大街上看到他，我还会以为他是个装修工人啥的呢。"

　　老邓穿得很普通，甚至没有李有喜光鲜，我说："越没钱的人越要用名牌来证明自己有钱，而有钱的那些人呢，却喜欢用土气来掩饰自己的富有，就这么回事了。"

李有喜低着头看了看自己一身光鲜的打扮，有些不好意思："你这不就是在说我么？"

我指了指自己的衣服："我不也一样？"我又说："我现在在想一个问题。"

李有喜一副洗耳恭听的样子。

我说："我在想老邓为什么会成功，我为什么会失败。你看老邓，穿着打扮就给人一种感觉，他不是个有钱人，他办公司办工厂也实实在在，不图那些虚名。而我呢，开公司的时候你也知道，写字楼要租地段好的，办公家具、办公设备要买主流的。"

李有喜有些跑题："嗯，以前那些同事也经常问起你呢，问你现在干吗。"

我叹了一口气："就说我在闭门思过。"

李有喜笑了一笑："好。"

人越来越老，经历越来越多后，看问题也越来越全面，越来越到位了，对以前百思不得其解的问题一下子就抓住了核心。

我说："大部分人都有一个缺点，越是自己不足的地方越会去注意越会去强调，比如说越没钱越喜欢穿名牌衣服，越没实力越喜欢穿金戴银。所以啊，你只要听到一个客户老说自己多么能干神勇，和哪个高官哪个牛人关系多么好，或者一个朋友告诉你他怎么发了大财，非要拉着你也去赚上一份，你什么也不要想，转身走人一定没错。"

有些啼笑皆非。我要早知道这些，我又怎么会被宏达厂老板的最后一次宏大的宴请迷惑？我那时要是盯紧了宏达厂的老板，我又怎么会落到今天的这个地步？不过话又说回来，我没落到今天的地步，我又怎么会有今天的感悟，包括这一秒钟刚想到的？

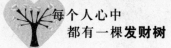

～ 101 ～

即使是在这种相对轻松的环境下，李有喜还是有意无意地和我拉开了一点距离，好让我一直走在他前面一步。

在办公室那种相对独立烦闷的环境中他不自在我还好接受，但在这种走动的环境中他还给自己压力，我真是有些不解了。我一直努力着要和他成为和老刘一样的朋友，不是我不给他机会而是他不给我机会。

按道理说，我和他每天在一起的时间平均下来起码有五六个小时甚至更多，但我们就是不能像好朋友一样感觉融洽。是年龄的问题？我觉得年龄可能是个问题，但绝不是全部。为什么我和大我近20岁的老邓的关系都比我和他的关系好？

年龄不是主要的问题，主要的问题是他的信心和他给自己的定位。

他偶尔也曾透露，和我在一起很有压力；他偶尔也曾气愤，我一天工作几个小时就超过他几天的不断努力；他偶尔也曾羡慕，我手上随便一个客户创造的利润，就超出了他手上的几乎所有客户。

我一直想告诉他，一个人没有信心没有关系，但不要装有信心，也不要装强大，那样子只会让自己辛苦，还让自己进步缓慢。人与人之间相同吗？都是两个胳膊两个腿。人与人之间不同吗？一念之间就大有不同。

小时候老师曾让我上讲台朗诵，刚开始我怕得颤抖，但经历多了我就不再怕了，慢慢地我变得自信，最后当着再多人的面我也能滔滔不绝。

我话里有话："从老邓的成功和我的失败里面，你能不能提炼点东西出来？"

李有喜瞪大着眼睛看我，摇了摇头。

我就知道他不会说，即使他有自己的想法他也不会说，我实际上就是在自问自答："我发现一个人能不能成功实际上就是在和自己斗，和我们身上都有的一些毛病作斗争，比如说懒，你说我们有了宏达厂的单后满足现状这是不是叫懒？比如说虚荣，我租豪华写字楼，还有不承认自己能力不足是不是虚荣？还有贪，以为自己什么都能做，什么钱都能挣，分散资金是不是叫贪？"

李有喜脸上写满了求知欲，这一点他还是不错。

我说："我们活一辈子都是在和自己斗，和自己身上的虚荣、贪婪、害怕、懒惰斗，什么时候把这些毛病改过来了或者控制住了，我想不管是我还是你都可以去开公司做生意了，而且必定无往不利、所向披靡。"

李有喜说："嗯。"

我深有感触，并继续话中有话："至于怎么样去除自己身上这些毛病，我认为一点很重要，那就是勇敢地面对自己，把自己身上的那些缺点拿出来在太阳下晒，刚开始你也许会有点难受，但你会发现最后得益的是你自己。没什么不好意思的，你身上的毛病别人也有，而成功和不成功的人的区别就在于，你是不是比他们更快地面对这些毛病，并更快地向它们挑战。"

李有喜若有所思地看着我，我接着说："靠掩盖和装扮撑起来的强大不过是十鸟在天，那些鸟儿看着全围绕着你，却没有一只真真正正属于你。承认自己的弱小是一鸟在手，虽然你暴露了自己的很多毛病，有很多鸟离你而去，但你实实在在地握住了至少一只。"

李有喜似乎有所顿悟，他的脚步稍稍放慢了一点，我站在原地看着他，等着他和我并肩而行，甚至勇敢地和我的目光对视。

可惜这一幕我没有等到，我站在原地，他也站在原地，还是离我一步之遥。我偷偷地叹了一口气，也许人与人之间的不同就在这里？还是我操之过急？

大家都说性格决定命运，那么，李有喜小时候的第一次胆怯第一次失败造成了他的第二次胆怯第二次失败，由此造成了他今天做某件事情的失败？从这个角度看，他当时的一步走错，是不是决定了他今天满盘皆输？

一个人的真正自信是不是只能通过从小到大不断尝试不断犯错，并且始终坚信自己才能聚沙成塔般地积累下来？

～ 102 ～

路边油菜花开，我看着油菜花的眼神也若有所思，这地球上所有生物生长的过程不都是一样的么？既需要外在的阳光雨露，也需要内在的坚毅刚强。

如果从今天开始改变，李有喜还有没有迎头赶上的机会？

我继续往前走："如果你做不到这一点，你或许还有另外一条路走，放弃多数，抓住少数，像老邓一样把自己的长处找出来，把它发挥得淋漓尽致。你看他的工厂设得这么远，你看他工厂的一些办公条件和招的那些人，你就知道他把他的长处练得多么炉火纯青、熟练无比，而恰恰是这最简单的'黑虎掏心'，我看绝大多数人都吃不住他这一招。"

李有喜看了我一眼，缓缓说道："陈总，你觉得我的长处在哪里，短处在哪里？"

他总算开口了，不容易啊！我说："你的长处是勤奋和有耐心，短处是胆子不够大信心不够足，由此造成了你身上的一些问题。比如说经历少，你不放开不敢犯错，你的经历自然就少，积累的经验也就少，长此以往，自然国将不国。比如说知识面比较窄，我不知道你下班后都干些什么，但我想，正因为你信心不足，在内心深处给自己不那么好的定位，给自己留了个妥协的后门，所以在很多闲暇的时候你是选择斗地主而不是去看一眼最近的报纸、最热门的图书。"

李有喜头一次用比较坚定的目光看着我："如果我想改，我要怎么做？"

身边一辆出租摩托车开过，司机甚至冲我示意了一下，问我要不要坐他的车，我摇了摇头。

我对李有喜说："你真的想改？"

李有喜回答我："是。"

我硬起了心肠："那我们现在就来试一次。"我指着大街上的人群说："你就对着他们喊一句，我是傻瓜我是笨蛋我是孬种，你现在就喊而且要大声喊。"

李有喜的脸立刻涨得通红，似乎也是在天人作战，过了将近一分钟，他终于还是选择了放弃，他不再说话，只是默默地往前走。

我的感觉不比他好，因为我似乎隐隐约约地觉得，自己在犯一个错误。

我看他情绪不佳，安慰他："你不用难受，这件事没有多少人做得到的。"

我打算接着鼓励他，却不知道自己鼓励他是对还是错，我若是逼他走到了一步天堂一步地狱的位置，谁又敢担保李有喜会迈向哪边？

我不敢再逼他往前，开始收缩战线："有些事要慢慢来的，要改变自己确实是很难，你还年轻，你不要忘了我八年前还不如你。人和人其实都差不多，我不比你聪明，我现在比你强只是因为我犯过比你更多的错。"

李有喜的眼睛又亮了起来："明白。"

既想他能战胜自己，又不想他输了以后太过难受："这条路很难走，你要有思想准备，如果你没能坚持到最后，这绝不是说你差劲。如果你没能成功，只能说你还没被逼到那个份上，或者说你应该庆幸，你没被逼得只有一条路可

174

走。”

这世界也确实不是谁都能做红花的，如果都去做红花了，那哪来的绿叶？

我最后又安慰了一下李有喜："其实你也该知足了，以你现在的水平去任何一家公司做业务都不会差到哪里去。"

李有喜点了点头，脸上却写满了沮丧。

～ 103 ～

我给老婆打电话，笑着问："女儿怎么样啊，乖不乖啊，会叫爸爸了么？"

老婆很不给我面子："我才不教她叫爸爸呢，我要教也是先教她叫妈妈啊！"

不是隔了千山万水，我真想休了她。我说："用不着那么自私吧？"

老婆继续打击我："谁叫你不和我们在一起呢，你活该。"

我怎么会不想和自己的老婆孩子在一起呢，随着时间的推移，对她们的思念都与日俱增，被她气得我干脆不说话了，用静默来对她落井下石在我伤口上撒盐的行为表示强烈的愤慨和抗议。

老婆感觉到了我的这种力量："你就放心吧，女儿很乖的了。"

我这才说话："有多乖啊？"

老婆说："很乖了，乖得不得了，你不知道啊，她这么小就知道爱卫生，想尿尿了就哼几下，想拉屎了就拼命扭身体。还有啊，我不是每天都给她拍张照么，我只要给她照相啊，她就冲镜头笑，很有镜头感，我看她长大了一定是明星。"

我说："我才不让她当明星呢，我要让她当企业家。"

老婆反对："算了吧，我才不想让她过得像你似的这么累。"

我笑："我们俩说了都不算，这事我们女儿说了算。"

老婆说："那是。"

只听到女儿一丝半点的消息，真是不过瘾。我又问："女儿吃得多不多啊，现在学会翻身了么？"

老婆对我的说法嗤之以鼻："多，很多啊，一天要喝120毫升的奶，而且都会自己抱着奶瓶喝了。"老婆的声音洋溢着得意和幸福，说："翻身就不用说了，早会了，你是没见到啊，看到她翻身你能笑死，那个小胳膊小腿乱动乱踢，嘴里还哼哼唧唧地说些我们听不懂的话。"

对老婆能和女儿在一起，我羡慕得口水都流出来了。我大笑："我知道她在说什么，她说我要去看爸爸，别拦我。"

老婆说："臭美。"

我大笑。

老婆接着汇报工作："你女儿不认生，只要有人抱她她就笑，一点也不小气。作息时间也很准时，每天像掐了闹钟似的，晚上七点准时睡觉，早上8点准时起床。"

我是个生活不规律的人，所以对女儿的准时很是佩服："啊，那她比我都厉害啊！"

老婆继续说女儿的事："还有啊，还有一件很奇怪的事，我还是无意中发现的，你女儿的两个耳朵上都有小洞，就在穿耳环的位置，位置还很对称，邻居们都说我们女儿是前朝公主投胎。"

我也奇怪："是吗？怎么会有这种事？"

老婆得意洋洋："说不定我们女儿还真是公主投胎呢。"

并不信这些事，但还是觉得高兴："当然啊，她就是我们的公主嘛。"

最累的时候，总觉得自己很渺小，还觉得整个人类都很渺小，连自己是谁、要去哪里都不清楚。现在，我不再为这些烦恼了，能让我看一眼女儿，再苦再累都值，何况生活不可能一直苦累。

如果说我之前是为了责任而坚持，板着脸咬着牙坚持的话，那么有了女儿后，我是实实在在地变得生气勃勃了。

想女儿而看不到女儿，我会为自己更爱她而高兴，如果能看到女儿，那还有什么说的，更应该高兴。早上起来是一个好天气，我会想今天天气真好，我很高兴；如果是雨天，我又会想，啊，树木有水喝了，我也要高兴；成功地拿下来一个客户，赚到钱了我会高兴；被别人拒绝了，我会思考自己为什么被拒绝，又为自己的进步而高兴；累了不想干活，我睡上小小的一觉，会为自己偷了个懒而高兴；睡醒，骂自己一通，又为自己的搞笑而高兴。

一念转过，我竟发现活着的每一分每一秒，对我来说都是收获都是喜悦，我的整个世界，都在悄无声息中春暖花开。

或许这就是生活的意义，或部分意义所在：对于那些从不放弃心中所想，不因一时困难而颓废逃避的乐观者而言，他迟早会发现，不管生活给予了什么，那都是老天的一种恩赐，是一种只要是热爱生活的人就能感知到的实实在在的收获和幸福。

~ 104 ~

过了几天，估摸着张姐他们如果要考察其他厂的话也应该看得差不多了，看到小林在线，我给他发了个消息过去："在？"

他一会儿就回了消息过来："在，干吗？"

这时候给你发消息，干吗你不知道？不过他装傻，我还真不好明说："不干吗，想你了，不行啊？"

他回道："少来，我还不知道你打的什么主意？"

我反倒装起了委屈："我打什么主意了？"

虽然看不到他的表情，但我能猜出来他这时一定是嘴角轻扬："你小子翘一下屁股，我就知道你拉的是什么屎。"

我发了一个流汗的表情过去，另外加了一句："你就这么了解我？"

他回了我一个得意洋洋的表情："承让承让。"

在电脑前我都忍不住笑了，这生意即使做不成，能和小林成为朋友也是个不小的收获："既然这样，你就交待了吧？"

他发过来一个敲打我的表情："你别指望从我这里得到任何消息，谢谢。"

虽然我抱了一点小林能因为我们关系熟悉而透露点消息的想法，但也知道不会有太大的希望，如果小林连这点都做不到的话，我想他在E公司也待不到今天。

知道再说什么也没用，我说："谁想从你这套消息了，只是问候一下你而已。"

他又发过来一个得意洋洋的表情，并说："那就好。"

怒从心头起，恶向胆边生，知道小林不是小气的人，我大着胆子和他开了个玩笑："其实我还很惦记你老婆，记得帮我问候一下啊！"

听出来我话里有话，他说："滚。"

合上电脑，心里空落落的，明明知道有问题存在，明明知道现在是个很关

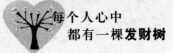
键的时期，我却只能等待。

把身体靠向椅背，一个想法油然而生，我为什么不能进攻？

还是在跟自己的惰性斗争，因为惰性而本能地选择了等待，而忘了进攻才是最积极的方法。

感慨万千，一念之间两重天。

多数人一生都在等待，不求有功但求无过。有些人一生都在进攻，虽然一不小心就可能赔了夫人又折兵，但是只要成功了一次，他就从此成功。

我们忘了做单、创业从本质上讲都是一种进攻，我们为什么要等待？我们忘了从本质上讲，人生生不息地活着也是一种进攻，我们为什么要等待？

我们还忘了，做单就像攻城，只有不断地骚扰试探对方才可能找到对方的弱点所在，虽然我有可能在骚扰中损兵折将，但只要这单还在做，我还是能用真诚维持住不让对方讨厌我拒绝我的底线，并且我还有信心、勇气、意志和钱，我就不会缺乏攻城的兵员。

总而言之言而总之，还是一个字——攻。

激辩张姐：实力不够是优势

肯定是听多了我的这话说法，张姐显得有些不耐烦："实力不够就是实力不够，哪怕你说得再好这都是一种弱势。"意识到自己的态度有些不好，她的声音调低了一度，"如果你是我，你也会倾向于和那些比较大一点的公司合作吧？除了成本上你们有点优势，其他的呢？"

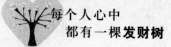
~ 105 ~

电话中，我热情洋溢："在哪里啊？"

小林说："这时候还能在哪里，公司啊！"

早在我意料之中，这个时间段小林基本上都在公司。我问："张姐呢，也在公司么？"

小林说："在啊，干吗？"

我说："不干吗，就是今天有点事跑到G城来了，刚好路过你这，就想起你来了啊！"

小林不知信还是不信，语气还算正常："谢谢，谢谢你老惦记了啊！"

我说："有点口渴了，我上来讨杯茶喝啊？"

小林犹豫了一下，肯定猜出了我葫芦里卖的什么药："随你，不过我丑话说前头啊，想从我嘴里打听消息，没门。"

和小林不必客气，我直截了当："那我想从张姐嘴里打听消息呢？"

小林没想到我这么直接，一愣："你先上来吧。"

不打招呼地跑来，这种事我还是第一次干。因为我知道即使张姐和小林愿意我来，也难保他们的同事不在背后议论。但这个时候我也顾不了那么多了，强扭的瓜虽然不甜，但起码比无瓜可吃要强上千万倍。

和往常一样，小林把我迎进他们公司："陈生，欢迎欢迎啊！"

在他们公司，他的表现都一贯的官方，这个我理解。

为了避嫌，我直接说出了来到E公司的真实目的，但态度和表情都像许三多："林生，我想知道贵公司看了我们厂以后，对我们厂有些什么评价？"

小林更官方了："来，陈生，我们到这边谈。"

走进会客室后，我们立刻轻松了一些，我从包里掏出一盒巧克力，递给他："路上顺便买的。"

小林也不和我客气，随手收下："怎么，今天不忙？"

我说："不忙，没什么忙的。"

我们一个是心怀鬼胎，一个是心知肚明，闲聊了几句后，小林主动说："张姐现在还正好比较有空，你要不要去她那里坐一下？"

我心想等的就是你这句话，表现得却颇有些为难："不打扰吧？"

小林和我装客气："没事。"

去张姐的办公室要经过一片办公区，小林堂而皇之地拿出我送给他的巧克力分给大家："来，大家吃巧克力！"然后示意我一下，"是这位陈生带来的。"

我立刻又变成了许三多，笨手笨脚地和各位俊男靓女打招呼。

～ 106 ～

张姐办公室的门还没打开，我就知道张姐一定是一个人在里面，小林既然让我上楼，那就是有一定把握了。

门打开后，我一看，果然是张姐一个人在，我堆上满脸笑容："张姐，我来看你了。"

张姐站了起来，仿佛觉得意外："啊，你来了？"

我说："来G城办点事，我去的地方离这也不远，就顺道来看看你们，不打扰吧？"

也不知张姐信不信，她说："不会不会。"

小林对张姐说道："张姐，我去做事了。"张姐点了点头，小林又和我打了个招呼："陈生，我就不陪你了。"

我说："太客气了，林生。"

目送小林虚掩上张姐办公室的房门后，我一边往里走一边从包里掏出巧克力，没再说什么顺便买的话，而是直接说："张姐，给你买的。"

E公司虽然对贪腐抓得比较严，但并不禁止供应商送点小东西。

张姐接了过去，脸上笑成了一朵花："不要给我买巧克力了，会发胖的了。"

张姐不但不胖，严格来说还偏瘦，但我能理解一个哪怕她这个年龄的女性对美的追求："吃一点没事，不会长胖的。"

张姐笑得很灿烂，就像个孩子，以至我有些走神。

我能想象她走到今天，坐到这个位置闯过了多少艰难险阻，我还能想象她一个人面对生活和工作问题时以一个女人之力撑起一片天空的难，所以我很能理解她对我曾经的严肃和现在对我的灿烂。

我看着张姐，就像怜悯自己一样怜悯她；我想着自己，就像怜悯她一样怜悯我。

再严肃冷酷的人，胸中长的也不过是一颗血肉之心，只是有的人能理解能包容，用真诚的态度和在生活中锤炼出来的素养走近对方，而有的人只在乎自己的感受，或惦记着对方能给自己带来什么好处而让别人反感。

这样想的我眼神中也有一丝温柔？我分明感觉到张姐那灿烂笑容的背后，竟也开始有了一丝把我当一个比较亲近的人的味道。

张姐指着靠墙的沙发对我说："坐吧，坐下聊。"

和隔着办公桌相对正式的交谈比较，坐在沙发上交谈显得随意多了。

我坐了下来，第一句话打的是温情牌和马屁牌，我表现得大惊小怪："张姐，才几天没见你啊，你怎么看上去又瘦了？"

张姐在另一张沙发上坐了下来，听我这么说挺诧异："我这几天还真瘦了五斤，你的眼睛还真厉害。"

我当然厉害啊，因为我对你那可是日思夜想，夜思日想。

我又和张姐客气了一下："我真的没打扰你？"

张姐说："没有，我还正想休息一下呢。"

我说："那就好。"连小林都说我翘一下屁股就知道我拉的是什么屎，张姐哪能不知道？我不再装了："张姐，这几天你看了不少厂吧？"

她像是刚记起来："我还没给你倒水呢。"

我连声说："不用不用。"

她没理会我，扯着嗓子对外面喊："那个谁，外面谁在啊？来个人帮忙倒杯水。"

我觉得有点意思，居然要用这种方式给我倒水喝。这说明了几点，她要么是很少给客户倒水喝，要么是很少在她的办公室里会客，反正是很少发生这种情况才造成了她临时性安排人给我倒水喝的结果。

想起刚开始和小林接触的时候，连杯E公司的水我都喝不上，我不由感慨，不容易。

还真跑进来一人伸头看了一下屋子里的情况，又被张姐赶了出去："去，赶紧去倒杯水来。"

那人笑嘻嘻地去了，似乎能被张姐指使是一件无限荣光的事。

我又装傻傻愣愣的许三多："张姐，我们的希望是不是很小啊？"

张姐皱了皱眉头看了我一眼，似乎在说你小子是什么问题都敢问啊。她笑眯眯地回答："你说呢？"

我装可怜："我知道，希望应该是很小。"

张姐还是笑眯眯："你说呢？"

看她半认真半玩笑的样子，我笑着："我们要是没机会的话，就没人给你买巧克力吃喽。"

张姐似乎绷了很久，难得地大笑："那最好，我就不用担心长胖了。"

我卖了个关子："张姐，你这也太狠了吧？"

张姐看着我，并不知道我这么说的意思。

我表情夸张地说："你为了自己不发胖，要把我们厂里几百号人都活活饿死么？"

张姐明白过来我的意思，似笑非笑、半真半假地说："不做这张单你们会饿死么？"

我嗅出了一点危险，却找不到最恰当的说辞，说工人无所谓，估计我会饿死？我的情况张姐是知道的，我要这样说的话，张姐也会瞧我不起吧？

我笑着说："开玩笑了。"

不这么回答还好，我这么一回答，倒让张姐关心起我来了："你最近的生意怎么样？"

心中一暖，我还是显得平静："还好，一天比一天好了。"看着张姐透出真挚情感的脸，有些感动，我笑着："愿意努力的话，就一定会好起来的，我相信。"

张姐冲我点头，一股豪气上脑，我又说："何况这个人是我？"

张姐冲我一竖大拇指："是。"她收起手臂，又摆出了她的招牌姿势，"加油。"

不确定当初李有喜跟她说了我多少事，一句话脱口而出："张姐，有一句话我要和你说清楚，我不希望我个人的事情影响到你的决定。"

她很认真地回答："不会。"

放下一块石头的同时又隐隐约约地有些失望，但还是装正人君子："那就好。"

张姐叹了一口气："你们公司的实力要是再雄厚一点，我说不定还真能帮你点忙。"

眼前一黑，心也跳到嗓子眼了，不是有30来年的修为我甚至无法说话："张姐，你的意思是我们没机会了？"

张姐显得很为难："也不是。"

我说："那是？"我又补充："不方便说可以不说，没关系。"

她没掩饰自己的情绪，摇了摇头："也没什么方便不方便的，老实说我们现在也很为难。"

知道这是一个很关键的时刻，我说："能不能为我们工厂申辩几句？"

张姐说："你说就是。"

　　我想起了看厂时张姐一路上的表情，想起了小张告诉我的她那脱离了群众的傲人资历，再看看她一身名牌和那张有少少皱纹但依然打扮精致的脸，我知道现在最大的问题就是张姐对我们这种小企业有偏见，认为小企业就是质次价低的代表。

　　我能理解她的想法，在她的世界里或许所有的厂房都应该一尘不染，多数员工都应该积极主动、乐观向上，管理层都应该有能力有水平，当然建立在这个基础上的是企业老板的目光长远、实力雄厚和给出的非常有竞争力的薪资。

　　和她一样我也曾对企业经营理想化过，没多久之前我也看不上老邓的那套管理手法，也对老邓的粗放式管理和变态的成本管理嗤之以鼻，但到头来我发现那是自己矫情，老邓的做法才是最适合他的做法，他比我聪明多了。

　　我要做的或许就是让张姐也体会我刚体会到的新的认识，只是我应该从何说起？

　　开口之前，我有意看了一眼窗外的风景，这是我的一个习惯，我总觉得在关键时刻这样做能起到短暂的从气氛中走出去，并检讨自己是不是走了弯路或过于入局，让自己能冷静一点客观一点的作用。

　　我并不客气："张姐，你是不是觉得我们这种小厂做出来的产品一定是质次价低的？"

　　张姐对我的直言不讳有些意外："那也不能这么说。"

　　已经听出来张姐的意思，我说："我承认很多像我们这样的小厂都是靠价格来打天下，并且我们中的很多人都曾为了保证价格优势，有时确实会在质量上有所放松，但是，这就代表所有的小厂都是这样么？"我加重了语气："我认为不是。"

　　张姐笑："我有个观点，那就是不会去做一些我做不到的事，比如说我就从来不会指望用100块钱就能买到一件我喜欢的衣服。"

　　我冲她一竖大拇指。"张姐，你这话说得好，"我说，"没错，一分钱一分货，这个道理虽然简单，但知道这道理并能落实到行动的还真不多，能和你这样的客户打交道，是我的荣幸。"

　　张姐冲我一抱拳，豪爽得很："过奖了。"

　　我想起了我曾问过李有喜的一个问题："张姐，你相信这个世界存在奇迹吗？"

张姐虽然不知道我是什么意思，但还是回答了我的话："相信。"她补充："但奇迹的发生是需要很多条件配合的，比如说自身的实力，比如说外在的环境，有时甚至还需要一点看不见摸不着的运气。"

我点点头，说："我相信这个世界存有奇迹，并且相信奇迹会发生在愿意努力奋斗的我的身上，我相信我只要努力奋斗，我就能积攒实力，改变环境，甚至赢得看不见摸不着的运气。"

张姐也冲我一竖大拇指："你这话说得也很不错。"

我说："就拿做这个展示架来说，我相信我们能在做到最好质量的前提下，做到最低的价钱。我虽然不敢说担保你100块钱就能买到一件你喜欢的衣服，因为我知道你和别人不一样，你的要求很高，但我敢担保你要再多出一点钱，比如说150块，我就能做到了，并且我能创造一个别人做不到的性价比的奇迹。"

张姐笑了："为什么别人做不到，是靠你们那些老掉牙的设备，还是靠那些打不起精神来的员工？"

问题出现了，我说："没错，你说得很对，就是靠我们的那些不是最先进的设备和我们那些不是最出色的员工。"

张姐用一种不可思议的眼神看着我："这样也行？"

~ 109 ~

我就差拍着胸膛："我敢说在这个行业内比成本低的话，没人比得过我们厂。"

张姐肯定是见多了人吹牛，她有些心不在焉地问了我一句："为什么？"

我却更认真了："就凭我们那些老掉牙的但又最适合我们的设备，就凭我们那些打不起精神来但又能兢兢业业工作并且能接受最低工资的员工，还凭我们设在几乎可以说是偏远山区的工厂，还凭我们实实在在几十年如一日苦练内功节俭办厂的老板。"

张姐的注意力回来了一点："你说的是成本，那质量呢？"

我回答："和你一样，我也承认我们过于注重压缩成本的行为注定了更容易在质量上出问题，这就像是在悬崖散步，有可能摔下去也有可能不会摔下去。我知道对于你们来说重要的是安全，万无一失的安全，所以你不会接受我们玩这种危险的游戏。"

张姐点点头："我们宁愿多出一点钱，"她做了个动作，"就这么一点点。"

她的意思是宁愿多出点钱去选择更具实力的大厂。我学她的动作："你连这么一点点钱也不用多出，我们能用更少的价钱做到同样的事。"

张姐说："你拿什么让我相信？"

我指了指自己的鼻子："我。"

张姐很意外："你？"

我说："没错，就是我。"我接着说："如果说我们老板的做事方法压低了成本的话，我的做事方法就起确保安全的作用，就这么简单。"

张姐耸耸肩："你又拿什么让我放心？"

我下了个决心："有件事情我一直瞒着你。"

张姐说："什么事？"

我说："我不是A公司的员工，我其实是A公司的经销商，或者说销售商。"

张姐并不意外："我知道。"

我虽然觉得奇怪，但和小林的态度一样，我也没打算去问张姐是怎么知道的。也许是张姐看厂时上洗手间的那十来分钟？也许是李有喜？都不重要了，满足自己的好奇心或想追究某个人的责任，这类想法没有意义。

我一如既往地直白："这件事会不会影响到你的最终决定？"

张姐也一如既往地坦诚："对于我们来说，用什么方式合作、和什么人合作并不重要，重要是你说的，"她做了个手势，"用100来块钱就能买到一件我喜欢的衣服。"

和聪明人打交道就是这样的舒服，连废话都不用说。

我说："老邓是我的朋友，他的做事方法和我不同，他注重成本，而我呢，我们打了这么久的交道，你也应该知道我和你是一样的，我也注重细节，重视管理、服务、质量。我敢这么说，我和他的合作绝对是天衣无缝。"我激动了起来，说："这就是我为什么敢向你保证我用最少的钱就能做到最好的原因。"

张姐低头沉思，我没急着表现自己，而是拿起桌上的茶杯轻轻地喝上一口。

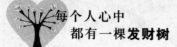
～ 110 ～

张姐突然抬头，目光又一次如电似剑："如果，我已经确定贵公司不是最适合我们的合作伙伴，并且通知你出局，你怎么想？"

端着茶杯的手立时冻结在了半空，我打量了一眼张姐，她脸沉似镜看不出一点波澜。

几个月来和张姐打交道的场景一一回忆了起来，她的表情她说过的话她做过的一些动作，第一次板着的脸、她对我说这世界还是有好人的了、对我说加油、冲我做的加油手势，我全记了起来。

买狗时和胖子、瘦子打交道的感觉又浮了上来，如果说看一个人的表情是相面的话，如果说听一个人说话是了解这个人想法的话，如果说观察一个人的动作是挖掘他性格的话，那么这三个面结合起来就成了一个三维立体。

如果我能变幻三个角度去看待一个人，并将记忆整合融汇，我是不是能最大程度看到一个人的真实？

一个人可以在部分时间骗过所有人，可以在所有时间骗过部分人，却没有人能在所有时间骗过所有人。不识庐山真面目，只缘身在此山中。那座怎么看人识人的巨大宝藏已经朝我打开了一条缝，我甚至能看到那里面金银财宝发出的光芒。

瞬间，张姐在我面前变得真真正正地客观真实立体了起来。

我放下茶杯，缓缓说道："张姐，我知道你是在和我开玩笑。"

张姐的表情很严肃："如果我说我不是在和你开玩笑，是真的呢？"

我欣喜，喜的是就连张姐在我面前都变得透明了，表情却还平静："我知道是假的，因为我知道你只要还在让我做事，我就一定没有出局。"我一点不担心张姐会反感，我显得信心十足，"而昨天你还在和我确认我公司资质的问题，所以我知道你是在和我开玩笑，我确定。"

张姐说："你有没有想过，你只是我用来压别人价的？"

我又拿起桌上的茶杯喝了一口，心境平和："有想过，但我知道别人有可能做出这种事来，你却不会，而且是绝对不会。"

张姐笑道："你就这么了解我？"又说："那如果我告诉你有个领导突然插手，这事情我也控制不了呢？"

我说："如果有人干涉你的工作，我认为你的做法一定是把这个领导顶回去，为此把工作丢了也在所不惜。"

张姐叹了一口气，没说话。

我继续说："还有，即使你妥协了，你也一定会通知我，用你的方式。"我笑了，"哪怕这事情就刚好发生在我走进你的办公室前，这都不可能，因为你收下了我送给你的巧克力，而且是笑着收下的。"

张姐看着我，似乎我脸上长了一朵水仙花。

张姐半晌才开口说话："知道我为什么问你这个问题么？"

我回答："大概知道，但不确定。"

她说："你说说看。"

我推让："还是你说吧。"

张姐说："我知道你跟这张单付出了很多努力和心血，甚至代价，所以我很想知道这张单如果丢了你会怎么想。"

我理解张姐的心情，换了我面对她这种情况也会比较矛盾。

我看着张姐，用尽可能真诚的目光看着她："张姐，不管你怎么决定，我都不会怪你，真的。"

张姐拿起茶杯喝茶，笑而不答。

我用一种很少见的认真态度说道："你可能不知道，这张单赢与不赢对我来说已经不重要了，因为我在这个过程里学到的我已经受用不尽了。"

我整个人变得空灵，几个月来所经历的所想过的所走过的在几秒钟之内划过了我的脑海。唯有经历了那些，并且体味到了生活的真实意义的人才能明白：我们来这世界不是为了享乐，也不是为了吃苦。而是为了一路面对平凡的感动、面对伟大的震惊、面对卑劣的愧疚、面对博爱的温暖，我不会再为了急于到达终点而忽略了身边的风景，就像我不会为了赚钱而对我这一种向上的体会、收获视而不见一样。

张姐点点头："好，你这样想我就放心了。"

我说："何况，我并不会输，我知道我不会输。"

张姐大奇，笑道："你这么有信心？"

再次望了一眼窗外，就像一只青蛙跳出井看到了井外的景色，还回过头来

189

第十三章 激辩张姐：实力不够是优势

看了一眼井里的自己。

我说："我想明白了一个道理，只要工作到位了，一张单、一个人乃至一个民族一个国家的成功，就像是水一定会往低处流一样地正常和不可阻挡。"

张姐没有说话，做了个让我继续说下去的手势。

我说："在你前面站着所有的可挑选者里，我只要做到最好，这一点就不可逆转，某种程度上这甚至都不由你决定，你会放弃一件质量价格服务款式综合性价比最高并且你也喜欢的衣服吗？你不会，不但你不会，这世界上绝大多数的人都不会。"

张姐呆住了，过了一会儿她坦白说："确实，个人来说，我是很愿意把这张单交给你做的。"

这就是张姐的可爱了，虽然她需要经常性地掩饰自己，但骨子里的她是真诚的。我心如鹿跳："我是不是可以开香槟了？"

张姐像个小女孩似的白了我一眼："你当这是买菜啊？"

～ 112 ～

时间往后推两个小时，我手里捏着车票坐在火车站候车室里，准备回Z城。

坐在候车室里，我习惯性地闭着眼睛回忆了一遍今天的行程，总结了一天的得失。我又总结出一条经验，那些看上去可做可不做的事，正是你发现问题解决问题的捷径，以及拉开你和你竞争对手距离的筹码。

这也是人与人之间的不同吧，有人因怕犯错而等待，有人却勇于进攻。进攻的人也许会犯错也许会让人笑掉大牙，但进攻的人在这个过程中一天天地成长起来了，并在运动中找到对手的弱点，成功地把对手一击而毙。

电话响了，居然是张姐打来的。我按下接听键："你好啊，张姐。"

她顺口问了一句："你在哪里，回Z城了吗？"

我没说自己已经在火车站并准备检票进站，而是采取了进可攻退可守的态度："没有，正准备回。"

她没怎么客气："挑个日子，我们一起吃个饭，有没有问题？"

我几次请她吃饭她都没赏脸，现在她主动这么说我当然喜出望外："您老愿意赏光，当然没问题了。"

张姐假装不高兴："我很老么？"

知道张姐这是鸡蛋里找骨头，我说："张姐，你就饶了我吧。"

张姐嘿嘿一笑，说道："还有一个人会和我一起去，他叫肖炼，是我们公司的副总，有没有问题？"

我反应过来，这才是张姐主动说要和我一起吃饭的原因："当然没问题了。"我甚至开了句玩笑，"我哪敢说有问题啊？"

张姐在电话里笑："你要是有问题，就当我刚才没说。"

我知道决定性的战役要打响了，我压抑住自己的激动心情，问道："我有什么需要注意的？"

电话那头沉默了一会儿，只传来一句话："没有，你自己看着办吧。"

张姐既然安排了这顿饭，她肯定也想我搞得好一点，这样她脸上也有光，但我也能理解她不给我任何提示的做法。

我又问："定在哪天比较好？"

张姐说："肖总现在出差去了，还要过几天才回来，我再通知你吧。"

我求之不得，因为我想好好地筹划准备一下，我说："好。"

我后来才知道，因为我非正常的性格、非正常的做事方法，作为第一家走到了最后的E公司的非正常意向供应商，张姐不得不为我安排了一顿本来不应该安排的、本来不应该存在的非正常饭局。

张姐有权定这张单，但她觉得这种非正常的事情，必须走非正常的程序，好拉一个人进来帮她分担可能的非正常责任。

擒王之宴（上）：钱是最好试金石

第
十
四
章

我当即决定把火车票退了，不回Z城了，我要留下来把请肖总吃饭这事安排好。

沿着沿江大道我一路走过去，酒楼饭店触目皆是，一家接一家。这里面哪家酒楼哪家饭店是我最好的选择？

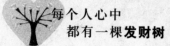
～ 113 ～

我当即决定把火车票退了，不回Z城了，我要留下来把请肖总吃饭这事安排好。

先给小张打了个电话，有些日子没和他通话了，他还是和以前一样热情："陈总，是你啊，又来G城了吗？"

我说："是啊！"没和他客气，我又说："我问你个事。"

他说："你说。"

我问："你们肖总，你还知道他多少事？"

颇有一些帮不上忙的无奈："我们肖总很忙，一个月都没几天在公司，再加上我只是个保安，对他我真不知道多少。"

我有思想准备，几次和他聊起肖总说来说去就是那么几句话。

他问："你还想知道哪方面的事情，要不，我再去帮你打听一下？"

知道现在不是讲文明礼貌的时候，我说："哪方面都可以，越多越好，越快越好，有消息了你给我打电话。"

小张回答："好。"

我又给小林打了个电话，开诚布公地说："这事你得帮帮我。"

小林直接拒绝，语气一点也不客气："不好意思，这事我帮不上忙。"

马上明白过来，和张姐一样，小林也不想因为透露资料给我而惹火上身。

想想也是，如果我是肖总，我发现眼前的一切都是自己喜欢的熟悉的，我会不怀疑身边有人当了间谍？有人对这无所谓，有人有所谓，既然张姐和小林不约而同地选择了三缄其口，那么肖总肯定是有所谓的一个了。

用手机上网搜索了一下肖总的资料，资料不是很多，只知道他是重庆人，也搜索到了他的照片，照片上的他偏胖，手机屏太小，看不清他的眼神。

先提醒了一下自己，要记得去网吧把这个工作做细。

我又买了一份G城的地图，拿着地图站在街头左右看了看，突然有些茫然。原来我哪怕来了E公司100次，对我来说这里依然是个陌生的世界。

我马上调整自己的心情：前面等待我的有黑暗，但黑暗不会永恒，黑暗之后必有光明；也有失望，但失望之后又可以开始，我又重新拥有希望；有摔倒，但伤疤痊愈，我变得更坚强；我还得不断地付出汗水，但汗水过后，我更健康。

总而言之，无论如何，我都不能原地踏步。

以E公司为核心，我在地图上画了两个圈，第一个圈是十分钟之内步行可到达的圈，这里面的饭店基本上都被我排除了出去。原因很简单，这些地方好一点的酒楼张姐、肖总他们肯定去过，我不但很难搞出新意，也难保说不会遇上E公司的人造成尴尬。

我要是这么做，如果张姐觉得不妥她一定会第一时间要我整改，但那样的结果就是张姐会觉得我办事不牢靠，连这点都想不到。

第二个圈是开车20分钟的外圈，超过20分钟也不考虑，花费的时间太长不用说，我们是吃饭不是旅游。我还不敢确保超过那个范围张姐他们是不是还熟悉，找一个他们很不熟悉的地方那也绝对是个错误，至少我要冒上一点引发不愉快的风险。

然后是定方向，E公司旁边的主干道呈东西走向，也就是南面北面都可以淘汰掉了，很多人对主干道的旁边哪里有棵什么树都清楚，却未必知道蛛网似的支道旁又新建了家酒店。

E公司东面不远就是物流集散地，物流园一个接一个，大货车一辆接一辆，基本上不用考虑了。

我似乎是没得选择了，但西面著名的商业圈，餐馆林立人流如梭，恰好是我最好的选择。

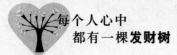
为什么是恰好？我来了兴趣。

再细想一下的话还有很多恰好，比如说张姐恰好住在离商业圈不远的玫瑰园，比如说小林也恰好住离商业圈不远的畔山公寓，他们所住的地方和商业圈恰好形成了一个几乎标准的等边三角形。

没什么是偶然的，再闭上眼睛想一想，如果我能对肖总的性格和爱好多一点了解，对这个城市的房地产市场多一点了解，我说不定能恰好猜出肖总住在哪里，至少我能知道肖总有可能住在哪几个地方。

再睁开眼睛注视地图，如果我是一个投机者，我说不定能恰好猜出这个城市的发展方向是哪边；如果政府想建一个新机场、新火车站，我要是能再收集到一点如很久以前的有关这个城市的历史书籍，了解一下这个城市的时代变迁，再结合各种势力博弈等，我说不定能恰好猜出这个新机场、新火车站会建在哪里。

绝大多数人都不会放弃一件质量价格服务款式综合性价比最高，并且自己也喜欢的衣服，越是聪明的人和团队越是如此，所以，这些都是可以预测的必然。如果我没做到，只是我信息收集得还不够和分析信息的能力还不行，仅此而已。

沿着沿江大道我一路走过去，路边的行人如过江之鲫，大楼鳞次栉比一栋接一栋，酒楼饭店触目皆是一家接一家。

这里面究竟哪家酒楼或饭店是我最好的选择？

最繁华最有名的不予考虑，人多嘈杂，且肖总说不定早就来过；生意不好的也不能考虑，这个不用说，生意都不好了还去干吗；偏安一隅太过偏远的不予考虑，行不端言自然不正，言不正还谈什么生意；装修年代久远破旧不堪或者不够大气没有特色的不予考虑，不能让人心情舒畅的就餐环境，怎么能不把它们排除？

方法或有偏颇，却能让我花最少时间得到最大的收获。

逛了一圈下来，符合我要求的不过三家。其中一家我一进去就被我淘汰掉了，因为里面的服务员一个个萎靡不振。连服务员的积极性都不能调动的酒楼，它的菜做得再好吃我也不会考虑，我要的是进餐过程的尽量完美，而不仅仅是来填饱肚子。

一句话没说，我转身就走。

在我的打分系统里，另外两家的得分差别不大，我先是选择了看起来没开张多久的那家，毫无疑问，他们的服务应该会更热情。果然，我一进去就能感觉到服务员的热情，虽然有个别人显得不那么老练。

我一直往里闯，他们一路对我说欢迎光临，我被他们年轻的热情感染，也频频点头，如阅兵式上的领导。

心里浮起的却是另外的风马牛不相及的感受。看着年轻的他们，才发现不比他们大多少的自己，不但心态变得更平和，在看人识物这类事情上我还多了一种感觉，我和他们比已是有了很多不同。

这一路上走来，我只要看上一眼，就能对A餐厅生意为什么红火、B餐厅的生意为什么门可罗雀立马得出一个自己的答案，并且我对自己在瞬间总结出来的答案信心八足，虽然不是十足，但已经是个值得自豪的答案了。

而这一路上见到的路人、各个餐馆的服务员，我只要看上一眼就能对他们职业、年龄、性格、状态、爱好等等有个大体的结论，重要的是我对自己在瞬间得出来结论的坚信和一年前相比有了跨越性的提升。

谁都知道，越往后提升越难。

感谢失败，真真正正诚心诚意地感谢失败，我知道，不借助失败给我的压力，我无论如何都不能打通任督二脉，达到胸有成竹的境界。

虽然这一路上我曾多次步入险境，几次差点陷入72层地狱，还经历了无数次的折腾和常人难以忍受的痛，但只要能让我享受哪怕一天这豁然开朗的感觉，我也觉得之前的付出很值。

何况我得到的这些将与我如影随形，片刻也不会离去。

找了个靠窗的位置，我叫了一壶茶，又点了一荤一素一汤一酒加一饭，吃了几口后觉得味道虽还可以，却达不到我心目中的标准。如果说一般人在这个环节想的是平平静静地过关，那么我考虑的却是怎么样才能出彩，怎样为自己加分。

进攻，进攻再进攻，做单是进攻，创业是进攻，人活着是进攻，哪怕吃一餐饭也还是进攻，不懂得进攻的人，根本就不适合做销售。

　　拿出手机拨通了老妈的电话，在等待接通的时候我又喝了一口汤，回味了一下老妈煲的汤，觉得味道不对。

　　这时电话接通了，照例问了一下家里的情况，我把话头拐到了正题："老妈，怎么我觉得这外面餐馆里做的汤就是没你做的好喝呢？"

　　老妈大笑："那当然了，外面的汤怎么会有自己煲的汤好喝嘛！"

　　我问："为什么呢？"

　　老妈说："很多原因了，你喝的是什么汤？"

　　我说："鸡汤。"

　　老妈说："我煲给你喝的鸡汤，那个鸡都是自己养的，是吃稻谷的鸡，和那些吃饲料长大的鸡煲出来的汤味道怎么会一样？"

　　想想也对，家养的鸡不但吃得好，在活动筋骨、锻炼身体方面和那些养鸡厂养出来的鸡也肯定不在一个档次上。

　　我问："还有没有其他的原因？"

　　老妈说："我们煲汤都是用文火炖，你在餐馆里吃肯定就没这么好喽，他们哪有这么多煤气炖，人家还要不要赚钱啊？"

　　我思路开阔了一些："我看你每次煲汤都用那个老瓦罐，既不用高压锅，也不用你媳妇买的新瓦罐，这里面是不是也有什么说法？"

　　老妈说："当然有了，煲汤就是要用陈年瓦罐，越久的瓦罐煲出来的汤味道越鲜。"

　　我问："这又有什么说法？"

　　老妈说："我也不知道，那个新瓦罐我也用过，不知怎么回事，新瓦罐煲出来的汤啊就是没有老瓦罐煲出来的好喝。"

　　隐隐约约知道点原因，但又不是很确定："不会是心理因素吧？"

　　老妈说："应该不是，你下次回来后我用两个瓦罐各煲一次汤给你喝就知道了。"

　　老妈说食材会影响汤的味道，这种说法我还能接受，但瓦罐会影响汤的味道，我觉得即使会也应该区别不大。

　　我笑道："我哪里喝得出来？"

　　老妈奇怪："你今天怎么问起这个来了？"

　　这事说来那可话长，我长话短说："噢，我一个人在外面吃饭，刚好点了一个汤喝，觉得没你做的好吃，又没什么事，所以打个电话过来问问。"

　　老妈说："噢。"

我又问："我们家那个瓦罐好像是有些年头了吧？"

仔细想了想，想明白用老瓦罐煲汤更好喝的原因所在。这里面的区别或许就在于，越老的瓦罐越没有工业味，或者说杂味，所以煲出来的汤更自然更鲜美。

老妈说："当然了，那还是从你太婆手里传下来的，你的年龄都没它的大呢。"

貌不惊人的老瓦罐，原来竟是祖传的宝物？

我笑了："那还是传家宝啊！"

老妈也笑："虽然不值什么钱，但也是个挂念，以后你可千万别扔了它。"

那个老瓦罐很土，很早前我就打算扔了它，这也是我让老婆买个新瓦罐的原因。现在想想以前的自己，哪怕是在看瓦罐上都是技差一等，真是有些无地自容。

我说："你放心，我会把它当宝贝的。"

～ 116 ～

我又夹了一口菜在嘴里嚼了嚼，这餐馆的菜做得还不错，但和老妈做的比还是差了点，我觉得并不仅仅是我偏心，或者说我习惯了吃老妈做的菜的原因。

我问："那怎么这菜和你做的还是有区别呢？"

老妈又是一阵大笑："我早就发现了，上次我过去住的时候不就说了么，那边的菜没有家里的甜。所以啊，你就是给再多的钱，我也不愿意过去住的。"

我心说你现在想过来住我都要找个理由拒绝呢，但嘴上说："你对生活品质的要求还蛮高嘛，为了没有好菜吃就不要儿子了？"

老妈说："这不家里在建房子么，房子建完后我就过去住几天。"

算了一下时间，到时难说我不会有好消息，我大着胆子说："好，到时候你和你孙女一块来。"

放下电话，已经找到了问题所在，也知道该怎么解决问题了。

市场上的菜都是工业化施肥打农药生产出来的，而家里的菜是老妈自己种的，虽说自家种的菜没市场上卖的看相好，但绝对属于绿色食品。我们不但不施工业肥，只偶尔施点人工肥，还从不打农药。

还有我们种菜是自己吃，不求多，种得很稀疏，这样土壤里的营养成分保持得比较稳定平衡。不像商业化菜园和大棚里的蔬菜种了一茬又一茬，土壤里有那么一丝天然营养都早被吸干吸净，用工业肥堆出来的蔬菜，再好吃又能好吃到哪里去？

是推陈出新安排其他菜式，还是稳打稳扎做一顿精彩的重庆菜？安排重庆菜给肖总吃，这简直就是关公门前耍大刀，除非做得很正宗。退一万步讲，我即使把菜做得很正宗，以肖总的身份他会表现出多意外？我这个出彩的念头还要不要实现？

我只有推陈出新了，我又该怎么控制风险？又或者风险并不大，我只是自己在吓自己？因为对肖总这种闯荡江湖已久的人来说，他哪可能还保持着单一口味？从这点考虑，我做什么菜不重要，重要的是把菜做出味道来，也就是让他知道我用足了心。

这也是我不想把这顿饭安排在大酒店的原因之一，大酒店是能做出好吃的菜，但多了一丝正统，没有了小餐馆的乡野之气、随意之味。谈生意可以去，但交朋友个人认为并不适合，我这不是在谈生意么？不是。为了出彩，我把这事定位成交朋友。

当然，我不去大酒店请客还有另外一个原因，那就是大酒店的花费。跟这张单我已经花了很多钱了，该花的钱我绝不会省，但该省的钱我也绝不会花。再说砸钱根本就不是我的强项，我也未必砸得过别人。

我还要考虑张姐，这也是我和张姐第一次吃饭，这也是我不能忽略也不敢忽略的问题。不过张姐的问题还好办，我和她也打过一段时间的交道了，知道她虽然表面看上去不易接近但还算豪爽，在她那边我就算出了点纰漏，她也不会往心里去。

吃饭的人数方面，张姐的意思表达得很明确，小林不会来，E公司就她和肖总两个。我本来想把老邓叫上的，但张姐表示反对，说担心我和老邓的关系露出马脚。事实上，我觉得张姐不想让老邓来，原因是她不喜欢老邓。

老刘？更不用说了，几棍子都打不出一句话来。想来想去，在相关人员方面，我只好把李有喜叫上了，还好的是，和最开始我们一起做业务相比，李有喜的进步虽说不大但也不小，我知道他即使不能给我加分，也不会帮倒忙。

考虑了半天，饭也吃得差不多了，我让服务员把老板叫来。

服务员脸都白了，以为我想搞什么事。

我微笑着说："我只是想订一桌酒席，一桌有点特别的酒席，所以我要找你们老板聊聊。"

～ 117 ～

老板来了，个子不高，偏胖，显得敦实。脸上带了一丝不解，一双小眼中透着一丝精明一丝疲惫。我创过业，知道生意刚开始时的累，我很理解。马上得出结论，和这种人打交道要么许之厚利，要么一定要在气势上压住他。

我点的茶是菊花茶，喝了后我觉得对于一家餐馆来说已经算是不错了。

我从旁边拿过一个茶杯，给老板满上，冲他说道："喝茶。"

老板看出来我不像地痞，脸上的疑虑去了大半，他坐下，拿起茶杯喝了一口，问："你要订酒席？"

看老板喝得自然，我对他又增加了一点信心，他不但信任他的茶叶，他还信任他的餐具。

他并不像喜欢拐弯抹角的文人雅士，我开门见山："是这么回事，我有个很重要的客人要接待，我想把这事定在你这里。"

这是家湘菜馆，我选在湘菜馆做这桌酒的原因有二：一是川、湘菜的口味有相近的地方，都以辣见长；二是我做的是一桌模糊了菜系的酒席，湘菜是中间位置，不偏不倚、利于操作；三呢，我对湘菜的了解多点，不熟不做，有利于我管理控制。

老板又拿起茶杯轻饮了一口，然后回答："您说。"

我说："这么说吧，我想自己买材料让你们加工，当然，加工费是要算的。我们在你这吃，酒也在你这买，你看怎么样？"

老板有些不情愿："这样不好吧？"

我能理解，哪怕我来这吃过几次饭，这事也好办多了，我欲擒故纵："如果老板不愿意，我也不勉强。"

看我有起身要走的意思，老板又赶紧说："你愿意出多少钱？"

我这个人不贪心，平时总喜欢把事情做得尽量超出别人的期望值，这样别人才有理由为我卖命，尤其是在这种不容有失的重要关口。

我把一些情况特意往高里说，虽然我知道一桌常见的湘菜要不了这么多钱："假设我订一桌600到800块钱的菜，你也就能赚个对半，也就是三四百块。这样吧，我给你的起码不会低于这个数，你看怎么样？"

老板还是有些磨叽："400块有点少。"

和很多人喜欢把价钱压到人痛不堪的位置不同，我喜欢把价钱定在让人刚刚好有点高兴的位置，特别是在这种情况下。

我观察了一下老板的表情："价钱我们还可以商量。"顺便又扔出个胡萝卜，"酒水方面我要的也是好酒，也是在你这拿，价钱上我不会有太大的意见，我不是那种又想马儿跑又想马儿不吃草的人，你只要确保酒不出问题。当然，你也不能往死里宰我，行情我不是不知道。"

见我爽快，老板的语气也好了很多："你放心，我这个人也很好说话的。"

这也是我挑上这家餐馆的原因之一，这是家新店，盈利压力大，所以老板更容易同意我这个非正常要求。

我的表情调到诚恳挡："这样吧，不低于400块，至于具体多少，"我顿了一顿，"我希望能在看过厨房之后再和你讨论，有没有问题？"

老板没答话，似乎有点担心我动机不良，来套取商业机密啥的。

我说："这件事我是必须做的，这个客人对我来说太重要。"我又使出老招，拿出自己的名片双手递了上去，"这是我的名片，从Z城来的，特意过来接待我的一个客户。"

和一般人一上来就递名片不一样，我喜欢聊上那么几句才递；和一般人一上来就自我介绍并问对方姓什么不一样，我喜欢把这事放在后面。原因就是现在太多人对这一套熟悉到麻木，我如果上来还是这样，我也就不是非正常人了。

老板把我的名片接了过去，瞄了我一眼，说："好。"

我们起身往厨房走，我这才问他："老板是湖南人？"

老板回答："是。"

我问："你贵姓？"

老板很客气："免贵姓钱。"

我大拍他马屁："好姓，就冲你这姓想不发财都难。"

老板笑道："承你贵言啊！"

看了一圈周围，我找到了一个改善我俩关系的切入点，我故意问他："你这里的租金不便宜吧？"

半是骄傲半是郁闷，钱老板说："不便宜啊！"

我点点头，表示理解，我又故意指着对面的餐馆说："对面那家的菜没你家的好吃，我先去了他家，然后才来你这的。"

钱老板的脸上有了更多的笑容："他们？他们那手艺怎么能和我比？"

千穿万穿，马屁不穿，我说："这就是我跑过来找你合作的原因。"

钱老板对我一竖大拇指，反过来拍了我一记马屁："一看你就是老江湖，识货。"

我笑了，他这哪是在拍我，他还是在拍自己。我问他："你们开业多久了？"

钱老板看了我一眼，生怕回答不好这生意就会飞了似的，最后他说："差不多半年了。"

闻着空气中淡淡的装修后特有的味道，我猜他这里顶多开业了三个月。我没拆穿他，而抓紧时间把话题带到我想去的地方："你这生意没他那边的好。"

钱老板有些不服气："他们做了多久，我们做了多久？你是不知道，我们已经把他们的客户拉过来一大半了。"

我点点头表示同意："那是，我也相信你们迟早会把他们干掉的。"

钱老板感激地看了我一眼："承你贵言，承你贵言了。"

我说："不用客气。"绕了半天，觉得是时候抛出话头了，我说："你们这边什么都好，就是位置比他们要差点。"

钱老板大为失望："这你就不识货了，我们这离商业街还比他们近十米，嗻，还有，我们离地铁口和公交站也比他们近。"从二楼去厨房要穿过一个走

203

第十四章 擒王之宴（上）：钱是最好试金石

廊，透过玻璃窗能看到外面，老板指了指不远处的地铁口和公交车站台，说："我们的租金一个月都比他们要多两万块，你说我们的位置好还是他们的位置好？"

我摇了摇头，表情极为痛心："钱老板，你这是花了钱还没得到好啊！"

钱老板瞪大了眼睛看我，不知道我这话是什么意思。

我站住了，说："就拿你刚才说的离公交车站台比较近来说吧，没错，客人下了车离你是比较近，不过你想啊，他们是来干吗的？他们是来逛街的。他们逛累了逛饿了拎着一大堆东西往回走，"我指了指远处的另一个公交车站台，"并且要去对面坐车，是离你近还是离你的敌人近？"

钱老板也站住了，他颇为不以为然："小兄弟，你说的这种情况，租这里的时候我也想到了，当时我就特意观察了两天，没多少你说的这种情况啊，"他反过来安慰我，"不过你这么年轻就能想到这一点也算是不容易了。"

他们两家餐馆都开在通往商业区的一条便道上，与G城主干道呈丁字型。确实，钱老板的铺面离商业区要比他的竞争对手近一点，但若从逛街的人往回走的角度考虑，钱老板绝对是要吃亏的。

我不知道他是怎么观察的，是因为观察时间短或者取样不准，还是他根本就没认真取样？

我坚持自己的想法："钱老板，你观察的时候肯定在哪里出错了。"

出于礼貌，钱老板还是摆出了一副认真听讲的架式，但我能看出他并不认为我能说出什么新意。

我说："你这里的客人分两种，一种是在附近住和在附近办公的固定型，这个我们就不多说了，拉这些人靠的是真本事。另外一批就是过来玩、过来买东西的流动型的，我们就说一下这批人的想法好了。"

钱老板看了我一眼，表现得胸怀大志、海纳百川："小兄弟，你尽管说。"

我说："就以我为例，如果我来逛，有两种情况，我要么在那里面吃饭，要么回到这边来吃饭。要是回这里来吃饭，多数情况下我是会去对面那家吃的，逛累了更不用说，我不会愿意走到你这来吃饭的，因为吃完饭了还要走回到马路对面，然后再走到沿江大道上去等车，尽管你们这是支道，过个马路并不难。我不愿过来还有一个原因，我根本不知道你们哪家的手艺好，也不关心这些，我想的就是快点找个地方坐下来吃饭，然后回去。也就是说，你那个所谓的近十米的优势根本没有，反过来这十米还害了你。"

我说："你当初可能是只顾着统计人流了，而没去分析客户的行为心理，特别是这批散客的心理。我估计啊，这批散客你的敌人会拦去六成以上，有四成跑到你这已经是老天保佑了，两成说多不多，说少嘛你们这么大的店，他一个月起码比你多赚几万块，你还比他一个月多交两万块钱房租，你算算看，这一年是多少钱？"

钱老板看着窗外敌人的方向，脸终于变了色。

钱老板不是我身边熟悉的人和我的客户，所以我用这种方式表现自己是再好不过了，既让钱老板不敢轻视我，我还用不着花太多成本。

～ 119 ～

看完厨房并和大厨聊了几句后，不管是卫生状况、员工精神面貌，还是厨师手艺，我总体感觉还算不错。

接下来就是另一件事了，要和钱老板把价钱定下来。

和很多人一样我也对钱敏感，但和很多人不一样的是，我对钱敏感的原因是我把钱当成了一块试金石，我认为钱不但可以试出一个人的品质，并且我把握得当的话，我也能用钱来向对方表现我的品质。

我一边往外走一边和钱老板商议："不瞒你说，我对在你这里摆这桌酒很有信心，我们现在确定一下费用问题。"

钱老板对我的态度已经有了很大的转变，他爽朗地说道："小兄弟，你看着给，没事。"

我这个人也不怎么会谈价钱，在工作和生活中都是这样。生活中，我觉得讨价还价比较累，又还不了多少钱，有那时间我不如去努力多赚点。而在工作中，我又有一个和很多人不一样的观点，多给点钱给别人是好事。

太多的人想在生意中给别人数量刚刚好的钱，自己能留住最多的利润。而我不是，我喜欢让别人多赚点，只要成本允许，让我给再多的钱都愿意。还是那句话，这世界聪明人太多，傻人蠢人有智慧的人太少。

我不争，天下就找不到能和我争的。

感觉钱老板也不是太唯利是图的人，我倒先一步开口说价："我喜欢直来直去，加工费我给你600块，怎么样？"

钱老板看了我一眼，也爽快："行。"

如果他和我叽叽歪歪，找理由讲借口要加点，说得好我还会忍，说得不好这生意就到此为止了。

钱是最好的试金石，不但表现了我，也试出了他。既然他并非鼠目寸光之人，我更愿意往前一步。

我从口袋里掏出钱包："钱我先给你，让你踏实点。"

钱老板却连连摇手："不用不用，吃了给，吃了给。"

人敬我一尺，我敬人一丈，我数出600块钱硬塞到钱老板手中："你就拿着吧。"

钱老板拿着钱，有些不好意思："我现在就去给你开张条。"

第十五章 擒王之宴（下）：我家的祖传瓦罐

炒菜用的、煲汤用的水，我都换成了矿泉水。就连洗过的餐具，都用矿泉水涮一遍，闻一闻没有洗洁精味道后才肯罢休。心里只有一个念头，只要能让菜味道好上哪怕一点点，我所能想到的我都去做。

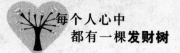
~ 120 ~

　　我有个家里的朋友是开汽车修理厂的，很多跑长途的车子都是在他那里修，所以我要从家里带点什么东西到Z城的话极为方便。不好的地方就在于，东西只能带到Z城，必须自己去取。

　　自从定下来要请肖总吃饭后，我就没有回Z城，我也犯不着回去，反正李有喜要来G城，让他去取东西然后直接坐大巴来G城，这安排再好不过。

　　知道东西很多，我去接李有喜。

　　我眼睁睁地看着李有喜把东西从大巴车的行李仓拖出来，看到那个鸡笼和笼子里的两只鸡及那个硕大无比的纸箱，我才知道东西有多少。我比较同情李有喜，这一路上他想必吃了不少苦头和白眼。

　　这是他的另一个长处，又是我的另一个短处了。如果这事让我干的话，我肯定不会干得如他般顺利，说不定我不会用和他一样的方式，因为我要面子，我来脾气了，打个出租车过来也说不定。

　　李有喜喘了口气："这一路上可把我累坏了。"

　　想象着他一路上的艰辛，我有些幸灾乐祸地笑了，嘴上却说："辛苦了。"

　　他嬉笑着："你要给我算加班费。"

　　我随口答道："好，回头我就给你。"

　　出租车停在钱老板餐馆门前。钱老板知道我来了，带着几个男服务员，老远就迎了出来。

钱老板对李有喜说："这些东西我们来搬就可以了。"又指挥着手下的员工："快点搬到厨房。"

这时我还在车上等着司机找钱，我透过后视镜望去，李有喜站车后发愣，似乎被钱老板的热情吓住了。

我下了车，拍了拍李有喜的肩膀，示意他跟着闹哄哄的人群后面进去。

我们俩反倒落到了后面，李有喜念叨了一句："服务挺好的嘛。"

我笑，古有苏秦靠三寸不烂之舌官拜六国相位，我凭几句话让钱老板对我热情难道很过分？

我笑："我们给他们钱赚，服务热情是应该的嘛。"

李有喜知道我的一贯作风："你是不是给了他们很多钱？"

我笑："是不少。"

到了厨房，我们一起打开箱子。

所有的东西都包装完好，最上面是蔬菜，全部用保鲜膜包得严严实实。我随意打开一件看了，没有压坏也没有流失水分，看上去和刚摘下来没什么两样。

这个也是我叮嘱老婆的，叫她不要提前采摘好，而是在估算好时间的前提下做这件事。

老婆并不赞同我的做法，但还是照我的要求做了。

管理就是个考验彼此意志的过程，我如果自己的意志都不坚定，我又怎么让老婆相信我，并不折不扣地执行我的决定？

然后是腊肉香肠之类，居然还有一袋五香瓜子。瓜子是计划外的东西，我知道这肯定是老妈的主意，她大概认为Z城连瓜子也买不到。

最底下才是我家的祖传瓦罐，用报纸塞得紧紧的。旁边是两罐咸菜，一罐是萝卜干，一罐是豆腐乳。这是我为自己捞的一点好处，老妈做的咸菜实在好吃，我每次想到就会流口水，有这机会我自然不会放过。

我甚至想过用这些招待肖总和张姐，一是肖总是重庆人，应该吃辣；二是曾经有很多Z城的朋友，有南方人北方人也有四川人，他们在吃过老妈做的咸菜后都赞不绝口、惊为天人；三是我来这么一招也算是天外飞仙，一鸣惊人。

不过不到最后一刻我都不会确定我真要这么干，这玩意多少有点不登大雅之堂。

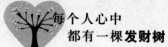

~ 121 ~

钱老板抓了一把瓜子，站旁边嗑瓜子。

我和李有喜一个忙于打开大袋小袋确认里面的东西，一个忙于清理纸箱里的报纸和泡沫塑料。

李有喜问我："老大，这鸡干吗也要从家里运过来？"

我训斥他："一听就知道你也是个从来不下厨房的主，你说这自家养的鸡和市场上买的鸡能一样么？"

李有喜不好意思地笑笑："噢，原来你这是自家养的鸡啊！"

我没给他好脸色："不是自家养的鸡我吃饱了撑得难受啊我，这么大老远地从老家运过来？"

李有喜问："家养的鸡这边买不到吗？"

我耐心地和他解释："买是应该能买到，但你懂还是我懂得啊？我这不就是图个安心么，万一买到的那些不是呢？"

钱老板插了一句："早说嘛，我懂啊！"

我还是摇头："就算是你懂，我还是觉得那些以赚钱为目的养的鸡就是没有我妈亲手养的鸡好吃。"

钱老板被我噎到了："我长这么大，还真没见过你这样的人。"

钱老板还真提醒了我一件事，我说："钱老板，我还有个事需要你帮忙。"

钱老板说："你说，能帮上的一定帮。"

我说："这些菜只是一部分，还有一部分我要在G城买。"

钱老板明白了我的意思："你的意思是让我陪你去买菜？"

我点点头："没错。"

钱老板说："没问题，反正我每天都要去买菜的，明天你和我一起去就是了。"

我知道一个外行无论如何都不可能在一天之内变成内行的，也就是说钱老板想糊弄我的话，我即使站他身边也有可能着他的道。

我说："有一句话我要提前说清楚，你也知道这顿饭对我很重要，所以我一定要确保万无一失。"

钱老板说："你说。"

我说："你如果想从中赚钱的话，你一定要和我明说，钱我可以给，没有问题，重要的是我的事要办得稳稳当当。"

钱老板有些生气："小兄弟，不是我说你，你太钻钱眼了，也把人想得太坏了。我虽然是个生意人，但也知道有些钱该赚，有些钱不该赚。"

隔皮隔骨又隔肚，知人知面不知心，这句话道出了识人的艰难。

我看着钱老板，想起刚和他打交道时的戒备，他比我年龄大还那么戒备是因为他怕；想起我说他迟早会把他的敌人干掉时感激的神情，他愿意满足于别人的好；想起了我和他谈价钱时他的客气和随意，他不是唯利是图的人；想起了他带着一帮员工帮我搬东西时的热情，他肯无偿地做些事，就像愿意带我去买菜一样。

没错，三维看人，未必清清楚楚，但接近真实。

再看看钱老板生气又带点激动的表情，如果打分的话，我敢说我有九成五的把握他不会在买菜这件事上因为一点小钱而给我添麻烦。

我尽量诚恳："钱老板，实在是不好意思，主要是这事对我太重要，所以我说话有些过头了，希望你能原谅。"

钱老板挥了挥手，大度地说："没事了，我能理解。"

～ 122 ～

看钱老板的表情确实是松弛了下来，我也轻松了："我看这鸡坐了一整天的车，都有些没精神了，我想把鸡放出来让它们到你后面的院子里散散心，会不会给你添麻烦？"

钱老板瞪着我，仿佛我是外星人："鸡，散散心？"

马上意识到自己说的"散散心"这个词用错了："我要让它们活动一下筋骨，"为了让他容易点接受，"还有拉拉屎什么的。"

钱老板觉得奇怪："你不是马上就要把它们宰了么？"

我绕着弯子说："是这么回事，我这个人有点迷信，我相信鸡的心情不好的话，用它的肉做出来的菜也不好吃。"

旁边人听了我说的话都笑了，包括李有喜。

钱老板没笑，他反应了过来："我真是第一次见到你这样的人。"又说："院子那么大，你想怎么放就怎么放。"

我笑答："我是非正常人。"

人经过长途跋涉都会萎靡不振，鸡难道就不会？用这样的鸡肉做出来的菜的味道会不受影响么？

别人不信，我信。

只要把自己知道的事做得尽可能地完美，就能成功，这个道理多数人都知道，但只有少数人能做到。以至于我去做的时候倒显得不正常，像个神经病一样了。我从那些服务员、厨师的眼神，李有喜欲言又止的表情里能知道。

这就是人与人之间的差别吗？

我们宁愿日复一日地徘徊迷茫，日复一日地重复乏味的工作，也不愿意在机会来临的时候奋力一搏，害怕被别人笑话，害怕显得与众不同，害怕真理不会掌握在少数人的手里而让机会白白地溜走。

一方面我们怕自己显得另类而脱离群众，一方面我们又时常高叹：千里马常有而伯乐不常有。一方面我们战胜不了自己，明知运动是最好的良药、健康是最大的财富，也不愿每天花上十分钟锻炼；一方面我们又哀怨，天地不仁，以万物为刍狗。一方面我们都恨不能自己有个好爸爸，一方面我们又抱怨：世道不公，贪官污吏满地都是。

~ 123 ~

我拎着竹篓把两只鸡放了出来，还撒了点小米给它们吃，虽然它们第二天一大早就要上路。

因为要搬动鸡笼，李有喜也跟着我出来了，他笑着："老大，既然这样，我们还应该放点音乐给它们听。"

我一拍脑袋："你这话还真说对了。"

我打量了一下周边环境，去找钱老板要音箱不难，我不怕他们笑掉大牙，只是这次是真不好办了，因为现场没电源。

用手机放音乐或者可以，但人就不能离开了，况且我们的手机还要用来通话的，电池要放没了，怎么打电话？

我沮丧地说："算了，太麻烦。"

见我还真动了一圈脑筋，李有喜笑了："你还真要放音乐给它们听啊？"

我叹了一口气："我这么做可能有点过头，也未必有用，即使有一般人也可能尝不出来，但是怎么说呢？"本来想对他说不是做每件事都有回报的，但还是要把对的事做完，转念间我却有了新的想法，我觉得我已说得太多。我叹了一口气，说了一句最普通最常见最没创意的话："没有人能随随便便成功。"

看着李有喜的眼睛，我突然有一种感觉，当初带他进入销售行业未必对。

这世界五彩缤纷，生旦净末丑，每个人要扮演的角色都不同，找到最适合自己的角色就是成功。

那么，李有喜最适合扮演的角色真是业务高手？

随着时间的推移，我对很多事物的看法又有了转变，我越来越怀疑，是不是有些人可以做业务，但他们注定成不了业务高手？

一个人成功所需要的信心勇气热情坚持来自何方？来自天赋？那么这颗种子的品种很重要了。来自大地？大地就是人成长的土壤，所以孟母三迁也可以理解了。来自气候？有人说母亲决定了孩子的未来，我同意。来自环境？在成长过程中我们一次次偶然地选择，我们可曾想过哪怕是最漫不经心的小事，比如说在无聊的下午是玩游戏还是看书，都决定了我们的未来。

一颗种子扔到某个地方，有经验的农夫就能根据这颗种子的形状、土壤的肥力、今年的大概气候推算这颗种子能长多大，能结多少果，那么一个人的未来，为什么不可以推算？

不奇怪，我们发现一个小孩子很聪明很调皮，都可以作出自己的预测，或说他会当科学家，或说他长大后不成龙就成虫。而不同的是，有的人只是随意猜测，有的人却是掌握了一定规律后推测。

或许这就是八字说的另一种解释吧，人呱呱落地的一刹那，和一颗种子投进大地的怀抱有什么不同？他出生的气候、天是黑夜还是白天、父母的眼神、接触到的每一样东西不都在那瞬间对他开始施加影响么？

我并不信命，但我信一个农夫种了几十年地后的经验。

～ 124 ～

困境是弱者的地狱，却是强者的垫脚石，一念之间，就划分出了两个世界。那么，是什么造就了强者的强？

是小时候父母的一句赞扬？是读幼儿园时拿到的一朵小红花？是小学时拿到的第一个100分？坚持和信心，不过是一次又一次的若有若无、显得与众不同的成功，以及那些很早就培养成的一个受用终身的好习惯，如读书，如运动，如思考。

真正的信心建立在长时间的对自己认识解剖、对世界认识解剖的基础上，这个过程就像建大楼一样，是一点一点聚沙成塔地建立起来的，而不是一天就能建一层楼的不符合自然规律的浮夸。

一个人的成功，也是在认识自己的基础上找到了适合自己的前进方式，并且除了这条路我们没有第二条可走。因为这世界想成功的人太多太多，我们所能利用的，只有自己的天赋，以己之长去击别人所短的天赋。

所谓的坚持、信心，不过来自那万涓成流的积累，由此具备的登高望远时对远方若有若无的，不精确但方向无误的判断。

我开始相信起跑线决定了人一生的说法。

或者对于一部分人而言，比如说李有喜，哪怕我说得再好，他的信心大厦也不可能靠我一砖一瓦地帮他搭建起来，即使他愿意听我的鼓励建议不断地冲向市场，慢慢地在战场上找到一点信心，但我一转身，或者遇到了一个更强大的对手，他又会怎么表现？

我迟早要离开的，就像我不能我也不会一直看护我女儿一样，我也不会一直带领李有喜。那么，当我离开的时候，李有喜的位置在哪？当我离开后，靠他自己，他还能不能坚持到他想去的地方？

如果李有喜相信了我说的话，他也许会一如既往不撞南墙不回头地往前。自己是过来人，这其中的艰难困苦自己深有体会，这世界有多少人挺得过来？有多少人能徘徊在生与死的边缘，冒着成为疯子或崩溃的危险，在一阵又一阵的暴风骤雨中还能坚持？

有多少人能在一个又一个无人的夜以钢铁般的神经忍住寂寞经住诱惑，不断努力，不断思考，不断前行，坚信黑暗后一定有光明，坚信哪怕走得再慢，只要自己在走，就一定能到达心目中的彼岸？

珠穆郎玛峰始终在那里，我们无数人想过去看它，只有少部分人不被路途的遥远吓倒，真正地付诸了行动。在这些人里，有人死在半路，有人病倒在大本营，还有人默默无闻地躺在离山顶一步之遥的地方，只有极少数人坚持到了最后。

这其中包含了多少人生道理和多少人生规律？我真的能靠一己之力把李有喜顶上顶峰？即使我是对的，我愿意付出我也能坚持付出，但如果这条路不适合李有喜，我还强为之那就是我的错了。

在李有喜这件事上，我是不是真的错了？

～125～

一大清早我和李有喜就来钱老板的餐馆打下手，帮他们洗碗刷盘，打扫卫生。当然我们洗的刷的打扫的都只是我们需要的那部分。我希望尽可能地控制我能控制的一切，只要我有时间，洗碗刷盘我也愿意做。

炒菜用的、煲汤用的水，我都换成了矿泉水。就连洗过的要用的餐具，我都要用矿泉水涮一遍，最后闻一闻没有洗洁精的味道才肯罢休。心里只有一个念头，只要能让菜的味道好上哪怕一点点，我所能想到的我都去做。

我对钱老板说："杀鸡的时候，能不能让鸡死得轻松点？"

钱老板变得干脆："好。"

我站在钱老板的身后，看着他轻手轻脚但又迅速地抓起鸡，然后是手起刀落。

我或许慈悲，但我也愿意厚颜无耻地承认，我不仅仅是因为慈悲才让钱老板这么做。

我坚信，用一只经历了长时间恐惧才死去的鸡做出来的菜一定没有轻松而去的鸡做出来的菜好吃。我还坚信，唯有怀有谦卑心态去做一道菜，去杀一只鸡的人才能做出一道顶级的鸡汤来。我更坚信，唯有懂得换位思考的人才有可能成长为一个顶级的推销员。

人在做，天在看。不尊重伙伴，不尊重敌人，不尊重你身边一切的人，你想做的事不可能实现。

有人不相信情绪的力量？没有关系，我信。我相信你生过的每一次气、每一次烦闷、每一次虚荣，做过的每一件良心不安的事，都会在你的内心留下痕迹，你的健康、你的寿命将由这些看起来不起眼的情绪所决定。

我坚信，这世界任何一件物品都是有灵性的，包括那些一般人认为没有生命的机器、工具，我们身边的各种生活用具。

用心做事只能成为一流高手，而只有用爱、用心做事才能成为顶尖高手，不管你是一个厨师还是一个推销员。

钱老板很严肃："你真的要做一道最顶级的鸡汤？"

我说："是。"

钱老板打开脚边的一个高压锅，里面是餐馆里用来招待客人的普通鸡汤，他端起高压锅，把滚烫的鸡汤淋到旁边杀好的家里带来的土鸡身上。

我大吃一惊："你这是干吗？"

钱老板泰然自若："这是干吗你不知道，给鸡拔毛啊，"看我还愣在那里，"还不帮忙一起拔？"

我答应了一声，蹲下一起和钱老板拔毛。

隐隐约约地知道了原因，但不确定，我问："这样做有什么好处？"

钱老板说："能最大程度地保留鸡身上的鲜味。"

216

～ 126 ～

厨房里的气氛慢慢变了，变得带了一丝妖冶的亢奋。

我知道自己对了，我确实在做一件很有意义的事，不管这单我能不能做下来，我都在做一件很有意义的事。

我证明并学习到一点，有些事不是因为难办才没有信心，而是因为没有信心才难办。看着在场的所有人，我知道也明白了过来，哪怕是为了让这些人有信心，让李有喜有信心，让自己有信心，我这样做也值。

钱老板一边把整只鸡捞了出来，一边对我说："去洗手。"

我的手今天都不知洗了多少次了，我说："是干净的，我刚洗过。"

钱老板把两只鸡腿拧了下来，递给我："把鸡腿上的瘦肉撕成一条一条，越细越好。"

二话没说，我照办。

钱老板变出来一个类似于紫砂壶材质般的滤杯，他说："这个杯子我按你的要求洗过了，你要不要检查一下？"

我笑了："不用。"

钱老板说："把那些鸡肉放进来。"

我又照办了。

钱老板说："把鸡汤过滤一遍。"

我端起祖传瓦罐，小心翼翼地把一罐汤过滤了一遍，连大气都不敢出。我不但怕把瓦罐摔坏了把鸡汤洒了，我还怕我口里呼出的味道污染了汤。

当带点淡黄色的清可照人的鸡汤盛在洁白的瓷碗里，再往里面扔一颗大白菜的菜芯时，毫无疑问，这就是一件艺术品了。

此物只闻天上有，人间哪得几回闻？

钱老板把汤端到我面前："喝上一口？"

有多少人会相信，我看着一碗鸡汤都隐约含泪？要知道这时的我已自认为经历了螺旋式上升后变得更坚强，绝不会再轻易动感情了。

我端起鸡汤，轻轻地闻了一下。"好香，真的好香，"以前我不会担心汤不够喝，但这次我真的担心，我把碗放了下来，说，"反正跑不掉，我还是待会儿喝好了。"

放下汤碗，我想起一件事来。

我走到院子里给小张打电话："方便说话？"

小张知道我的来意，他有些不好意思："陈老板，你让我办的事我没办成，我没打听出来一点消息，然后我知道你比较忙，所以没给你打电话。"

张姐的事包括住址小张都能打听出来，为什么到了肖总这就失灵了呢？要知道我和小张说过，不管什么消息对我来说都很重要的啊！

我有些奇怪："一点消息都没有？"

小张有些为难："你知道的，我们保安呢属于后勤系统，和他们那些坐办公室的人打交道的次数本来就不多。然后呢，肖总又很少来公司，我们连见他的面都很少，就更别提知道他的什么事了。"

我这才听出来小张不是不知道，而是不想冒这个险了。肖总和张姐的情况不同，张姐是中层管理，而肖总是高层领导，这事要东窗事发他百分百要走人。

他的做法可以理解，我相信他的解释。"噢，打听不出来就算了，没有关系，"我说，"忙完这几天我请你吃饭。"

小张蛮高兴："好啊，那我等你电话。"

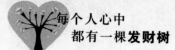
刚挂了小张的电话，手机响了，是老婆打来的。

这时机挑得真好，难不成老婆知道了我大战在即，特意打电话过来给我鼓气加油？

我笑着："今天怎么这么好，给我打电话？"

电话沉寂了很久，然后传来老婆的声音："我现在医院。"

我有些奇怪："医院？谁生病了？"

老婆说："是宝贝。"

笑容立马冻结："宝贝感冒了？"

电话那头又沉寂了很久："我上次告诉你的女儿耳朵上的洞，医生说那是一种病，叫耳前瘘管。"

心就像是被人大力拧了一把似的，但我还是迅速地恢复了平静，速度快得让我自己吃惊："耳前瘘管是什么东西？"

老婆答非所问："她的耳朵已经发炎了，肿得很大，流脓，医生说宝贝应该很痛。"

老天爷，你何苦如此厚待于我，一而再再而三地给我添麻烦找乱子？还竟然在这个大战即将来临的时候给我上这么一出戏，你是笑我曾经的狂妄还是欺我不变的弱智？

上次我还跳脚骂街来着，这次我骂都懒得骂了，因为我累了，很累很累，累得仿佛多做一件事多说一句话就会晕倒。

我慢慢地走到院子的一边，悠闲地拿过一把塑料椅子惬意地坐了下来，仿佛我在和老婆聊着索然无味的天气。

我问："医生怎么说？"

老婆说："说现在只能打消炎针控制住，等宝贝长到一岁再动手术切除。"

我说："会不会有后遗症？"

老婆说："不会，医生说这是一个小手术。"

我像是吐字似地，说："那，这事你就看着办吧，没什么事，挂了。"

老婆说："还有事。"

我惜字如金："说。"

老婆说："我顺便让医生帮她检查了身体。"

等了半天没听到老婆的声音，我又是一句："说。"

老婆说："医生说她胸前长了个瘤。"

瘤？从小到大这个字眼在我心目中一直是恐怖的代名词。这时我反倒笑了，老天爷，你可以欺我辱我害我甚至杀死我，不过，你阻止不了我笑。

我还是心硬如铁："接着往下说。"

老婆说："医生说那叫血管瘤。"

句子不客气，语气却平静："你能不能一次说完？"

老婆也依然如故："医生说省城有家部队的医院治这种病比较厉害，我打算明天就带宝贝去。"

我说："好。"

老婆终于被我简单扼要且平静的语气激怒了："你能不能不装酷？"

理解老婆的心情，换我在现场也会心痛难受，也会备觉压力，特别是看到女儿打针，还有听到女儿撕心裂肺地大哭时。

于是，我不再惜字如金："你要我怎么样？大哭，还是大叫？这有用吗？"

老婆冲我吼："这是有用没用的问题吗？你难道没有感情的吗？"

没有感情？

我整个人突然分成了两个，一个在不远处看着自己，一个坐在塑料椅上安安静静地拿着电话。我看着自己，有点明白过来，某种程度上说我确实是没有感情了，我已没有害怕，没有暴怒，不再虚荣，不再狂喜。

我不过是看戏人，戏中人的悲喜关我什么事？

我仰着头，看着将要黑的天空："我承认，我确实是没有感情了。"

老婆说："你变了，你真的变了，我都快不认识你了。"

我继续看天，拼命地把自己的脖子往后拉，以至于脖子都有些痛。天灰蒙蒙的，这个城市有1000多万人，有无数的工厂，可以理解。

我说："我必须变。"

老婆说："如果这就是你要的成功，"她一字一顿，"我宁愿不要。"

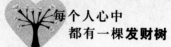
古人说，胸有激雷而面如平湖，可拜上将军。我已够资格当一个将军了？

我们说不以物喜，不以己悲，我们也知遇乱不慌是做事之人应具备的一个基本素质，但想到和得到之间，还有一个做到。

我能做到了，却没想到是用这种方式发现的，难道这就是老天爷让老婆这个时候打这个电话的用意？

我埋头走在登山路上，不是老婆的一席电话，我还不知道身边的景色已然不同，也不知道身边的伙伴都没剩下几个。原来不知不觉间，我已在一次次的磨难中聚沙成塔、滴水穿石。只是我走到今天变成这样，是值，还是不值？

我走过老婆走过的几乎所有的路，我能理解老婆的心情，老婆只走过我走过的部分的路，她不能理解我的心情。我是不是注定了会越来越寂寞？如果这就是我要的成功，我要，还是不要？

如果是因为物质的宽裕或短暂的虚荣，我愿意回头，哪怕我因此重陷无边地狱也不想被家人误解。如果这就是生活的另一境界，能让我知道什么是真正的幸福、什么是活着的意义，哪怕被整个世界抛弃我也愿意忍受。

用手机上网查资料，得到信息如下。

耳前瘘管：一种常见的先天性疾病，它与胚胎在母体内发育不良有密切关系，可发生在一侧，也见于两侧。它如果不发炎，一般不会有什么感觉。不过一旦发生感染，今后就会反复发作，最终形成脓瘘和瘢痕。需要手术切除，手术切除后，一般不会复发。

血管瘤：一种婴儿部分组织中保留的胚胎性血管组织错构生长后形成的良性肿瘤。根据病损类型、位置及患者的年龄等因素，治疗方式有外壳切除、放射治疗、激素治疗等。一般无其他危害，为避免损害容貌和破坏正常组织，一旦确诊，应立即进行治疗。

隔了千山万水，我对女儿说："不是爸爸不爱你，而是，就像你有一天会长大一样，爸爸长大了。"

从蹒跚学步到年少轻狂到看电视都落泪到知道女儿生病都心如止水，我长大了。

第十六章

决战之酒（上）：一场非对称作战

我从他的穿着了解他的审美，从他的肤色和头发的光泽判断他的健康，从他伸出的手看他的经历，从他的肢体语言揣摩他的性格，最重要的是他的眼睛——我要从他的眼睛偷看他手上有哪些牌。

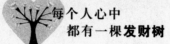

~ 129 ~

我看着张姐下车，又看着肖总把车慢慢倒进餐馆门前的停车位。

和张姐去看厂时小林开的蓝色别克GL8不同，肖总开的是银色沃尔沃S80。一般私车很少买GL8，一般公车很少买S80。于是肖总还没下车，我就知道了这部车是他私人所有，我还知道了他的部分性格，注重安全，成熟稳重。

张姐冲我点点头，和我身后的李有喜示意了一下，算是打过了招呼。

似乎担心我会把这事搞砸了，她脸上有一丝不易觉察的严肃，小声地冲我说了一句："都准备好了？"

我其实没太听清楚她在说什么，我是看她的口形猜出来的。我微微点点头，慢慢地说："你放心。"

没有害怕，没有暴怒，不再虚荣，不再狂喜，我甚至目光飘远，看着街上川流不息的人群发了一会儿呆。

然后，肖总下车了。

肖总看上去40岁左右，个子较高，比我要高半头，以至于我都要抬头看他。他不胖不瘦，身材匀称，上身穿一件淡灰色翻领T恤，下身穿蓝休闲牛仔裤，脚下穿的是一双暗灰色运动板鞋。

不考虑他的年龄的话，他的穿着打扮甚至像一个刚毕业的大学生，气质和微软老板比尔·盖茨很像。当然，即使他穿着很随意，但谁也不敢轻视于他，因为谁都看得出来，有如此气质的人不是政界领导就一定是商业精英，或是小有成就的私营企业主。

从他的身材我知道他平时一定经常锻炼或很注意饮食搭配，从他的打扮我猜他并不重视今天的饭局，或者不认为这是一顿很严肃的商务饭局，从他脚上的鞋我敢赌他一定是个不喜欢束缚的人。

张姐瞟了我一眼，意思是让我准备好。她对走过来的肖总说："肖总，这就是A公司的小陈了。"

然后笑着介绍肖总："我的领导，肖总。"

肖总一笑，应该是习惯了张姐这样和他开玩笑，朝我伸出手来："你好。"

几乎在他伸出手的同时，我的手也伸了出去："你好，肖总。"

我和他不过对视了大概两秒的时间，但我感觉在这中间我们信息的交换和试探不亚于一场正式的战争。

我从他的穿着了解他的审美，从他的肤色和头发的光泽判断他的健康，从他伸出的手看他的经历，从他的手的温度和湿度感受他的心跳猜测他的情绪，从他的肢体语言揣摩他的性格，当然最重要的是他的眼睛，我要从他的眼睛看他手上的牌。

我失望了，因为我在肖总的眼里除了正常的礼貌的热情洋溢外什么都看不到，那里就像有一个黑洞，我投射过去的任何物质都被它吞食。

我有时会看电视，从电视上的成功人士的眼神里学习和体会他们成功的原因，我发现肖总的眼神和他们很像，或者说快接近他们的眼神，明明看他热情洋溢掏心掏肺，但又留有分寸让你知难而退。

虽然肖总客客气气自自然然，但我还是知道了，我遇上的确实是一个从战场上杀出来的将军。

当然，我在看肖总的同时，他也在看我。

我该怎么应对？

我反应过来，我最大的财富最可依赖的力量或许就是我的平静，我那经历了起落经历了重压后福至心灵大彻大悟后的平静，或者说无所谓也行。

没有害怕，没有暴怒，不再虚荣，不再狂喜。

扯远一点说，如果说肖总的眼神平常但实际在背后藏了万千兵的话，那我就表现得自然而然、内外同一。我以柔克刚，以无事取天下。

原来我已在不知不觉间做到了内外同一，原来我在生活重压之下创造了一个我个人历史上空前也可能绝后的成长速度。再次感谢失败，感谢生活，感谢

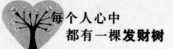
失败和生活不管在任何时候都没忘了给我提示、指引乃至奖励。

肖总眼中闪过一丝诧异之色，他抖了抖我的手："陈生，年轻有为啊！"

两秒之间，我们交换的信息已决定了很多东西，夸张一点说，甚至决定了这张单能走多远。

我陪笑："哪里，肖总你过奖了。"

肖总的眼神在张姐的脸上轻轻划过，有如晚上的轻风，他仿佛在告诉张姐他对这个人的第一印象还算满意。张姐笑容满面，仿佛我的成就是她的成就，同时她还回送给肖总一个信息：游戏才刚刚开始。

我松开了肖总的手，介绍李有喜："这是小李，很多具体工作都是他在做。"

肖总伸出手去，态度和蔼，客客气气，却多少有了一丝漫不经心："你好。"

李有喜也长大了，他没有紧张，但伸出去的手隐含了一点不确定和犹豫："你好。"

他们松开手，肖总转向我，我正在担心楼上的准备工作，稍犹豫了一下，肖总就开口了："我们就别杵在这了，走吧？"

在这里，肖总说了一个"杵"字，一个很多很有水平的人并不愿意说的带有一丝土气的"杵"字，他在表现他的亲和力？

我仿佛如梦初醒，转身在前："肖总，张姐，请。"

～ 130 ～

一路上，几乎所有的服务员都态度热情，笑容满面，重要的是他们的感情都比较真挚，真正让人感觉宾至如归。

搞得张姐都犯嘀咕："这里服务员的素质还真不错，搞培训的人是一把好手。"

我在心里笑，老妈有神算之能，服务员们要是没吃她给我送来的瓜子，他们即使客气也不会这么热情吧？

我笑："这也是我选在这里吃饭的一个原因。"

接下来进入包房。

包房入口处一边站了一个端庄大方的美女，微微弯腰示意，并问候："晚上好，欢迎光临。"

她们俩就是我选的，和我也算熟悉，所以我只是颔首回应。李有喜和她们也打过交道，也没有陌生感，所以他也没说话，回之以羞涩且暧昧的笑。

肖总很客气，回了句："晚上好。"

张姐大大咧咧的像是没听到，又像是分了一下神没注意到，没回应服务员们的问候直接一脚迈进了包房。

根据我安排好的程序，我在楼下迎候肖总他们的时候，服务员就开始上菜摆盘，准备好包房里的一切。

也就是说，我们所看到的一切刚刚好。

我不知道别人的感觉，反正我的感觉是眼前的一切就像一个华丽无比的舞台，也有点像一套刚装修好新崭崭热腾腾的房子。不知是我的心理感觉还是真的有，我觉得饭桌的上空都飘浮着一种说不清道不明但只要敏感一点的人都能感受到的灵气。

饭桌上有最常见的川菜水煮鱼、毛血旺，有较出名的台湾菜生炒花枝、麻油猪肝，有纯粹从家里带来的材料做的清炒上海青和蒿蒿炒腊肉，也有钱老板推荐的他做得比较拿手的蟹肉蒸丝瓜、荷叶糯米蒸排骨。

所有的菜在灯光的照射下是艳的艳得灿烂，辣的辣到看了就冒汗，翠的翠到你觉得那就是玉雕成的，靓的靓到你相信那是风景。

台上一分钟，台下十年功。

我不敢说这桌菜做得多么出色多么伟大，但我敢说要把这些不同菜系的菜整合到一张桌上，并做到每个菜都有它的卖点和特色，有可能这世界没多少人能做到，或者说这世界都不会有几个人愿意去干这种傻事。

我偷瞄了一眼张姐，她回以赞许；我再看了一眼肖总，我分明看见他的眼睛眯了一下又马上放大。

女士优先，虽然椅子已经放在了一个很恰当的位置，我还是殷勤地帮张姐再拉远了点："张姐，你坐。"

张姐很有风度："谢谢。"

这时肖总已经自动自觉地在他的位置上坐好，李有喜不用说，他根本就不用我招呼。

话是要说的，没话都要找话说，我说："我也不知道你们喜欢吃什么菜，所以随便弄了点，你们不要见怪。"

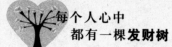
肖总说："哪里哪里，你太客气了。"

都坐好后，我问："两位看一下还有什么要补充的？"

我朝站门口的服务员做了个动作，小姐立刻笑盈盈地过来了，绝对比最出色的航空公司的空姐还要笑得自然笑得甜美。

吃人嘴软，拿人手短，这是真理。

肖总的眼光在桌上扫了一遍，和张姐交换过眼神后，语气中透出一种无可置疑的领袖风范："我们四个人，这些菜，够了。"

我顺水推舟："恭敬不如从命，听领导的。"

肖总说："饭桌上没有领导，陈生，还是随意点好。"

那些一般人很看重的表面的尊重，还有你推我让的繁文缛节，肖总和张姐肯定早已看淡甚至厌倦，他们这种人要求的是更高的更有水平的重视及敬仰，而不是低水平的司空见惯的重复。

我双手抱拳："好。"

226

~ 131 ~

第一道菜，开胃鸡汤。

我指着汤："这是鸡汤，是用自家养的鸡熬的，你们尝尝，看看鲜不鲜。"

肖总说："噢？"他喝了一口，眨了眨眼睛，"嗯，很鲜，"又轻饮了一口，仿佛刚才的话还不够表露他的心意，"确实很鲜。"

肖总这样评价一道菜的情况应该不多，张姐的表情很诧异，她什么话也不说，低头舀起一勺汤送到嘴里品尝了一下，不住点头："嗯，是好喝。"再舀了一勺送嘴里，回味了一会儿觉得不爽，她端起汤碗来喝，停了一停，赞叹道："这汤确实煲得不错。"

虽然对他们的反应早有预料，我还是备觉欣慰，就像战场上出生入死的士兵终于迎来了最高统帅的嘉奖。

我笑着："好喝的话你们就多喝点。"

张姐并不客气，她几口喝完，举手向服务员示意："小妹，帮我再盛一碗。"

服务员笑靥如花地走近，轻手轻脚地把张姐的碗拿走。张姐这时问了一声："小妹，能不能告诉我这汤是怎么做的，怎么这么鲜呢？"

服务员看了我一眼，笑着回答："你问他就知道了。"

张姐转向我："除了鸡是自家养的外，还有其他原因吧？"

我笑了，没正面回答："应该有，不过具体我也不太清楚，这个要去问厨师。"

张姐的样子很认真："嗯，那你待会儿帮我问问，我回家也学着煲去。"

我不禁好奇，感觉张姐不是那种喜欢做家务的女人。我绕着弯说："张姐，你这么忙，还有空做饭？"

听出来我的意思，张姐大笑："偶尔，偶尔。"

我望向肖总，他正慢条斯理地把碗中的汤喝完，脸上一副满意状，一点不像某些高高在上故作矜持的领导。

肖总抿了抿嘴："好喝，不错。"

我在心里乐开了花："肖总，再来一碗？"

肖总犹豫了一下，还是回答："好。"

我忍不住笑了，所有的付出换来这些——值。

另一个服务员绝对机灵，肖总回答"好"的同时她就走了上来拿过肖总的汤碗，整个动作如行云流水且忙而不乱。

这时张姐的汤端了上来，张姐和服务员开玩笑："小妹，喝鸡汤不会长胖吧？"

服务员后退一步，抿嘴而笑："不会了，您就放心地喝吧。"

张姐继续逗服务员："你骗人，你以为我不知道喝鸡汤也会长胖么？"

服务员很会说话："长胖一点不好么？胖一点才健康啊，再说了，您又不胖。"

终于轮到我自己了，我轻轻地喝了一口汤，含在嘴里回味了一下，半天才依依不舍地把汤咽到了肚里。当那暖暖的香香的带点淡淡的咸的滋味顺着肠胃顺流而下，《西游记》里孙悟空偷吃蟠桃和猪八戒吃人参果的味道也就这样吧。

浑身3600个毛孔全部舒张了开来，一个字——爽，两个字——很爽，三个字——非常爽。

此物只闻天上有，人间哪得几回闻。

就做菜来说，不是没有一些饮食场所用很奢侈甚至比我还奢侈很多的方法去煲一道汤，但我还是觉得对我来说这道汤才是这世界上最顶尖的汤，不仅仅是因为我身体力行地参与了全部过程，还因为我用足了心。

用心做汤，才能开心喝汤。用心做事，才能开心做人。

我在汤里喝出来另一种鲜味，那是梦想和心血的杂合物，这世界上最昂贵的汤料，绝不是一般人能喝到的。

我还相信对于肖总和张姐来说，这也是一道他们喝过的最顶级的汤，不是谁都有机会和一个对汤有着超级用心的人一起喝汤的。

~ 132 ~

在喝什么酒的问题上我动过脑筋，白的好还是红的好，还是干脆啤酒？

我的酒量不行，但这是生意，生意的一个很重要的准则就是因对方而变，所以在这点上我没有一丝半点的犹豫，我的目标是白酒。

想到了一点，酒烟在全世界存在这么久并且还将存在下去，当然有它的原因，这或许也是一种人性的需要吧？

我们认识到自己的弱小，我们需要放松放纵，需要发现另一个别人和自己，需要从中得到呆板生活中得不到的另一种乐趣，我们还需要偶尔躲避一下丛林竞争带给我们的压力，这或许和我们用睡眠来放松自己休养自己一样自然。

中国的酒文化自成一派、博大精深，有人深恶痛绝，有人乐此不疲，至于肖总属于哪种，我只能察言观色，然后是用心思考。

察言观色不谈，肖总这人看上去虽然亲和力不错，很容易接近，但你想偷看他牌的时候你就会发现难之又难。再就是用心思考了，以他的位置他酒量应该不错，但也不是没有例外。

我遇上难题了，喝白的喝红的？我又该怎么说服他们？

我用了一个小技巧，我在之前就叮嘱了服务员开席后把白酒直接打开。如果肖总和张姐坚持不喝白的，浪费一瓶酒也不是一件多大的事，不过是一颗问路的石头，但如果他们因为我的这种做法而决定喝白的了，那也算是我小小的成功。

我一直不太赞同用小技巧做人做事，从短期来看，小技巧是能收到回报的，如同考试作弊一样能给你加分，但从长远看，培养了你投机取巧的想法和惰性，若是把目光投向一生，这种做法绝对是得不偿失。

G城的酒风还算随意，但我的想法自始至终都定位在出彩上，酒如果不能喝到点上，又怎能出彩？

我终于也作弊了一回，因为这一战对我太过重要。

服务员拿着开了的白酒走了上去，要先给肖总斟酒。

肖总抬头一看，捂住了酒杯："你们什么时候开的酒，怎么连招呼也不打一个？"

服务员用求助的眼神望向我，我适时而动："肖总，我们喝点白的？"

肖总不再觉得奇怪，摇头，表情平静："不喝。"

从表情和动作上我看不出肖总的真实想法，我为难了，"进"有可能闹成个僵局，强扭的瓜不甜，尤其是扭肖总和张姐这类瓜。

"退"我又有不甘，万一肖总是喝白酒的呢？他要是喝白酒，那啤酒对他来说就是白开水了，那我这仗还没开打就输了一半。我又不能用强，我没那资格和胆识，但我又不想放弃，都快看到光明了我怎么能因为一时的怯懦而功亏一篑？

我看了一眼张姐，又扭回头说了一句很没创意的话："还是来点吧？"

肖总显得很坚决："我待会要开车，不能喝。"又像是为了安慰我："不喝酒也是一样的。"

我听出来他的意思，不喝酒也可以谈生意，也可以交朋友。

话是这么说，但没有酒促进血液循环，没有酒让人头脑发热，这生意谈得似乎少了点什么味。至于开车，那只是借口，我不是不看重安全，而是这个问题不是不能解决，比如说叫出租车。

李有喜看形势比较危险，也适时地劝了一句："肖总，喝一点吧？"

肖总这时对李有喜反倒更客气了："不了不了。"脸转向我，"要不，喝点红的算了？"

气氛有点僵，我有点拿不定主意，我希望喝白的，这才叫出彩。但问题是我找不到一个强有力的方式把这件事办妥，是的，我不知道该怎么说该怎么做，在应付这些事上我经验并不丰富，这和我酒量不好喝酒不多有关。

有点无计可施的感觉，我说："肖总，这是我们第一次打交道，我不知道你的酒量，如果你不想喝白的，我也不会勉强，我不是个喜欢勉强别人的人。"

我都准备放弃了，张姐却发话了："那这开了的酒怎么办？"她转问服务员："这酒开了还能退吗？"

服务员笑道："很抱歉，不能了。"

张姐当起了和事佬，她对肖总说道："要不我们把这瓶喝完了算了？"

肖总笑着用手指了指张姐，似乎在说你怎么能临阵倒戈呢，但肖总还是说："好。"脸转向我，说："说好了，只喝这一瓶啊！"

似乎是回应肖总的指示，张姐又对服务员说："我跟你说啊，你要再开我们就不埋单了。"

服务员笑道："好。"

从心底里感激张姐，她几句话就把我从千军万马中救了回来，如果这几句话可以折算成金钱，我愿意以一字千金的价钱去购买。也从心底里感谢那个服务员，不是她那句"很抱歉，不能了"，这顿饭能吃成什么样还真难说。

~ 133 ~

我介绍桌上的菜："这些菜别的我不敢说，安全方面两位尽可以放心，因为这些菜多数都是我从家里带来的绝对的绿色食品，这里的厨师只是加工了一下而已。"

肖总眼中闪过诧异："噢？"并不推让，他拿起筷子，"我来尝一下。"

我招呼张姐："张姐，请。"又用手肘碰了碰身边的李有喜，说："开动吧。"

李有喜动作夸张地提起筷子："我还用你说？"又说，"陈总，你也吃啊！"

肖总咀嚼了一下，放下筷子："味道不错，确实不错。"转向我，"陈生，你太客气了。"

我谦虚地说："哪里哪里。"

肖总颇有深意地看了我一眼："这菜我一吃到嘴里就知道你在这上面是用足了心的，其实随意些好，不用搞这么麻烦。"

心里一热，所谓的没有害怕，没有暴怒，不再虚荣，不再狂喜，抛到了九霄云外。

我说："其实也不麻烦，不但不麻烦，不瞒你说还很省钱呢。"

肖总微微一笑，并不信我的话："陈生，你真的太客气了。"

为了岔开话题，我指着一道菜说道："来，肖总，尝一下这个水煮鱼，你看正不正宗？"

肖总夹了一块鱼肉，送到嘴里咀嚼了一会儿，放下筷子后，说："鱼肉细嫩，麻辣够劲，这是正宗的水煮鱼。"

能不正宗？为了保证正宗，就连打底用的豆瓣都是选用四川郫县的。能不好吃么？从鱼到辣椒到油盐酱醋，可以说在每一件原料每一个步骤我都用足了心思，甚至于你看到漂浮在热油上的辣椒都像是一个妈生的，每一片鱼肉都几乎长一个样子。

我相信肖总说的是真心话，因为我相信钱老板告诉我的一个情况：在G城，很多所谓的水煮鱼都是阉割版，低档的用料上不够实在，高档的辣味上有所收敛。愿意全心全意去做好一道水煮鱼的不能说没有，但绝对不会很多。

这也是我决定做这道很常见的川菜的原因，这也是这桌上每一道菜存在的原因——这桌上的每一道菜看似简单，实际上都各有特点并且从至少一个方面来说具备稀缺性。一句话，这些菜如果不是推陈出新的话，那一定是登峰造极、有所突破。

沉下心去就会知道，做好一道菜、跟好一张单和当好一个商人的道理一般无二。

~ 134 ~

我又招呼张姐："张姐，生炒花枝和麻油猪肝是为你准备的，希望你能喜欢。"

在怎么称呼张姐的问题上，我有过踌躇，考虑到第一次小林向我介绍她时说的是张姐，加上E公司上下这样称呼她的人也不少，也就是说"张姐"二字更多的是一种尊称而不是昵称，所以我认为这样称呼她不会有拉关系之嫌。

即使有拉关系的嫌疑，我也不愿意平时称呼她为张姐，而因为一些利益或担心而改变这种叫法，这不符合我做人做生意的原则，我相信以张姐之智、肖总之明也不会因我这种叫法而在心里有什么想法。

张姐笑笑，给我的感觉是她变得温柔了："我会吃了，不用你说，这些菜我都会吃了，而且是大吃狠吃，你不要心疼就可以了。"

张姐一点都不避讳我，我还有什么好怕的？

我也笑着回应她："你就放心吃，吃不穷我的。"

张姐夹了一口菜吃，不住点头，连声夸奖："嗯，不错，真是不错。"

为了确认口味和质量，桌上的每道菜我都尝过，把它们比做灵丹妙药、琼浆玉液那是有点夸张，但我有信心它们无一例外地都能让你吃了一口还想去吃第二口。

我吃过很多各种种类各种样式各个人做出来的菜，包括我心目中的厨神——我妈做的菜，但像这样一个菜吃到嘴里就能让你有赶紧想再吃一口的情况绝对不多见，更何况是满满一桌都是这样的情况。

让我说这些菜的味道好在哪里我又说不上来，或许就好在你找不到这些菜的哪怕一点缺点？

正所谓有些人不知道哪里好，但就是怎么也忘不了。

我能看出来，他们是真的对菜的味道发自内心地欣赏，他们虽然早已习惯了不喜形于色，但他们手上的筷子出卖了他们，因为他们很少放下过筷子。

我说："不错就好，两位领导你们就努力吃吧，千万别浪费。"

当然，我也不会忘了提醒身边的李有喜："你也多吃点，现在可不是讲文明礼貌的时候。"

李有喜手上的筷子如风卷残云："那是那是。"

肖总夹了一根青菜："这也是从家里带来的？"

肖总夹的菜是上海青，只取菜芯炒好的并花了些心思摆盘的上海青。一盘子菜全部是菜梗朝内菜叶朝外摆成圆形，中间再加上一朵用胡萝卜雕刻成的淡黄色小花，煞是好看。

没错，更像艺术品而不是菜。

我点头，目光坚定："没错，是我妈种的。"

肖总又惊讶了："噢，你妈也种菜吗？"

我解释："她退休了，闲不住，就种了点菜，不卖的，只自己吃。"

张姐很新奇："啊，我也想学种菜，什么时候让你妈教我啊？"

知道张姐是一时兴起，我也随口应承："好啊。"然后我举杯，"那么，为了我妈辛苦种出来的这么多好吃的绿色食品干一杯，怎么样？"

中国人讲究尊老爱幼，这话说出来一般人都不好推辞，肖总积极响应，冲我举杯："感谢你的盛情款待。"

张姐喝的是红酒，她也配合着举杯。

各地有各地的酒文化，G城虽然我不太懂，但我认为应该和Z城差不多，就像平时和朋友喝酒一样。我对肖总说："我们是一口干，还是随意？"

肖总又是犹豫了一下："还是随意吧。"

我也没多勉强："那我喝一半，你随意。"

然后我先喝为敬，并有意地多喝了一点，并不只一半。

放下酒杯，我看到肖总也喝了和我差不多的酒，甚至不比我少。心里有了些数，肖总这人还蛮实诚，当然，他就是不实诚也不会这么容易被我看出来。

服务员极为乖巧，我们一落杯就走了上去加酒。

张姐一边动筷子一边说："现在想吃点不掺假的东西可不容易喽，我是要多吃。"

肖总真没和我客气，饶有兴趣地把桌上的菜吃了个遍，吃到蒿蒿炒腊肉的时候，他说："这腊肉做得不错。"

我试探着说道："这腊肉我从家里带了不少过来，"又看了一眼张姐，"待会儿你们拿一点回去？"

肖总却像是没听到我说的话："我会怀念这顿饭的，特别是在公司吃那些垃圾食品的时候。"又和我开玩笑："陈生，这事你要负责。"

谈生意实际上就是个彼此试探的过程，试探彼此对生意的见解，对利益的分配的看法和底线，等等。这种试探多数情况下并不是开诚布公的，而是一次次微妙的暗示，如我说的送肖总腊肉。

如果肖总想在这单生意上捞取好处，他肯定会接我的话茬，用他的方式告诉我他想要好处。他甚至不需要在乎张姐在场，原因有二：一是他既然跟张姐单独出来和我吃饭就已经说明了他和张姐实际上是同一阵线；二是他就算担心张姐，随意说一声"好啊"，然后又说一声"这怎么好意思"，最后婉言谢绝我的好意，这也并不过分。

但很显然，他没给我一点暗示，也有可能是他并不想这么快表露出来。

我也像是忘了送腊肉的事，回答他："好，我负责，你什么时候想吃，我就让这里的师傅做好了给你送过去。"

肖总的脸上带了一丝明显和我开玩笑的笑意："真的么？"

连刚才送他熏肉的话头都没接，肖总当然不会真的让我大张旗鼓地搞这些腐败。我说："真的，不过你想吃到和桌上一样的菜，你得提前三天打招呼，并且要给百分之三十的预付款，买单的时候还要另加百分之三百的服务费。"

肖总就台阶下坡，并大笑："啊，那算了，太贵，我吃不起。"

～ 136 ～

气氛一下子轻松起来，李有喜举着杯子站了起来："肖总，我们初次见面，我敬您一杯。"生怕肖总拒绝，李有喜不等肖总回话就以迅雷不及掩耳之势把酒喝下，然后冲肖总亮了亮杯底，说："我先干为敬。"

肖总微笑着对李有喜说："小伙子，这是酒不是水啊，哪有像你这样喝的？"

李有喜依然站着，他抹了抹嘴："要不您随意也可以。"

肖总手朝下压了几下，道："你坐下，你先坐下。"

李有喜表现出应有的礼貌和恰到好处的倔强："您喝了我再坐下。"

肖总显得很为难："你是在给我出难题。"

这种场合这种情况，肖总这种老江湖他肯定会给李有喜面子，但他肯定不会很爽快地喝下杯中酒。往小里说这也是一次小型的谈判，他需要用时间来消磨李有喜的耐心和信心，让李有喜尽量打消向他发起第二次进攻的念头。

两人天南地北地扯了一会儿，一攻一守地从两人的籍贯到年龄到行业，所有相近的东西都拉出来扯了一番。

直到肖总觉得火候差不多，能起到让李有喜下次知难而退的作用了，他才说："好，我喝。"

然后他一仰脖子喝得一干二净。

很快服务员又给他们的酒杯加满了，李有喜又冲张姐说道："张姐，我敬你一杯。"

张姐笑道："我们又不是第一次见面，你敬我干吗啊？"

李有喜有些不好意思地笑笑："感谢你在工作中对我的关照，这总说得过去吧？"然后他又是一句："我也先干为敬。"

李有喜和张姐打交道的次数也不少，这话说得过去。张姐比肖总爽快，她说："我不会喝酒，喝一半行不？"

李有喜这时已是一口把酒干完，他点头："可以。"

张姐喝的是葡萄酒，她以一个女士的身份，喝半杯也说得过去。

坐旁边的我又有了一丝新收获，看戏总是比戏中人体会更多看得更远。

肖总、张姐、李有喜不同的性别、性格、酒量造成了他们不同的喝酒方式，这里面也有章可循、有法可依。我越活越发现，这世界所有的事情似乎由相同规律支配着，还有一种感觉，我要是能把这规律找出来，我想重出生天？轻松。

我们从绿色食品聊到了瘦肉精和有毒大米，再扯到三聚氰胺，当说到地沟油的时候，张姐猛踩刹车："打住打住，还要不要让人吃饭啊？"

"地沟油"三字是我扔出去的，这也是我的一个毛病了，兴奋起来就管不好自己的嘴。

我说："好，不说这个了。"

张姐当然不是真的恼怒："现在吃点能让人放心的东西这么难，这个国家是怎么了，道德体系崩溃了么？"

没人答话，肖总一副安安静静、吃多说少的样子，李有喜像是没听见张姐说话，瞪大着眼睛寻找菜里的精华。

没人接张姐的话茬，只好我上了："我觉得这就是一特定时期发生的自然现象，等我们的收入上去了，这些事情说不定就会慢慢地没有了。"

张姐肯定在假冒伪劣产品上吃过大亏："狗屁的自然现象收入问题，"她马上补充，"不好意思，我道歉。"

我了解她，当然不会往心里去，我说："没事。"

张姐有时挺认死理："哪是收入的问题，没钱就不用讲道德了？"她激动地用手指敲桌子，说："这是人出了问题，教育出了问题，信仰出了问题。"

我不知该如何应对了，是继续和张姐讨论下去，还是另找话题？

我看了一眼肖总，他把筷子放到桌上，目光炯炯地看着我。

这不正是这顿饭的目的之一吗？这也不正是人与人之间交往的目的之一吗？在谈话中找不同点和共同点，由此决定生意的方向和友谊的定位。

再简单的话，我也必须应对："我个人觉得这和教育、信仰也算是有关系，但关系不算很大，因为人没饭吃了那肯定是什么事都干得出来的，我觉得可以理解。"

张姐嗤之以鼻："你的意思是为了生存穷人就可以不讲道德了？"

我再次看了一眼肖总，他微笑着回应了我一下，仿佛在说当他不存在好了。

如果我和肖总见面的两秒钟决定了他对我的第一印象，那我现在说的每一句话做的每一个动作都好比在第一感觉上着色，大考正式开始？

原来一顿饭也和棋局一样步步惊心，原来我们任何时候说出的任何话都没有一句是偶然的，都是我们性格、素养、世界观、所有的意识形态、经验教训、经历的、知道的综合到一起后的自然反应。

我犹豫了一下："个人认为，为了生存不择手段是人的，或者说至少是一部分人的天性。道德可以要求大部分人，但并不能禁止所有人，所以地沟油的出现在某种程度上来说是必然，这和道德无关。"我补充了一句："当然，也和教育无关，教育能教人知书达理，但不可能改变人的本性。"

张姐问："你的意思是连个地沟油我们都不能禁止了？"

思路越来越清晰，我说："强行禁止的话我认为那只能按下葫芦起来瓢，没有地沟油也会有地沟水、地沟奶粉出现，这是社会发展的必然，那些发达国家也不是没经历过。大禹治水，在疏不在堵，要解决掉这个问题，我看除非等到哪天我们的国家成功上位，所有国民的社会地位、生存地位一起往上拔高一层，然后才能把这种最低端的生存方式淘汰掉，或者说转移到其他国家。否则，我认为地沟油这种现象一定会长期出现，并不因我们的意志而转移。"

～ 138 ～

我想起了自己最缺钱的时候，也曾有过的铤而走险杀人利己的想法，我道德吗？想起了咬着牙走到今天只为了要担起自己的责任，我不道德吗？

我想起了陷我于水深火热的老毕和何萍，他们道德吗？我甚至相信他们也会往抗震救灾的募捐箱里放钱和为之流泪，他们不道德吗？

道德只是人类的理想，没有理想人活着如同行尸走肉，竞争却是人类的现实，不面对现实我们连理想都不配拥有。

感谢那些因为一己之利而弃道德于不顾的人，没有他们我怎么能对人性有今天的认识？想起了自己所经历的失败，没有失败，我怎么能以比张姐还小的年龄却对一些事情有如此自以为高明的认识？

感谢失败，再次感谢失败，再拜，叩拜。

心有感触之下，我说："我还有一个不是很成熟的想法，我认为这世界本身并不存在道德，所谓的道德只是人类为了应对竞争而对内生成的黏性物质，它的目的就是把人更好地组织起来对外竞争，也就是说，道德为竞争服务。"

肖总眼睛一亮，饶有兴趣地看了我一眼，那表情让我觉得他实在是像极了一位坐在江边钓鱼的悠然自得的老者。

李有喜愣住了，张姐也呆了一呆，她转过头看了肖总一眼，她似乎也想知道肖总这时是什么表情。

我何尝不知道夸夸其谈的风险，但人活着哪天不是在刀口浪尖上打滚？

如果让我选，我还是要做最真的自己。装腔作势的人即使骗得了天下也骗不过自己，他们连自己想要什么都不知道。坦坦荡荡地做人即使输得一干二净，最起码我还能笑得真实哭得自然。

我坚信真正的强大是心平气和、内外合一，而那些厚黑、见人说人话、见鬼说鬼话等，不过是因为功力不够，对很多事情没有足够信心能控制住，只好采取一些虚虚实实、扰乱人心的手法，但在最真的人面前，这些虚虚实实根本挡不住一招"黑虎掏心"。

当然，我也未尝不汗流浃背，我知道几句话之间我就压上了全部身家。要么肖总认为我与众不同，对我刮目相待，在我的得分表上添上最重要的分值；要么觉得我这个人自以为是、年少轻狂而拒我于千里之外，我之前的投入全部付诸东流。

武侠小说里动不动就大战三百回合，我笑，真正的战斗在须臾之间就会打响，也绝不会有三百回合之多，所谓的三百回合不过是特定情况下的胶着或收宫之战，绝不会发生在这种非对称作战中。

我也没多少把握我的表达能正中肖总的下怀，如果说有，那也只是一种直觉和一股匹夫之勇，我相信做真的自己，哪怕是单纯可爱也远比云里雾里让人觉得愉快。所以，我既然一定要说，我就说个痛快淋漓，我一定要上台唱戏，我就唱个震耳欲聋。

决战之酒（下）：男人之间的认可

我的眼神迷离起来："肖总，今天我的话是不是有点多？"肖总说："不多不多，听君一席话，胜读十年书啊！"

肖总微微地喝了一小口酒，放下酒杯对我说："我知道你是什么人了，你放心。"

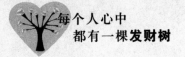
~ 139 ~

张姐愣了半天，像是想起来了："那信仰呢，我们缺乏信仰这又怎么说？"

风险越大利润也越大，这句话和酒一样直窜到我的脑门："张姐，和你的看法恰恰相反，我不认为我们没有信仰。"

张姐笑了："我们信什么？"她做了个数钱的手势，问："钞票？"

脑海中闪过一个念头，那念头让我自己都惊喜："当然不是钞票，我们信的是天，我们信天行健，君子当自强不息；我们信的是地，我们信地势坤，君子以厚德载物；我们信恶有恶报善有善报，不是不报时候未到；我们信达则兼济天下，穷则独善其身；我们中国人信的是道，一生二，二生三，三生万物的道；我们信的实际上是自然规律，这个世界真真正正的造物主。"

被我说的话震住了，张姐没有说话。

我舔了舔嘴唇，激动之下我觉得口干："和那些跪倒在无所不能的神面前的信仰相比，我们追求的天人合一、和天平起平坐的境界不比他们高明？你见过年轻人拄拐杖么？也只有那些找不到重心的不够强大的人，才会去找那些虚无缥缈的信仰来支撑自己，而我们，我们只信自己，信自己的直觉和经验，信大自然的发展规律，而不是把命运交给什么无所不能、根本不存在的神。和他们比，我们的信仰不更真实、更理性、更强大、更高级？落后有可能暂时战胜进步，但进步终究会取代落后，我坚信我们是最强大最有智慧的那群人。"

我说至兴起，慷慨激昂："说句心里话，我倒是很希望我们的敌人还能再信一万年的基督和真主，而我们接着信我们不断总结不断延伸的文化体系和历史经验，这或许就是我们中华民族历经几千年辉煌，哪怕偶尔犯一两个大错误也能保持屹立不倒，并在短短几十年的时间里就一跃而起，并注定将再次站在世界之巅的原因所在。"

空气瞬间凝固，再没谁说话。

张姐看着我不知道说什么是好；肖总看着我微微点头，似乎有所赞许；李有喜看着我目瞪口呆，不知道是因为我说得好还是说得大声。

我知道我是进步了，而且是很大的进步。

理越辩越明，人越长越大。人要活很久，从长远来看，我们年轻时大着胆子做的每一件或对或错的只要不至于万劫不复的事，都将给我们带来丰硕的回报，我不但明白了这一点，我还确信了这一点。

就像我大着胆子去创业，陷自己于无边地狱但收获多多一样，就像我大着胆子卖弄自己，激发了自己的灵感在某个问题上大彻大悟一样。

我独自夹菜吃菜，想着想着我心里开始大笑，对未来我越发不怕了，有这些思想财富垫底，我还怕赚不到钱翻不了身？

空气沉寂了很久，肖总举起了酒杯，环视了一圈桌上的所有人后说："好，说得好，就为了你这些话我们都要干一杯。"

我如释重负，举杯响应："干杯。"

大考终于结束，好戏正式上演？

~ 140 ~

放下杯子，肖总看了一眼张姐，用闲聊的口气对我说："你很看好这个国家的未来？"

我觉得有些奇怪，肖总说的"这个"二字似乎把自己置身事外了。借着酒意："你不看好吗？"

肖总摇了摇头："不是。"

男人们在一起聊天，特别是在这种商务场合聊天，聊着聊着十有八九都会聊向军事政治金融类，男人生来就是来征服世界的。

张姐插话道："这你就不知道了，我可告诉你，肖总干这些事的时候你都不知道在哪里呢，他去参加过保卫钓鱼岛，就是没登岛成功，否则他现在也是个名人了。还有，1998年抗议大使馆被炸的游行示威，他就是组织者之一。"

我有些惊讶，肖总看上去文质彬彬，竟是个血性男儿，我肃然起敬："噢？"

肖总一笑："那都是很久以前的事了。"

我似乎找到了和肖总的共同语言："我确实很看好这个国家的未来，我觉得接下来的两三百年，一定会迎来我们的一个辉煌期。"

肖总说："说说理由？"

我说："一是信仰问题，这个刚才说了，还有一个原因就是我们刚刚过去的历史。"

肖总很奇怪："刚过去的历史？"

我说："从历史看，国家的兴衰也是有一定规律的，这也是一种循环，发展快了，大鱼大肉吃多了进取心就会少，这就是我们常说的富不过三代。发展慢了，压力就会越来越大，对成功也有了更迫切的追求，也愿意接受低得吓人的工资，在对外的时候也会更团结，等等。"

肖总想了想："虽然说你的说法还有值得商榷的地方，但也不失为一个新颖的观点。"

我点点头，说："嗯，确实是，这个规律并不适合很多国家，很多国家衰落了以后干脆灭亡了，谈不上什么循环。不过我还是觉得我们国家的发展有点特别，这个不用说了，我们是唯一延续下来的文明古国，所以我们还是可以从历史规律中找找方向的。我找不到方法证明我的观点，但我就是相信，我们国家会迎来一个辉煌期，我也很庆幸，我生活在这样一个伟大的时代。"

我想起了自己刚经历的，代入自己的感受去理解这个国家所走过的路，从没发现，我是如此爱着这片土地。不经历风雨的人，成不了大气候；不摔倒不摔痛并坚持下来了的国家，也当不了世界霸主。

我突然想到了很远，就和一个人呱呱落地就决定了一生一样，似乎一个国家的命运几千年前就由我们所处的位置决定了。比如说欧洲的白，非洲的黑，亚洲的黄。比如说岛国心态，中原文化，基督信仰和伊斯兰教旨。

突然发现，即使是一个庞大无比的国家的国势国运，也不是不可以预料的。翻看一个历史，结合一下周边，再琢磨琢磨文化，说不定答案就出来了，未必对，但总比连一个答案一个思路都没有要好千万倍。

张姐却来了一句："未必吧，就我们的制度？"

　　我知道张姐的意思，我说："民主就像棍，面面俱到、世故圆滑，能比较好地兼顾和平衡各方面的利益。集权就像刀，相对锋利、冰冷无情，能比较好地集中资源和力量。它们有各自的优缺点，棍好学上手，即使是初学者也不会伤到自己。而刀就不一样了，没有这个能力的人，学刀更容易伤到自己，造成社会动荡。"

　　肖总看了我一眼，似乎在重新认识我："那你觉得是棍好还是刀好？"

　　我说："根据自己的条件和环境选吧，有的时候是棍好，比如说玩刀把自己伤了以后，我们会更想去练棍。有的时候是刀好，如果我们落了下风，想快速地把对手干掉，又愿意玩命地去练去学，也未尝不可以去试一下学刀。风险是大了点，也要损失一部分人的利益，但在特定情况下这是我们唯一的路。总而言之，不管是刀还是棍都只是工具，但凡工具都有它的特性，一个人练不好武功，绝不是刀或棍的问题，而是练武的人本身出了问题。

　　"重要的是，由刀到棍很容易，就像由俭入奢很容易一样，由棍到刀就难了，习惯了自由和民主，稍作出点牺牲都会受不了。我觉得现在的欧美就像一棵大树，枝繁叶茂、郁郁葱葱，习惯了骄奢淫逸和高福利，要战胜它们我认为是种必然，甚至不用我们动手，我们只要夺走它们一部分水分，然后看它们内乱就可以了。而我们不一样，我们的历史决定了我们更有承受力，也更有耐心。"

　　李有喜像是想到了什么："那我们是不是可以整一把关公的青龙偃月刀，既是刀又是棍？"

　　我笑："你还真说对了，依我看，我们还真是在作这种尝试。"

　　张姐说："真的这么乐观，我都有点不太敢相信了，欧美都是老牌帝国，他们都不笨啊！"

　　我说："有些事，是明明知道也做不到的，特别是整个国民都习惯了享受以后，即使遇到一个强有力的人物，我看没有个几十年也扭转不过来，我个人认为，他们还有唯一的机会，战争。我个人还认为，在这种情况下他们发动战争，他们的胜算也不大，原因我说了，我们现在的位置决定我们更能承受，更团结。"

　　借了点酒意，我大着胆子说："再扯远一点说，这和经营公司也是一个道理，现在的E公司，恕我直言，四处出击，什么钱都想赚，员工也习惯了高工

第十七章　决战之酒（下）：男人之间的认可

资高福利，这就和欧美有点像了，平时还好，一旦大风刮来，或者遇上个百年难遇的旱灾，我觉得你们甚至扛不过像我们A公司这样的习惯了一点点水分就能活下来的小企业。"

肖总和张姐同时脸色一变，过了半晌，肖总才开口："如果是你，你会怎么办？"

我说："看过沙漠里的胡杨吗？我觉得办公司和一个国家都应该像胡杨林一样，要懂得控制自己的规模和贪欲，把精力始终集中在打造一个适当规模的紧密的合成体上，这样或许才能实现千年不死、死而千年不倒、倒而千年不腐的目标。"

肖总轻轻地鼓了鼓掌："好，说得好。"

我受宠若惊："我不过是乱说一通，让你见笑了。"

肖总笑着说："如果你乱说一通都能说成这样，那你认真起来岂不是要惊天地泣鬼神？"

我笑，真正的笑，因为我越来越知道，当一个人积累到一定的程度后，成功就唾手可得。

我说："肖总，你这是逗我玩呢！"

244

～ 142 ～

肖总又轻轻地鼓了鼓掌，他望向张姐，又望回我："今天果然没白来，吃也吃得开心，聊也聊得开心。"

我说："那就好。"

肖总摸了摸自己的肚子："你的前途不可限量。"

一股豪气冲天而起，我泰然自若地回答："我知道。"

肖总大笑，笑过后："你多大？"

我说："32岁。"

肖总朝我举了举杯，眼神有一丝鼓励，还夹杂着一丝欣赏："我有压力，很有压力，九年前的我比你差远了，错，在有些地方我现在还是比你差，我要向你学习。"

他远比我成功，却还这么谦虚和理性，和肖总有了惺惺相惜之感，我说：

"我要找个地洞钻进去了。"

肖总举着杯转向张姐："这个人确实值得认识一下，你没说错。"

张姐笑意盈然："那当然，我什么时候骗过你？"

也许是因为酒意，也许是因为肖总的态度对我太过重要，也许是积压了太久太久，当我得到了一个人尤其是肖总这种重点人物认同的时候，我眼睛一热，有点抑制不住自己。

我必须找一个地方转移一下视线了，我看了看张姐，她在偷笑，也用一种鼓励的欣慰的眼神看着我，那表情比她受到嘉奖还高兴，我这才知道自己找张姐做转移目标实在是个很大的错误，眼中又是一热。

没有办法，我只好想了想女儿，想她这时候是不是在打针，是不是在大哭，我用了这个方式才硬生生地把眼中那股汹涌的热流压了下去。

我把手中酒一饮而尽，因为只有这样，我才能利用地心引力把眼中已经隐约渗出的泪水赶回去。

我不是已经可以做到不以物喜、不以己悲了么？不是，原来我变得感动的时候更感动了，遇到重压的时候才会更冷静。

人是群体动物，不管是谁都需要感动、安慰、认可、牵挂。这里面不但包括看上去有多么不近人情和高高在上的张姐和肖总，还包括我这种非正常人。对于怎么和人交往，怎么走进一个人的内心，我似乎又多了一丝体会。

肖总直接来了这么一句，似乎知道我很喜欢看书："最近在看些什么书，能不能说一下？"

当然，我也理解，他如果没这种观察力和判断力，他也当不上E公司的老总了。

一个人喜欢看些什么书也是一个很关键的信息，因为这实际上意味着透露出了这个人的爱好、学识水平等等信息。

我当然不会选择隐瞒："《道德经》、《易经》、《国富论》和《全球通史》。"

肖总见惯不怪："《道德经》我最近也在看，还不错，我比较喜欢。"

想起那些个没人知道的夜晚，我扛着令人窒息的压力，顶着无边的寂寞，发了疯似地从书本中从网络上吸收别人的经验教训，拼命三郎般地向脑中的问题逐一发起挑战，拿着筷子的我突然有些心不在焉。

我从《道德经》里寻找让内心强大的良药，从《易经》里触摸事物发展之规律，从《国富论》里探索政治金融之走向，从《全球通史》里总结国家兴衰之经验，走到今天，学到今天，是收获的时候了。

没有这些积累，我怎么能回答好刚才的几个问题？没有这些积累，我怎么能泰然自若地见招拆招？

突然明白过来，桌上的一桌菜不过是铺垫，真正的主菜是我。

如果我不能和肖总投缘，或者说让他觉得我有资格有能力成为E公司的合作伙伴，我就是做上一桌满汉全席也起不了什么作用。

我若是和一年前一样年少轻狂、嚣张跋扈，不懂得思考，不懂得揣摩，没有那些日子垫底，我根本就没勇气和信心一步一步地走到今天，即使走到今天，肖总跳过之前的步骤愿意和我一起吃饭，这张单我也注定接不下来。

再想远点，我若是没有在小时候就培养起阅读习惯，没有不断地积累自己的知识，我也不可能敢在危急时刻放手一搏，我也不可能和那些也是在丛林中杀出的精英人士如肖总如张姐投缘。

始终还是：千里之行，始于足下。

再一次感谢生活感谢失败，不管我感谢多少次，我都不觉得过分，原来我阴差阳错地走上了一条最符合自然规律的阳光大道？

～ 143 ～

我和肖总从国内形势扯到国际形势，从油价扯到金价，从军事扯到历史，从金融危机扯到时下的房价。

不谦虚地说，我认为我们各有所长。我觉得我的长处在于知识面广，以及对新闻的多方面多角度的大量阅读和解读。而肖总呢，他的长处就在于更为老到的经验，对各个新闻的高度敏感性和更为广泛的消息来源。

我们四个人就这样天南地北地聊了不知道多久，肖总打开了话匣子，后来居上地顶替了张姐的位置，以至于张姐跑去和李有喜聊天。

随着时间的推移，我觉得头痛欲裂，我喝了多少酒了？

虽然我越喝酒脑袋越清醒，很多平时想不通的问题都能迅速地想明白，但我还是记不起自己喝了多少酒了。

我的眼神迷离起来："肖总，今天我的话是不是有点多？"

肖总看着我："不多。"他又看了一眼张姐，再望向我，眼中有了一丝欣赏，"和你聊天很有收获。"

脑袋越来越痛，人却越来越空灵，我对自己说：你的付出你的坚持终于有回报了，就连肖总这样的人都会认同你说的话。

我稳住自己的身体，不让自己的肢体语言和平时有什么不同："肖总，我喜欢直来直去地做人做事，我觉得这能帮我们节约时间，你说对吗？"

肖总说："对，我同意你的意见。"

酒意冲脑，想了很多，觉得从头到尾付出了这么多跟这张单不过是为了证明一件事，证明一个人。

趁着还清醒，趁着舌头还没打结："我想告诉你，如果我们有机会合作，第一，我绝不会贪得无厌，该我赚的我就赚，不该我赚的你送给我也不要；第二，我可以保证我说过的每一句话基本上都会实现，因为没把握的事我绝不会答应你；第三，做什么事我都会尽力，所有环节我不敢说百分之百不出问题，但我敢说自己会尽百分之百的努力；第四，即使是出了问题，我也不会找理由找借口，绝对是抱一种积极的向前发展的态度去把问题解决。"

最后一句话我是用一种从未有过的眼神直盯着肖总的眼睛说的："一句话，和我合作，你放心。"

这段话在生意场上不只一个人说过，但怎么说呢，我相信有了之前的交往垫底，这句话的可信程度更高了。

我经常看广告，发现一个很有意思的现象：三流企业夸自己的产品好，二流企业夸自己的设备好，一流企业夸自己的企业经营思路和企业文化。我想，这也就是我花了大量的时间去说明自己对一些问题的看法的根本原因吧？

聪明的人，可以从一家企业的一句广告词、一个人说的只言片语中见到大方向大格局，推算出很多很多的有用的信息，我现在赌的就是肖总这么个聪明人，我还赌他能从我说的话里知道我够聪明、够真诚、有能力、负责任、重合同、守信用。

别人用财来公关，我用才。别人有的我也有，而我有的别人未必有。

肖总喝了一小口酒，放下酒杯慢腾腾地说："我知道你是什么人了，你也放心。"

这话可圈可点，虽然我不会自作多情到认为这事就这么定下来了，但我心头还是一阵狂喜，一激动我喝下了比他更多的酒。

放下酒杯，我说："当然，能和贵公司合作我当然高兴，不能，我也不会强求，"心里已经把肖总当成了朋友，而不是领导或客户，"我相信像我们这

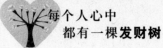

种人，只要愿意，我们就一定能找到合作的机会。"

肖总点点头："没错。"

～ 144 ～

四个人里，李有喜的酒量大这个我知道，肖总的酒量好我不意外，最让我意料不到的是张姐，张姐的酒量居然也很好。

肖总看了看我那如猴子屁股般的脸："我告诉你，你要和张玲单挑，你未必能喝过她。"

要知道我也和李有喜一样，傻傻地用白酒和张姐的红酒拼，我哪知道我连张姐都喝不过？

我醉醺醺但心里异常清醒，比平时还要清醒："今天我确实喝多了点，但没事，我高兴。"

这话在酒席上我不知听过多少次了，我也说过很多次，但在印象里没有一次这样动情，这样激动，感觉自己就像是浴火重生了一遍。

这种感觉我也有过，就在第一眼看到女儿的那一刻，但如果那一次我是因为感动而激动的话，这一次却是因为发现了自己真真正正重生的力量而激动了。我知道了，经历了磨难而不倒的人，迟早会成为英雄。

我们喝了很多很多酒，却没有一个人不清醒，肖总还是如泰山稳健，话不多但每句话几乎都铿锵有力、画龙点睛。

他拍了拍肚皮也总算出格了一句："今天这酒是喝到位了，我要把皮带松一节。"

张姐也喝了不少白酒，她孩子气的一面暴露得更厉害了，但还是保持在一个恰到好处的范围内。

她笑得几乎要稳不住自己："你怎么也这么搞笑了？"

李有喜毕恭毕敬，保守依然，坐在旁边要么洗耳恭听、若有所思，要么积极参与、热情洋溢，总之是不越一步雷池也无多少惊人之语、惊人之举。

而我，即使头晕目眩、分不清哪边是东哪边是西，心里还是清楚得跟明镜似的，这一点我确定。

我说："喝，喝。"

肖总反过来劝我："陈生，你要是喝不了的话就少喝点，我不怕跟你说我的酒量很大，你就是再开一瓶，你也放不倒我。"

　　我越喝越清醒，但已有些冲动，我尽管不停地告诉自己要理性，但骨子里我还是个感性的人。

　　何况我还觉得酒要能喝到位了感情也能更到位的说法有一定的道理。

　　我借酒装疯："那开两瓶，我们一人一瓶？"

　　肖总摇头加摇手："不喝了，不喝了，再喝下去你真要醉了。"

　　张姐也劝我："就别喝了，大家已经很高兴了。"

　　酒是个好东东，它能让人忘记很多烦扰，哪怕我越喝越清醒也能让我忘了很多烦扰，它还能让我进入另一个不太一样的世界，让我发现另一个自己另一种别人。

　　我说："我已经醉了，随你们信不信，大醉是醉，小醉也是醉。"我冲服务员叫道："再开两瓶。"

　　张姐转头制止了服务员："别开，没经过我同意不能开。"

　　我这时想的不仅仅是一战成功，我还想难得一醉，我大声说："你开了。"

　　肖总冲服务员轻摇了摇头，服务员犹豫了，她站在那里不知所措。

　　我站了起来，酒壮人胆地把手扶到了肖总的肩上："肖总，我们试着把理性放下一次好么？"我转向张姐，转向李有喜，说："把理性放下吧，就一次，人生苦短，快乐难得，不是这样么？"

　　我不但懂得了怎么做人看人，怎么谈生意，我对幸福的看法也和很多人不一样了。我们来到这世界不是为了身体健康、万事如意，也不是为了黄金珠宝、名满天下，我们甚至不是为了责任和爱来到这世界的，我们来到这世界只是为了一路上的体验。

　　和所有万物来这世界的目的一样，体验，吃过喝过爱过恨过，这是造物主对我们的最高奖励。

　　我们体验失败的苦，体验爱情的酸，体验幸福的甜，体验意外的辣，体验眼泪的咸。你的所作所为都是为了体验，非付出非得到的体验，有感动有愤怒的体验，有成功有失败的体验。

　　这或许就是生活的部分意义吧。

　　想起了很多往事，眼泪都快要流出来了，我有些痴醉还有些癫狂："过得不开心的话，身体再健康有什么用？连喜欢的事情都不去做，万事如意又有什

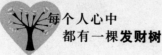
么用？快乐来到身边的时候不去抓住它，哪怕我们活上一万年。"

我注视着肖总轻轻地说出了最后一句："我觉得，那都是白活。"

肖总终于转头冲服务员说道："把酒开了。"

东山再起：不停步就能强大

我闭着眼睛看着这美丽世界，发现了这美丽世界的另外一面，我隐隐约约明白了一个我本应更早明白的道理：一切不但有天数，也有规律，不管是幸福快乐还是获得金山，只要我们顺应规律就一定会得到。

这算是我最真实的体会了："不贪不怕，走遍天下；不缓不急，所向无敌。"

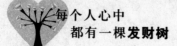

～ 145 ～

我记得很多事情，我记得我从二楼包房走到一楼出口一路上每个服务员的表情，我记得玻璃门上哪个地方有个什么形状的污渍，我记得门口哪个地方的地砖碎了一块，哪个地方有一滩水，我记得肖总和张姐没有开车回去而是分头打车离开，我记得我努力地掏出钱包想付出租车费却因为没有力气而瘫倒在地上，我记得李有喜扶住了我并接住了从我手里滑落的钱包，我甚至能看到钱包里女儿在照片上冲我笑。

然后我身子一软，要往地上滑，钱老板和李有喜一左一右扶住了我。

然后钱老板给我端来了一把椅子，他们扶着我坐下，然后李有喜和钱老板去了总台结账，然后李有喜走了回来，然后他把我扶了起来站路边等出租车。

为了方便操作请肖总吃饭的事，我住的地方就离钱老板的饭店几步之遥，但这几步之遥也不得不打出租了。

我记得我们站在路边等车时吹在我身上那凉飕飕的风，我记得路上的行人有多少个，他们是什么表情，我甚至在心里分析他们是干什么的、什么性格，彼此间是什么关系，现在要去哪里，因为什么事走在这个时候的这个地方。

即使醉成了这个样子，我还没忘了干这些事，这些动作已经成了我的本能溶入了我的血液，成了我的爱好。

我记得李有喜扶着我回了宾馆，我记得我进了宾馆，我记得我进了洗手间把手伸进咽喉想把酒抠出来，我记得我没成功，我记得我开始害怕，从未有过的害怕，那种心窝窝里的火热比以往任何一次醉酒都来得强烈和恐怖。

我冲李有喜说出了这句话："送我去医院。"

之后我就人事不省了。

但是我还是能看到自己，我闭着眼睛看到了自己，我看到自己被李有喜搀扶着去医院，我确定我是闭着眼睛的，但我似乎又有意识，我看到自己上出租车的时候连腿都抬不起，李有喜帮我把腿提起送到车上。

我飘浮在半空看到我被李有喜拖进医院，我能看到医院走廊墙壁瓷砖上的淡蓝色小花，我甚至在心里想了一下这小花还画得蛮漂亮，我能闻到医院里特有的味道，进入病房的时候，我能看到病房里有多少张床多少种摆设，接下来没多久我还看到了护士的脸和她手上的针。

这一切我都是在闭着眼睛的情况下看到的，我确认。

～ 146 ～

我以为自己死了，或者自己将要死去，我存在于死后的世界，或存在于将要死去的世界，想起电影里也演过这种场景，我更害怕了，原来这一切竟是真的。

飘在半空我从没那么害怕过，我不怕死，但我很怕在这个心愿未了的时候死去。不管是谁掌控着这世界，我都想对他说：再给我一年时间，我只要一年，我要一年的时间把想做的事做完，一年过后你想怎样就怎样。

我和他谈条件：你让我身体健康，我助你普度众生。

我知道儿孙自有儿孙福，我还知道一切自有天数，但我就是做不到让该我承担的压到我的家人身上，我还做不到哪怕在心里想象一下女儿的孤苦。

上天入地神仙诸佛，这一切不管是谁赐于我的，想让我死，你最多把我整死；想让我悟，我就甩甩自己的脑袋努力悟。但想要用这种方法来逼我低头认输、跪地求饶，不可能，因为我知道我认输你也不会饶我。

半梦半醒、如癫似狂之间我看到了自己的未来，有谁，还有谁能把我打败？

我只要还有一口气，哪怕嘴里含着鲜血，五脏六腑都已移位，哪怕我站都站不稳，我也会再站起来，你尽可以打死我打残我，把我锉骨扬灰碎尸万段，但想让我认输？没门。

亵渎神灵？就算这世界真有神灵，他会怎么想？我是个父亲，我就以一个父亲的心态来揣摩一下神灵吧，如果他真在的话。

如果我是那高高在上的神灵，我更喜欢的是那些聪明伶俐，虽然有时不那么听话，个性鲜明、自主自强，能帮我普度人生的孩子，还是那些跪倒在脚下的只知唯唯诺诺，只求得到，或只想付出少量而想得到大量的信徒？

更何况，我根本就不认为这世界有那无所不能的神灵。

如果我真死了，我想对女儿说：爸爸爱你。如果我真死了，我想对所有的亲人和朋友说：我也爱你们，对不起。如果我真死了，我还要对这个世界说：我来过，我走了，我有遗憾，我没有后悔。最后，我还要对所有我爱的人和爱我的人说一句：我不是故意的。

意识或许真有另一种体现或确实存在另一空间，我想，人死后说不定真是这样或开始是这样的。

然后，我开始感觉到自己的痛苦。

有一种痛苦叫生不如死，毫无疑问，醉酒醉到这种程度也是一种生不如死。脑胀，胀到你的生理极限，肚痛，痛到你的生理极限，眼泪一把鼻涕一把，动不动就呕吐，哪一样都在挑战你的生理极限。

如果我得了一种这样的病且没有了希望，我想我会自我了断，选择死亡，不一定是承认失败，也有可能是维护自己的尊严和节约别人的时间。

痛得最厉害的时候我却在大笑：原来我还活着。

~ 147 ~

我看到自己在医院吐了七次之多，我看到并记得自己被李有喜换扶着换房间，因为原来那房间被我吐啊吐的，太脏了。

然后我想起了很多人，我认识的甚至见过的所有人。

所有人都一晃而过，唯有女儿的脸停留了片刻，我对女儿说："女儿，妈妈带你去医院吗？"我笑，一家三口全在医院。我又问："看病现在的结果怎么样了？你可千万不要和爸爸一样也这么痛，永远也不要。"

我再一次和神仙诸佛商议：我愿意承担我女儿所有的痛。

想起了很多事，想起了以前走过的和这一年来走过的路，恍惚间明白：人生就是大着胆子往前走，成功也是大着胆子往前走，第一步，第二步，然后是第三步，其中有摔倒甚至有死亡，但人生就是这么一步步地往前走。

只要不停步不懈怠，不管你朝哪个方向，不管你走了多少错路死路回头路冤枉路，只要你不死，你还在战斗，你就一定有收获，你也一定能找到你想去的地方。

我们跑完步后会出汗，出完汗后身体得到了锻炼，然后让自己身体健康，为自己的寿命加了一点微不足道的分；我们在一个地方摔过一次跤，再次路过的时候会本能地回避；我甚至相信我们做过的每一件事都会在人生长河里留下痕迹，并因为那些不起眼的一个个小步成就我们阴差阳错或意料之中的大步。

是的，只要我们迈出去一步，就一定会有一步的收获，不管这一步在你眼里是对是错，是有意义还是没意义。只要我们不断地走，不停步，我们就能看到风景，这就是生活。只要我们不断地走，不停步，我们就能强大。

或者，这就是成功。

我闭着眼睛看着这美丽世界，发现了这美丽世界的另外一面，我隐隐约约明白了一个我本应更早明白的道理：一切不但有天数，也有规律，不管是幸福快乐还是获得金山，只要我们顺应规律就一定会得到。

～ 148 ～

直到第二天下午我才醒来，醒来后我说的第一句话是："味道不错。"

我一直都是清醒的，只是没有力气睁开眼睛，睁眼之前，我就在脑海里想是不是该幽自己一默。

李有喜有点哭笑不得："你把我吓坏了，不是医生说你没事了，我真要和嫂子说你现在在医院了。"

我想，女儿的事也不知道怎么样了。我问："她打电话过来了？"

李有喜点点头："不过我没敢告诉她你喝醉了酒在医院，我说你在和客户谈生意，等你谈完就会给她回电话。"

我躺在床上没法点头，我抿了抿嘴告诉他做得很对："帮我把电话拿过来。"

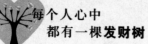
李有喜递过电话后就出去了。我拨通了老婆的电话，深吸了口气："宝宝的情况怎么样了？"

老婆说："还好，医生说不是很严重，能治好，不会有后遗症。"

我放下了心来："那就好。"又问："治疗过程很复杂么？宝宝会不会很辛苦？"

老婆的口气很平淡："也还好，几个疗程就能治好。"

想了想，我说："让她吃点苦也好。"

老婆转变了话题："你那边怎么样？"

我心说和你还有女儿一样也在医院待着呢，我有感而发："最难熬的时刻已经过去，你放心，以后我们的生活会一年比一年好。"

老婆说："嗯。"

头一次不知道该和老婆说什么，我想了想，问她："对了，家里的房子建得还顺利？"

老婆说："很顺利，已经开始钉第二层的模板了。"

再次深吸了一口空气，觉得有如重生，觉得每一口空气都是甜的，觉得和老婆说着这种简单的话都是种幸福，觉得每一种体会都能让我感受到十足的快乐。

我说："给我点时间，一定会好起来的。"

老婆还是三个字："我知道。"她还是像往常一样叮嘱了我一句："我们不在你身边，你要注意身体，你要保重自己。"

喉咙有些发干，但我还是淡然道："我会。"

~ 149 ~

就像什么也没发生过似的，一切突然复归平静，肖总消失了，张姐没了电话，就连在QQ上时不时露面的小林也像是忙了很多似的，多数情况下都不在线。

一切平静得就像是冻住了，我知道关键的时刻就是这样，我现在只需要也只能做一件事——等。

我一切如常地打电话开发新客户，或和积攒下来的老客户聊聊天，或时不时跑到老邓那里去喝喝茶，或跟着工厂的车子去送货，再不就是打几个电话回家，听老婆唠叨一下女儿的趣事和治病的进展情况。

有一天我却心绪不宁，身体提不起一丝力气，就像刚经历过的大醉初醒。

连李有喜都看出我脸色不对，问道："陈总，你是不是生病了？"

一股难以言喻的疲惫感排山倒海般涌来，我尽量控制着自己："不是，只是觉得有点累了，"我喘了口气，"累到了极点，累到了极致。"

李有喜有些不明白："这几天我们没干什么啊，连电话都没打几个。"

我说："这半年过得实在是太累了，现在看到一点曙光，以前靠一股气压着的劳累突然冒了出来，"我摇了摇头，"没经历过的人是不会明白的。"

我隐隐约约地明白了一点，肖总和张姐这样的人出招反倒容易揣摩，就像下围棋下象棋，对于很多情况都有了定式，不按定式下反倒不正常。

我知道肖总和张姐会选择这个定式：我愿意在所有的选择里选一个最具能力最真诚最负责任的人当我的合作伙伴。

我竟有些恐惧于可能将要到来的成功，我竟有些不舍这炼狱般的生活，因为我切切实实地看到它给我带来了太多太多的好处，如果我回到了阳光中，我还会这般努力拼搏，有这么多的收获吗？

李有喜说："我有点不明白。"

我自顾自地说："一个人做成一件事，或者说想成功，真是不容易。"

李有喜说："我知道。"又说："你去里面睡一会儿吧？"

我说："嗯，我也很想放松一下了，真的想放松一下了，我真想放自己半年假去全国各地走一圈，看看人看看风景。"

李有喜说："嗯，就应该这样。"

朝他无力地挥了挥手，我倒向了沙发，说我生病了我随时可以一跃而起，说我正常嘛但又动都不能动一下，心里空落落的像是什么也没有，想睡一觉逃避这种空虚和失落感，但无论如何都睡不着。

我这是怎么了？我问自己。

原来人真是靠一股气撑着的，而我压制了太久这股气，只要稍稍动了一点点松懈的念头，那股暴虐之气就会像高压锅上钻了一个孔一样狂奔而出，它的力量之大居然能让我摇摇欲坠。

我不知道别人是不是这样，但对我来说这才是最累的一刻。我不经历也不会知道，原来在成功之前我还要品尝一下这样的滋味。

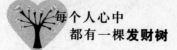
肖总给我打电话时我正在办公室睡觉，他说："陈生，今天来Z城办点事，刚好路过你公司。"

为什么都喜欢用这种借口呢？

我一跃而起，知道他给我打电话就一定有原因："过来坐坐？"

他回答："我现在就在你公司楼下。"

我跳了起来，不想让肖总看到我公司的简陋，我说："我马上下来。"

楼下的茶庄里我们叫了一壶铁观音，肖总说："如果我对你说，有人报出了一个比你还要低的价格，你信不信？"

我没给自己时间考虑，我也知道在肖总面前我不能考虑，抬头看到肖总眼睛的同时我回答："信。"

肖总悠然自得、不急不慢地喝了一口茶："为什么信？你难道不怀疑我这个时候还在压你的价么？"

累了倦了，不想再斗智斗力了，我干脆来了一句："没有理由没有原因，反正我信。"

肖总笑了，问我："那你准备怎么办？"

我也不急着说话，慢慢地拿起茶杯喝了一口茶，慢慢地放下："那我说一句话，你信不信？"肖总看着我示意我往下说。"不管别人多少钱做，我都往下降一块，"我看着他，眼神坚定无比，说："这单生意我志在必得。"

肖总说："我信。"

我说："那这事就简单了。"

肖总这时却来了一句："我们公司不会让供应商吃亏的，我们一直相信太过压低你们的价钱只会给自己添麻烦，我们还秉持一个理念，应该鼓励供应商赚取合理的利润。"

道理我明白，但我有些不明白他为什么在这个时候这个场合说这句话，我在脸上打了一个很大很大的问号。

他看了我一眼："我的意思是把价格定在N加五，前提是你一定要保质保量地按我们的要求做好这张单。"

N是我的最后报价，N加五的意思就是在我的最后报价上加五块钱，这真是件奇哉怪也的事了，别人都是讨价还价，我们却是倒了过来，我主动减价他主动加价，再看了一眼他停在门外的沃尔沃轿车，我明白了他的意思：安全第

258

一。

没有激动没有感动，什么都没有，我平平淡淡地回了他一句："我一定会保证质量，你放心。"

轻承诺而重执行，我想肖总也肯定知道这个道理。

五天后，拿着薄薄的四份合同走在G城街头，我觉得它们轻飘飘的，虽然它们重若千金。

没有鲜花没有掌声没有泪水也没有感动，我出乎意料地平静。

我已经明白：人生在乎品尝，人生在乎经历。唯有走遍世界，我们才能知道我们是谁，我们在哪里，我们想要什么，我们喜欢谁，谁最在乎我们。成功，不过是生命长河里成千上万朵浪花中的一朵，它不比其他的浪花绚丽，也不比其他的浪花高贵。

～ 151 ～

和E公司的合作也发生过一些波折，比如说做完第一单后结款的时候才发现，我们开出的发票不符合E公司的要求。

E公司的要求是开发票的公司只能是老邓的公司，并且发票抬头写的产品不能更改一字，而因为老邓公司开不出巨额发票，他只能做到从别的公司开出来发票，并且抬头只能开原材料。

第一笔货款，拖了一个月我才拿到。

用的方式是：老邓另外找了家兄弟工厂重新签定合同，在这之前光取消原有合同的手续就几乎走了十几天。

好消息是，最后我得到的利润超出了我的想象。

说到这里，我还得隔海相望感谢那些炒作石油的金融大鳄，没有你们我怎么可能在和E公司签下合同后，在石油回落带动整个石化行业原材料价格回落的基础上赚到更多的钱？

一年后，女儿一岁四个月零五天的日子。女儿的病治疗得很顺利，血管瘤完全康复，耳前瘘管也不再复发。

她可以从一数到十，知道自己叫什么名字几岁是哪里人，吃饭会给我端碗，并且知道把碗里的水倒到垃圾桶里再把碗给我拿过来，喜欢读书写字，经常拿着画册要大人讲故事，擒着支铅笔到处画，能识很多字，多、少、大、小、上、下这几个字都能认识，一定要自己吃饭，大人们说的话基本上都能听懂。

家里的房子也建完了装修好了，按我们想的样子装修的，不豪华但舒适。

我们举行了一个简单的乔迁聚会，当亲朋好友都散去后，我对老婆说："我要换个姿势，再来一次。"

老婆明白我的意思，她慵懒地说："随你。"

想歪了吧？我接下来说的是："请问，我可不可以拿我们家的房子去贷点款？"

老婆把眼一瞪："你别打这房子的主意，不可能。"

老家的房子不但有土地证，而且是红本的房产证，我问过银行的朋友，贷个60万块轻松，虽然这个时候的我借钱已经很容易了，但我还是不想找私人借钱。

我做老婆的工作："借别人的钱也是钱，借银行的钱利息还低，还不欠别人人情。"

老婆说："我不会同意的。"

回到Z城，我去找老邓："我想好了，我还是决定，"我一字一顿，"要从头再来。"

老邓的表情有些黯然，我和他打过招呼，我要哪天对他说我要从头再来了，那就意味着我要离开有机玻璃行业了。

他问："你要我做点什么？"

钱就是男人的胆，我打定了主意，这次没有充裕的资金，这公司我就不开了，我笑着说："你给钱就可以了。"

他问我："你想让我出多少？"

我轻轻地吐出了一个数字："100万块。"

他回答得很干脆："好。"

去到G城，我去找肖总："有没有兴趣一起合作一把？"

我们的谈话又是在茶庄里进行的，我们又找到了一个共同点：喝茶。

他又是慢慢地喝了一口茶，慢慢地说："有。"

我把情况和他说了："100万块，有没有问题？"

肖总看了我一眼："你在有机玻璃行业做得挺好的，干吗要离开呢？"

我说："因为我觉得做有机玻璃这个行业太简单不好玩，我希望从事一个好玩点的行业。"

他有些意外："好玩？"

我说："随你信不信，我现在开公司就是为了好玩。"

肖总瞟了我一眼，慢慢地说出了一句也让我意外的话："200万块，否则我退出。"

200万块就是百分之四十的股份了，我想都没想："好。"

看过很多种分析股份设计的文章，我把那些理论分析都抛到了九霄云外。对于有些人来说，走在街上都有无数种死法，而对于有些人来说，走在悬崖边上都如履平地。

重要的不是方法，而是这方法适不适合你。

最后我新公司的股份结构是：老邓百分之二十，肖总百分之四十，我百分之三十五，老刘百分之五。

是的，我给了老刘百分之五的股份，但这百分之五他又全权委托我管理，所以，我还是以和肖总一样的第一大股东的身份行使各种权利。

～ 152 ～

时间再往后两个月，我的新公司开业了，拿着早已写好的稿子，我说："各位领导，各位来宾，各位朋友，今天是一个喜庆的日子，因为卷石实业有限公司成立了。"

下面一片掌声，所有人都笑容满面。

站在台上想起两年前的今天自己站在这座城市某栋大楼的天台，准备纵身一跃，我百感交集，没有人知道我为什么一定要把公司选在这一天开业，因为我想自己要永远记住那一天。

我记起了那个电话，想到这里我看了一眼老婆。我还记得那时候老婆大着肚子的样子，我看了一眼乖乖地坐在老婆怀里好奇地东张西望的女儿。没有那个电话，没有老婆，没有女儿，我就没有今天。

我把已经写好的稿子推到一边："今天我能站在这里，得感谢所有人，感谢我的朋友。"我看了一眼老邓、老刘，他们微笑着向我致意。"你们在我最困难的时候不但给我支持，还帮我铸起了第一道防火墙，让我得以苟延残喘，

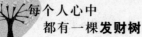
得以休养生息，谢谢你们。我保证，我会用我的行动来呵护我们的友情。"

我望向肖总、张姐："感谢给我机会的领导，是你们在我最困难的时候给了我坚持下去的信心和勇气，让我重新找到了奋斗的乐趣和理由，没有你们我就没有今天，谢谢你们。我希望你们在需要的任何时候都能记起我，给我机会赴汤蹈火，我不是为了要还你们人情，而是想让你们知道，任何时候我都是你们的朋友。"

肖总和张姐轻轻地鼓起了掌，张姐捋了捋头发以抚慰激动的心情。

我望向我的老婆和孩子："当然，我还要感谢我的家人，是你们在我的生活陷入黯淡无光的时候，用一如既往的支持构建了我生命的支柱，感谢你们，在接下来的日子里我将用我的生命来兑现我的承诺和捍卫男人的尊严。"

没有人知道，我还在心里默念了一句：我还要感谢你们，我的敌人，正是为了一己之私而撕破脸皮的你们让我认清了现实，一天天地清醒并强大了起来。平心而论，对我帮助最大的是你们。所以，我也要感谢你们，用我的方式。

掌声响起，我沉稳如山，老婆偷偷抹泪。

262

~ 153 ~

答应给老婆再买一套房子的计划没去落实，我们现在住得还算舒服，老婆的意思是等一两年再买也可以。

有个问题，那就是洗碗。

我对老婆说："不是我说了不算啊，是你说不买的。"

老婆蛮横无理："不管，反正你就是没买，所以碗你洗。"

我严正声明："让我洗碗？我宁愿借钱买房。"

老婆不吃我这一套："好啊，又有新房子住喽。"

我立马掏出手机，拨通了老邓的电话："老邓啊，在哪啊？"

老邓的声音传了过来："还能在哪，厂里啊！"

老婆一看我认了真，慌了，拖着我的胳膊在我另一只耳边说："你真借啊？"

我对老邓说："噢，我其实也没什么事，就是想你了，然后打个电话逗你玩。"

老邓气坏了："你当我闲着没事是吧？"

我收了线，对老婆说："是你让我不借的，是你让我不买房的。"

老婆温柔了起来："好了好了，我洗碗就我洗碗了。"

在离老厂十几分钟车程的地方，老邓又开了一家工厂，规模更大设备更新，他更忙了，搞得我请他吃饭还得预约。

老邓把老厂交给了老刘管理，也就是说，老刘也升官了。

顺便提一下老毕，那个叛徒，他的公司倒闭了。

在倒闭之前他尽可能骗取了合伙人、供应商包括员工的钱，然后逃之夭夭。看着网上找他的人发的到处都是的通缉令，我开心得很。

我可以行走于阳光之下，我可以自由自在地回家面对任何人，你行么？你是不是走在街上还担心有人抓你？

何萍，又回到了打工生涯，依然是孤身一人。如果你能看到，我想对你说：你去了哪里，什么时候干了些什么我都知道，你难不难受？

小林不久前离开了E公司，跑回老家在一个二级城市买了一套房子，花了差不多200万块，闲时炒股为乐，过起了悠然自得的如退休般的日子。我经常这么说他：你是我心目中有钱有闲人的代表。

张姐去了台湾，我不知道她的电话号码，她也没和我联系过，也没和肖总、小林联系，我不知道背后发生了什么，但是张姐我要告诉你，不管我在哪里我是什么人，我都会祝你：一直幸福！一直快乐！

李有喜？我换了行业，他不想换，于是我给了他一笔钱，还有一批货，他打算自己接着干下去。

我对他说："你可能不是什么绝顶的业务高手，但是你是一个最够义气的朋友。"

李有喜说："谢谢。"

想了想，早上起床的时候总结出了一句话，干脆现学现卖："我送你一句话吧。"

他还是毕恭毕敬："老大，你说。"

这算是我的最真实的体会了："不贪不怕，走遍天下；不缓不急，所向无敌。"

斗来斗去，人还是在和自己斗，控制不了自己贪、怕的人，不但无法成功，甚至连平淡的日子都无法得到。

我和老婆又回到了老家，休息了一阵后我们去江边散步。

我感慨万千，人生如梦，梦如人生："时间过得真快，宝宝都两岁了。"

老婆挽着我的手，笑容在她脸上绽放："这两年辛苦你了。"

我笑："不苦，其实我挺享受的。"

老婆说："这也就是你，换了别人可能真的撑不住。"

我说："我觉得自己能撑得住，我还真的撑住了，别人觉得自己撑不住，别人就真的连做都不敢去做了，这世界真是很奇妙。我在想，这世界是不是每个人到最后都求仁得仁，也就是说，实际上每个人都成功了，都变成了自己想做的那个人？"

老婆说："不知道，有时我就不知道你脑袋里面在想什么东东。"

我给她解释："我的意思是，某种程度上说，想发财的人都会发财，不想发财的人就不会发财。"

老婆懒懒地说："我都听不懂你在说什么。"

我说："听不懂就算了。"

我眼望大江，心潮起伏。

原来这世界的一切都是有迹可循的，我们不但可以从八字、面相、性格看一个人的未来，可以从一家企业的文化琢磨企业的成败，我们还可以从一个民族的教育、推崇的事情看这个民族和国家的兴衰。

这个世界，不但人的所作所为有迹可循，公司发展有迹可循，就连股市起落、石油价格、期货指数也都像天气预报一样有迹可循。

我们需要强大的电脑处理数据么？需要，我们甚至还需要N多卫星上天才能预知明天的天气。我们不需要么，不需要，看见蚂蚁搬家、燕子低飞也能得出同样的结论。

无他，唯手熟尔。

我们不需要看统计局的数据，只需要上街看一下卖得最火的东西是什么，或许就能知道这个国家真正的经济状况。我们不需要听专家的忽悠，我们去证券公司逛一圈看看股民的表情，再结合最近的国际国内形势或许就能知道股市的大概走向。

总结经验掌握规律，收集公开信息，结合人性本质、自然规律、历史规律分析就能达成这个目标。

确实很难，但不是不能实现。

我对老婆说："如果说这30年来我搞明白了一些事情，囫囵吞枣般地把一个体系建起来了的话，那么接下来的30年我将一点点地把这个体系完备。"

老婆问："你在说什么？"

一股斗气直冲脑门，我缓缓说道："我想去的，一定能去到；我想做的，一定能做成；我爱的人，一定会爱我；爱我的人，一定会幸福。"

我的故事结束了？不，我的故事才刚刚开始。

第十八章 东山再起：不停步就能强大